KB117666

너의 다정한 우주로부터

이경희
소설

너의 다정한

우주로부터

다산
책방

# 차례

●

살아 있는 조상님들의 밤

**살아 있는 조상님들의 밤**

황금가지 작가 프로젝트 공모전 당선작
온라인 플랫폼 브릿G 2019 올해의 SF
『맥아더 보살님의 특별한 하루』(황금가지, 2021) 수록작

666.

그렇게 인류의 종말이 찾아왔으니…….


0.

계룡산 능선을 따라 마련된 인류 최후의 도피처에 14만 생존자가 모여들었다. 그중에서도 가장 마지막 무리에 속해 있었던 한나는 점점 좁아지는 문틈 사이로 겨우 몸을 비집어 넣을 수 있었다. 한나의 뒤로도 많은 사람들이 남아 있었지만 한번 굳건히 닫힌 철문은 다시는 열리지 않았다. 철문 너머 남겨진 사람들의 비명을 애써 무시하며, 한나는 벽에 등을 기댄 채 주저앉았다.

대체 왜 이렇게 돼버린 거지?

북한의 핵실험 때문에 쏟아진 EMP의 후유증이라는 소문을 들었다. 양자가 어쩌고 중력파가 저쩌고 시공간이 뭐가 어떻게 되었다는 그런 말을 지껄이는 과학자들도 있었다. 또 누군가는 그저 대통령이 제사를 잘못 지냈기 때문이라고도 했었고.

"아닙니다! 이것은 모두 하나님의 뜻입니다!"

누군가 성서를 끌어안고 부르르 떨며 소리 질렀다.

"요한계시록 제20장 4절. 선과 악이 치르는 최후의 전쟁이 모두 끝나니, 이제 성서의 예언대로 천년 왕국이 도래하여 하나님을 믿는 모두가 부활하게 된 것입니다!"

머리끝까지 짜증이 치민 한나는 자기도 모르게 소리치고 말았다.

"우리 시어머님은 교회 안 다니셨거든요?"

화가 난 교인들이 한나를 향해 욕설을 쏟아냈다. 한나는 눈을 감고 귀를 틀어막았다.

정말 왜 이렇게 돼버린 거지?

한나는 조심스럽게 과거를 돌이켜보았다. 그게 정말 최후의 전쟁이라고? 내가 벌였던 그 치열한 전투가 정말 선과 악의 마지막 투쟁이라고?

에이, 그럴 리가.

실소가 터져 나왔다. 왜냐면 한나가 해 온 일이라고는 고작해야…….

1.

"제사를 없애자!"

한나의 외침 소리와 함께 복면을 뒤집어쓴 여성들이 어느 뼈대 있는 종갓집 마당에 들이닥쳤다. 그들은 각자 몽둥이를 휘두르며 순식간에 병풍을 부수고 제사상을 뒤집어엎었다. 곱상한 비단 한복을 차려입은 남자들이 "어허!" "어허!" 거리며 발끈했지만, 앞으로 나서서 적극적으로 제지하는 사람은 없었다.

결단코. 지금껏 한 번도.

"다, 당신들 대체 누구요?"

겨우 목소리를 쥐어짜낸 남자가 외쳤다. 자리를 떠나려던 한나는 뒤로 돌아서서, 복면을 슬쩍 들어 올려 입이 나오도록 했다.

"제사 없애기 운동본부 몰라요?"

그 이름을 듣자마자 양반들은 모두 제자리에 주저앉았다.


오늘도 한 건 제대로 마친 여성들은 운동본부 사무실 뒷골목의 치맥집에 모여 서로를 축하했다. 한나는 손수 소맥을 말아 회원들에게 나눠주었다. 회원들은 정해진 의식을 치르듯 컵 안에 쇠젓가락 하나를 찔러 넣고 나머지 젓가락으로 쩡 소리가 나도록 두드렸다. 하얀 거품이 크림처럼 흠뻑 넘실거리며 치솟았다.

"언늬이, 오늘 짱 멋있었어요오오……."

이미 흠뻑 만취한 수진이 한나의 어깨에 들러붙었다. 수진은 방금 전 쳐들어갔던 종갓집의 막내며느리로, 본부에 도움을 요청한 오늘의 의뢰인이었다. 얼마 전까지 세계를 떠돌며 중역들의 통역을 도맡았던 사람이 거기서 육전이나 부치고 있는 게 말이나 돼? 한나는 다시금 화가 치밀었다.

"나 진짜 넘므 고마운 거 있죠오……."

"야, 알겠으니까 좀 떨어져."

"아이이으잉."

술에 잔뜩 취한 수진을 밀어낸 한나는 테이블 위로 올라가 크게 소리쳤다.

"여러분 주목!"

그 자리에 모인 모두의 시선이 한나를 향해 꽂혔다. 조금 의기양양해진 한나는 소주가 담긴 500cc 맥주잔을 높이 치켜들며 연설을 시작했다.

"여러분! 우리는 오늘도 중요한 전투에서 승리를 거뒀습니다. 이 땅에서 제사가 사라지는 그날까지 제사 없애기 운동본부장 저 요한나, 최선을 다해 노력하겠습니다. 항상 저를 지지해 주시고, 서로를 도웁시다. 우리 회원님들, 다음번 호출 때도 오늘처럼만 활약 부탁드립니다! 투쟁!"

모두의 환호와 박수 세례를 받으며 맥주잔을 단숨에 비운 한나는 큰 소리로 외쳤다.

"인류 최후의 전쟁은!"

그러자 모두가 한마음으로 소리쳤다.

"제사 없애기!"


그 후론 아무것도 기억나지 않았다. 눈부신 햇살에 눈을 찔린 한나는 정신을 차리자마자 화장실로 기어가 배 속에 있는 것을 모두 게워냈다. 가슴속이 텅 비어버린 것처럼 공허하고 쓰라렸다.

적당히 입을 헹구고 비틀비틀 거실로 돌아왔을 때, 한나는 드디어 자신이 미쳐버린 줄로만 알았다.

왜냐면, 자신의 눈앞에 나타난 것은 2년 전 돌아가신…….

"애미야, 국에 왜 국물이 있니?"

시어머니가 잔뜩 짜증 난 목소리로 물었다. 침착하자. 침착해. 이럴 때일수록 이성적으로 대응해야지.

"국이니까 당연히 국물이……."

"에휴, 아무튼 얘는 뭘 제대로 하는 게 있어야지. 봐라, 국물이 이렇게 많으니까 먹을 때마다 입에서 줄줄 새잖니."

시어머니가 국을 떠 입에 넣을 때마다 턱 아래 뚫린 구멍으로 국물이 죄다 쏟아지고 있었다.

"그런데, 어머님. 재작년에 돌아가시지 않으셨……."

탁. 시어머니가 수저를 내려놓았다.

한나는 자신을 쏘아보는 시어머니의 눈빛에 꼼짝없이 얼

어붙었다. 당황스러웠다. 그러면서도 자신이 왜 당황하고 있는지 궁금했다. 눈앞에 있는 사람이 이미 죽은 사람이어서일까? 아니면 시어머니여서일까?

그러거나 말거나, 시어머니는 본인 할 말만 계속했다.

"아범은 어디 갔니? 또, 아침 안 멕이고 보낸겨?"

"아니요, 어머님. 그게, 저희가 이혼을……."

빨리 전남편을 불러야겠다는 생각이 퍼뜩 들었다. 그 자식한테 빨리 넘겨버리자. 지 엄마니까 지가 좀 알아서 하라지. 한나는 슬금슬금 걸음을 옮겨 스마트폰 쪽으로 향했다.

"애, 어딜 가니. 여기 좀 앉아봐."

탁. 탁. 시어머니가 숟가락으로 식탁 빈자리를 두드렸다. 눈알이 썩어 텅 비어버린 눈두덩이로 정신이 빨려 들어가버릴 것만 같았다. 한나는 재빨리 팔을 뻗어 스마트폰을 집어 든 다음 천천히 식탁으로 향했다. 털썩, 다리가 풀려 의자에 주저앉고 말았다. 식탁에 펼쳐진 육 첩 반상을 보자마자 다시 숙취가 올라오는 것 같았다.

그래, 이거 다 꿈일 거야. 아무렴 꿈이겠지.

한나는 고개를 좌우로 붕붕 저어 불안감을 떨쳐낸 다음, 당당히 나가기로 마음먹었다. 까짓것, 꿈에서라도 한번 제대로 들이받지 뭐. 그 자식이랑 이혼한 지가 언젠데 뭐 하러 쩔쩔매?

"어머님, 과일 드실래요?"

"그래, 이제 좀 마음에 드는 소리 한다. 사과 있니?"

"어머, 어떡하죠? 사과는 없고 배뿐인데. 어머님 배 좋아하시지 않으셨어요?"

"뭐 썩 마음에 들진 않지만, 어디 그럼 그거라도 한번 깎아보련?"

한나는 다시 자리에서 일어났다. 천천히 냉장고로 걸어가 배를 하나 꺼낸 다음 싱크대에서 과도를 집어 들었다. 칼을 쥔 손에 꾸욱 힘이 들어갔다.

껍질을 깎으며 시어머니를 힐끔 훔쳐보았다. 시어머니는 몸통 밖으로 주르륵 흘러나온 내장을 다시 억지로 집어넣고 있었다.

죽여도 되겠지? 저거 좀비니까.

한나는 망설임 없이 성큼성큼 다가가 시어머니의 이마에 칼을 푹 찔러 넣었다. 수박 가르는 것보다 쉽게 칼이 쑥 들어갔다.

"애! 이게 무슨 짓이니!"

앙칼진 비명 소리가 고막을 찔렀다. 귀가 아파 도저히 견딜 수가 없었다. 한나는 양쪽 귀를 틀어막으며 뒤로 몇 걸음 물러났다.

어, 안 죽네. 영화에선 이러면 죽던데. 좀비 아닌가?

"야! 이년아. 너는 자식이 돼서! 애미 머리에 칼을 꽂냐!"

시어머니가 불같이 화를 내며 일어나 한나의 머리채를 휘어잡으려 했다. 한나는 겨우 팔을 쳐냈다.

"아, 아니요오, 어머님, 그게 아니고."

한나는 낑낑대며 시어머니의 어깨를 눌러 억지로 자리에 앉혔다.

"그래. 내 한 번만 참는다. 알겠니?"

"예, 예에……."

"어디 칼을 휘둘러, 칼을. 나 때는 시어머니가 한마디 하시면 그저 예, 어머님, 예, 어머님 하는 것 말고는 입도 뻥끗 못 했다. 애는 고개는 또 어쩜 이렇게 빳빳하니? 나 때는 이렇게 고개도 못 들었다. 좋은 시엄마 만난 줄 알어. 너 우리 현수한테도 그런 식이니? 하긴, 시엄마 알기를 우습게 아는데 남편한테는 오죽하겠니. 에휴, 불쌍한 우리 현수."

"죄, 죄송합니다."

기세에 밀린 한나는 고개 숙여 사과하고 말았다.

"그래, 진즉 그럴 것이지. 어딜 맞먹으려고 굴어? 으른들이 좋은 말씀 하시면 그저 알겠습니다, 알겠습니다 할 것이지. 암튼 요즘 것들은 귀여운 구석이라고는 없어요. 대체 누굴 닮아서 저러는지. 쯧쯧."

시어머니는 이마에서 칼을 쑥 뽑아 손에 들고 휘두르며 본심을 드러냈다.

"아가, 나 용돈 좀 다오."

당장 여길 빠져나가야겠어.

한나는 뒤도 돌아보지 않고 집 밖으로 뛰쳐나갔다.


2.

아무리 전화를 걸어도 현수는 받지 않았다. 쓸모없는 전 남편 같으니라고. 한나는 스마트폰을 손에 쥔 채로 거리를 빠르게 질주했다. 제대로 갈아입지 못한 탓에 술과 땀에 찌 든 정장 차림 그대로였다.

"하이고! 젊은 처자가 옷 입은 꼬라지하고는!"

어디서 노인 목소리가 들렸다. 역시나. 이번에도 움직이 는 시체가 힘겹게 지팡이를 짚으며 다가오고 있었다.

"치마가 이게 뭐꼬? 아주 날 잡숫소, 잡숫소, 이마에 빰뿌 렛을 붙이지그려?"

내가 두 번은 못 참지. 한나도 이번엔 날 선 목소리로 대 꾸를 붙였다.

"아니! 제가 짧은 치마를 입건 티팬티를 입건 할아버지가 뭔 상관이세요?"

"어허!"

귀가 따가웠다. 어르신들이 저승에서 목청만 키우셨나.

"엄연히 도덕이 있고, 어? 예의가 있고, 어? 정해진 뭐가 다 있는데! 어디 여자가 말이야, 백주 대낮에 맨다리를 훌러 덩…… 어이쿠."

노인은 말을 마치기도 전에 비틀거리다 쓰러졌다. 하지만 바닥에 엉덩이를 붙이고도 머리부터 발끝까지 삿대질로 훑으며 지적질을 이어갔다. "아이고 혈압아!" 소리치며 뒷목을 잡는 대목에 이르자 한나는 할 말을 잃었다. 거의 뼈만 남은 노인의 몸에 피가 흐를 리가 없기 때문이었다.

말을 말자.

그 순간, 갑자기 머리 위에서 와장창 창문이 깨지며 유리가 쏟아졌다. 깜짝 놀란 한나는 반사적으로 몸을 던져 피했다.

2층 기원에서 쩌렁쩌렁 말다툼 소리가 들렸다. 보아하니 누군가 몸싸움을 벌이다 의자를 던진 모양이었다.

"야 니는 형님한테 접어줄 줄을 모리나! 꼭 그렇게 따박, 따박 이겨먹어야겠나!"

"아니 형님, 승부에 그런 게 어딨소."

"니 몇 살이여? 니는 장유유서도 모리나? 옛날에는……."

한나는 있는 힘껏 달려 빠르게 골목을 빠져나갔다.

시내는 그야말로 아비규환이었다. 여기저기서 정체를 알 수 없는 시체들이 나타나 사람들을 붙잡고 이러쿵저러쿵 제멋대로 잔소리를 지껄이고 있었다.

"얘, 머리 색깔이 그게 뭐니, 옷은 또 그게 뭐야."

"그래서 좋은 대학 가겠니?"

"뭐어? 래애퍼? 딴따라?"

"으른이 부르시는데 인사를 해야지, 이 나라를 이렇게 발전시킨 게 다 누구 덕인데 말이야……."

한나는 한숨을 쉬며 조심스럽게 시체들을 피해 나아갔다. 멀리 광장 쪽에 사람들이 잔뜩 모여 있는 모습이 보였다. 다행히 살아 있는 사람들이었다.

가까이 다가가자 사람들이 왜 모였는지 알 것 같았다. 빌딩 옥상에 설치된 커다란 전광판에서 뉴스가 흘러나오고 있었다.

〔속보〕 서울에서 좀비 사태! 죽은 조상님들 되살아나!

화면 속에서는 앵커가 소식을 전하고 있었다.

"시청자 여러분 안녕하십니까. 서울 시내에서 발생한 좀비 사태 관련 긴급 속보를 전해드립니다. 지금 시내 곳곳에서 죽은 조상님들이 되살아나 거리를 활보하고 있습니다. 그들은 모두 의식이 있으며, 자신이 누구인지 명확히 기억하고 있는 것으로 알려졌습니다. 또한 그들은 살아생전 가장 미련이 많이 남은 장소로 소환된다고 합니다. 주로 여러분들이 살고 계신 집이나, 직장 같은 곳이 될 수 있습니다. 시간이 지날수록 되살아나는 시신의 수가 점점 늘어나고 있다는 보고입니다."

뒤이어, 앵커는 조상님 한 명을 초청해 인터뷰를 진행했다. 방송국 내에서 되살아난 시신은 앵커의 선배 기자라고 했다. 몇 년 전 불미스러운 사건으로 퇴사한 뒤 사고를 당했다는 자막도 함께 전해졌다.

"선배님. 대체 이게 어떻게 된 일인지 혹시 아시나요?"

"나야 모르지."

"되살아난 과정은 혹시 기억하십니까?"

"기억 안 나."

"그럼 마지막으로 기억하시는 것은……."

"건방지게."

"네?"

"야. 내가 너한테 하나부터 열까지 다 설명해 줘야 돼? 언제부터 선배가 후배한테 설명하게 돼 있었어? 스스로 열심히 고민해서 알아볼 생각은 안 하고."

선배의 태도에 당황한 앵커는 그의 자존심을 치켜세워 주기 위해 온갖 아양을 떨었다.

"아니, 그래도 선배님께서 우리 방송국 유일의 과학전문기자 아니십니까. 전문가의 고견을 듣고자 이렇게 저희가 모셨고요. 부디 아시는 만큼이라도 설명을 부탁드립니다. 전국의 시청자님들이 모두 라이브로 지켜보고 계십니다."

선배는 '시청자'라는 말에 번뜩 정신이 든 모양이었다.

"이번 현상은 말이에요. 제 경험상 아무래도 양자 얽힘이 관련된 사건인 것 같단 말이죠."

"양자 얽힘이요?"

"어제는 중국에서 입자가속기 시험이 있던 날이었습니다.

아마 그것과 지금 사태 간에 밀접한 관련이 있지 않을까요? 어떻게 생각하십니까?"

"질문은 제가 드렸는데요."

"사람들이 살아생전 품었던 미련이 공간에 양자적으로 얽혀서, 시신을 다시 그곳으로 불러낸 것이 아닌가 예상해 본 겁니다."

"과학적으로 입증된 어떤 이론이 있는 건가요?"

"그냥 양자가 어떻다고 붙이면 왠지 다 그럴싸해 보이잖아요."

"선배님. 아무리 그래도 기자가 취재한 팩트를 갖고 말씀을 하셔야⋯⋯."

"야."

선배의 턱이 테이블 위로 떨어졌다.

"너 방송 끝나고 좀 남아라. 어디 하늘 높은 선배한테 따박따박 말대꾸⋯⋯."

선배는 턱을 다시 끼워 넣으며 잔소리를 이어갔다. 뉴스가 중단되고 특집 방송으로 화면이 넘어갔다. 화면 속 무대에서는 아이돌계의 조상님이 나와 80년대 스타일의 춤을 추며 후배들의 동선을 방해하고 있었다.


3.

대체 어디로 가야 하지?

딱히 갈 만한 곳을 떠올리지 못한 한나는 근처 무인 모텔에 들어가 방을 빌렸다. 혹시나 찌질한 남자가 첫 경험을 못 잊고 이곳에서 부활할까 봐 걱정되었으나, 다행히 방은 텅 비어 있었다.

옷을 벗고 샤워를 마친 한나는 다시 현수에게 전화를 걸었다. 하지만 전남편은 여전히 전화를 받지 않았다. 어디서 레전드 드림팀 직장 상사들한테 갈굼이라도 먹고 있나 보지? 한나는 전남편에 대한 일말의 기대마저 접어버렸다.

그 순간 전화가 울렸다.

전남편인가 했는데 수진이었다. 한나는 서둘러 전화를 받았다. 수화기 너머에서 수진이 훌쩍이는 소리가 들렸다.

— 언늬이…… 어디세요?

"수진아, 왜 그래?"

— 언니, 여기 너무 무서워요. 그 꼰대들보다 더한 꼰대들이 있더라고요. 증조부에 고조부에 고종삼촌에 고모할머니까지 수십 분이 나타나셔서 제사 똑바로 안 지내냐고, 예법이 이게 맞네, 저게 맞네, 물어뜯고 싸우고 물건 집어 던지고 밥상 엎고 아주 난리도 아니어서요…….

"얘, 거긴 너무 위험해. 일단 여기로 와."

한나는 자신이 머무르는 모텔의 주소를 알려주었다. 한 시간쯤 지나자 누군가 문을 두드렸다. 문을 열자마자 수진이 한나의 품에 안기듯 매달렸다.

"으앙 온늬이, 이거 우리가 제사를 읆애서 조상님들이 노하신 거라던데요. 진짜예요?”

수진이 꺽꺽 울먹이는 목소리로 한나에게 물었다.

“누가 그래?”

“택시 기사님이요. 그분도 조상님이신데……”

“아니야, 수진아. 이거 과학적으로 다 증명됐어. 양자가 얽히고 뭐 그런 거래. 다 과학적인 문제야. 귀신 그런 거 아니래.”

한나는 자신이 무슨 말을 하는지도 이해하지 못한 채 입에서 튀어나오는 대로 이상한 논리를 마구 쏟아냈다.

“자, 여기 침대에 좀 앉아봐. 물도 마시고.”

한나는 수진에게 물컵을 건넸다. 수진은 벌컥벌컥 물을 들이켜다 사레들렸다. 한나는 수진을 진정시키기 위해 최대한 다정한 손길로 등을 두드렸다.

“언니는 별일 없으셨어요?”

“어, 그게…… 시어머님이 우리 집에 오셨어.”

한나는 자신이 겪은 일들을 전해 주었다.

“네에? 그러고 그냥 나오셨어요?”

“그럼 어떡해? 전남편은 연락도 안 되는데.”

“언니는 다르실 줄 알았는데, 실망이에요!”

수진이 침대 반대편으로 홱 돌아누웠다.

“애, 왜 그러니?”

“그동안 저한테 하신 말씀, 끝까지 투쟁하라고 하신 말씀.

저 진심으로 믿었단 말예요! 그런데 언니가 시어머니 앞에서 그렇게 굴복하시면 제가 앞으로 누굴 보고 용기를 얻겠어요?"

한나는 갑자기 부끄러워졌다. 맞아. 내가 왜 움츠러들었지? 어차피 지금은 시어머니도 아닌데. 당당하게 맞서 싸워 이겨냈어야지.

"미안해. 내가 잠시 약해졌었어."

한나는 수진에게 사과했다.

"내가 어떻게 했으면 좋겠니?"

수진이 다시 획 돌아눕더니 선망 가득한 눈으로 한나를 바라보았다. 시선이 마주치자 얼굴이 화끈거렸다. 그러거나 말거나, 수진은 곁으로 좀 더 가까이 다가와 한나의 두 손을 꼬옥 움켜쥐었다.

"어쩌긴요. 복수해야죠. 언니 이혼도 시어머니 땜에 하신 거라면서요. 이번 기회에 제대로 해요."

"복수라……."

머릿속으로 만감이 교차했다. 막상 복수를 하려니 뭐가 상처였는지, 뭘 어떻게 되갚아줘야 할지 막막했다. 시어머니와의 관계는 처음부터 끝까지 전부 엉망이었으니까.

"인터넷에서 보니까 좀비라고 막 포악해지거나 힘이 더세지거나 그렇지는 않대요. 감염되는 일도 없고요. 그러니까 별 어려움은 없을 거예요."

"그럼 애초에 좀비가 아닌 거 아냐?"

"그럼 좀…… 상념? 아무튼 우리 제대로 복수하고, 그 담에 멀리 떠나요."

"그래, 다시 싸우러 가자."

"투쟁!"

한나는 굳게 각오를 다지며 벗어두었던 옷을 챙겨 입었다. 온몸에서 진득한 술 냄새가 났다.


바깥은 이미 해가 뉘엿뉘엿 지고 있었다. 아까보다 몇 배로 불어난 조상님들을 피해 골목으로 들어서자 집이 보였다. 전남편과 헤어지고 유일하게 손에 남은 거라곤 낡아빠진 이 집 한 채뿐이었다. 그것도 주택담보대출이 60퍼센트나 걸린 반쪽짜리 집. 생각해 보니 열받네. 당신이 뭔데 내 집을 떡하니 차지해?

한나와 수진은 살금살금 현관문을 열고 안으로 들어섰다. 시어머니는 몸뻬바지 차림으로 거실 소파에 누워 TV를 보고 있었다. 눈빛으로 신호를 교환한 두 사람은 순식간에 시어머니를 붙잡아 입을 막고 밧줄을 몸에 감았다.

"어딜 감히 이것들이! 으른을 우습게 알아! 빼애액!"

입만 막으면 될 줄 알았는데. 이 세상에서 나는 소리라고는 생각되지 않는 기괴한 비명 소리가 뇌를 뒤흔들었다. 두 사람은 귀를 틀어막은 채 바닥에 쓰러졌다.

"며늘아, 안 그래도 할 말 많았는데 잘 왔다. 내가 낮에 부적 하나 받아놨다. 옆집 선영이 말이, 이거 팬티에 이렇게 넣고 매일 물구나무 십 분씩만 서면 애가 금방 들어선다더구나. 애, 애기 안 생기는 거, 그거 다 네가 노력이 부족해서다?"

귀에서 피가 날 정도의 잔소리가 속사포 랩처럼 귀에 때려 박혔다. 애초에 조상님들의 목소리가 공기의 진동을 통해 전달되고 있다는 생각 자체가 큰 착각이었다. 그럴 리가 없잖아. 폐도 없고 혀도 없는 사람들인데.

한나가 아무 대답이 없자, 시어머니는 몸이 묶인 채로 벌떡 일어나 격노했다.

"내가 아까 냉장고도 다 확인해 봤다. 우리 현수 인스턴트 싫어한다고 몇 번을 말하니! 보니까 냉장고 옆에 배달음식 쿠폰도 잔뜩 붙어 있더라. 그러다 뒤룩뒤룩 살쪄. 몹쓸 병 걸려. 알어? 그리고 야채는 일주일 이상 묵히지 말랬지? 또 정수기 물 마시지 말고 보리차 우려서 육각수 만들어 먹으라고 했니 안 했니? 잔소리 같아도 이거 다 니들 위해서 하는 소리야. 난 맨날 이렇게 이야기할 거다. 알겠니? 우리 가족이면 너도 내 잔소리 참을 줄 알아야 해."

시어머니가 점점 가까이 다가왔다. 한나는 자리에서 일어나 천천히 뒤로 물러났다. 하지만 이내 벽에 부딪혔다.

"이게 다 우리 손주 보자고 하는 거 아니니? 내가 언제 다른 거 바라디? 그냥 아들 하나만 낳아달라는데, 그게 그렇게 어렵니? 내가 한약도 지어주고, 부처님께 기도도 올리고, 부적도 쓰고, 이렇게 지극정성을 다했는데! 빼애액!"

시어머니가 갑자기 확 달려들었다. 궁지에 몰린 한나는 자기도 모르게 주먹으로 시어머니의 턱을 쳤다. 뼈 부러지는 소리가 들리며 시어머니가 바닥에 쓰러졌다. 턱뼈를 제대로 맞혔는지 손가락이 아팠다.

"나도 진짜 이 얘긴 안 하려고 했는데……."

한나는 저린 손을 주무르며 소리쳤다.

"강현수 무정자증이거든요!"

한나는 수진을 일으켜 함께 집 밖으로 도망쳤다.


4.

차에 시동을 걸자마자 한나는 곧장 마트를 향해 출발했다.

"언니, 이제 어디로 가는 거예요?"

"마트로 가자. 일단 생필품부터 챙겨야지. 식량이랑, 물이랑, 생리대랑 뭐 이것저것 필요한 거 많잖아."

예상대로 마트는 아비규환이었다. 한나는 수진에게 차를 지키도록 당부한 다음, 마트 안으로 뛰어들었다. 매장 내부에서는 되살아난 조상님들이 왜 에누리를 해 주지 않느냐며 직원들과 다투고 있었다. 몇몇 직원들은 이미 귀에서 피를 쏟으며 기절한 상태였다.

한나는 정면 출입구를 피해 매장 안으로 들어가 눈에 보이는 대로 생필품을 카트에 쓸어 담았다. 무기가 될 만한 것들도. 텐트와 캠핑 장비들도 함께 챙겼다. 아무래도 문명이 닿는 범위 내에서는 좋은 꼴을 보지 못할 것 같아서였다.

의류 매장에서 옷도 몇 벌 챙겼다. 꽉 조이는 정장과 속옷을 벗고 트레이닝복으로 갈아입으니 세상이 달라진 기분이었다. 수진에게 입힐 옷도 같은 디자인으로 카트에 담았다.

내 차가 행사용 봉고차여서 천만다행이지. 한나는 뒷문에 새빨갛게 각인된 '제사를 없애자!' 문구를 한 번 쓰다듬은 다음, 트렁크를 열어 와르르 짐을 쏟아 넣었다.

"언니이…… 전화 좀 받아보세요."

운전석으로 돌아오자마자 수진이 떨리는 목소리로 스마트폰을 건넸다.

"누구 전화야?"

"미주 언니요."

"미주 씨?"

"지금 사무실에 계신대요. 운동본부 사무실이요."

"여보세요. 미주 씨!"

— 한나 씨 큰일 났어. 선배님이 살아 오셨어.

"뭐?"

— 우리가 쫓아냈던 그 선배님 말이야. 그리고 그 위 선배님들도.

"뭐요?"

수화기 너머로 남자들의 목소리가 들렸다.

— 뭐야, 다들 벌써 퇴근했어? 좋은 뜻으로 모여서 운동한다는 사람들이 따박따박 퇴근하고 월급 꼬박꼬박 챙겨 가면 뜻은 어떻게 이루나? 우리 때는 말이야, 여기다 침낭 하나 깔아놓고 일주일씩 때우고 그랬어. 어? 미주 씨 지금 퇴근하려고? 차라리 소주나 한 병 같이 까자. 내가 새우깡 사 올 테니까…….

"미주 씨! 괜찮아?"

— 한나 씨, 여긴 내가 막아볼 테니까, 절대 사무실로 오지 마. 나 구할 생각 하지 말라고! 꺄아악!

비명과 동시에 전화가 끊어졌다.

"구해야 해요."

수진이 심각한 표정으로 말했다.

"그래, 구하러 가자."

한나는 차에 시동을 걸었다. 두 블록 만에 사무실이 보였다. 다행히 살던 집도 마트도 사무실도 모두 근처였다.

사무실 앞에 차를 세운 한나는 트렁크를 열고 무기를 꺼냈다. 자신은 빨간색 야구 배트를, 수진에게는 라이터와 에프킬라, 그리고 시끄러운 꽹과리를 건넸다.

"수진아, 절대 무리하지 말고, 멀리서 꽹과리만 두드려. 그놈들 말소리 안 들리게. 에프킬라는 정말 긴급한 상황에서만 쓰는 거야, 알겠지?"

"네, 언니. 미주 언니는요?"

"이거면 되지 않을까?"

한나는 미주 씨를 위한 장비를 보여주었다.

"네. 그거면 될 것 같아요."

"그럼, 가자."

쾅! 2층 사무실 문을 박차고 뛰어들자 선배 세 명에게 둘러싸인 미주 씨의 모습이 보였다.

"미주 씨! 이거 써!"

한나는 한 손에 들고 있던 블루투스 헤드폰을 던졌다. 미주 씨는 허겁지겁 헤드폰을 받아 든 다음 귀에 쏙 뒤집어썼다. 미주 씨가 마이유 노래를 들으며 정신을 추스르는 사이 수진이 꽹과리를 두드렸고, 한나는 신나게 배트를 휘둘러 선배들을 떼어놓았다.

"야! 니들이 민주화가 뭔지는 알아?"

"구로 동맹파업은?"

"서울역 회군은 알아?"

"마르크스."

"레닌."

"마오이즘."

"알린스키 조직론."

"알튀세르주의 공부는 다 했어?"

"정권 바뀌니까 아주 민주화 다 끝난 거 같지?"

"경제 민주화는 어쩔 거야?"

"재벌 해체는?"

"국보법 폐지는?"

"천민자본주의에 맞서서 계급투쟁 할 생각은 안 하고, 뭐어? 제사 없애기?"

선배들이 돌아가며 재잘거렸지만 시끄러운 꽹과리 소리에 파묻혀 내용의 절반도 알아듣지 못했다. 이 정도면 할 만한데? 한나는 자신감을 얻어 배트를 휘둘렀다. 선배들 중하나가 배트를 맞고 휘청거리다 창문을 깨고 밖으로 떨어졌다.

"시끄러워 이 꼰대들아!"

하지만 한나의 기세는 그리 오래가지 못했다. 엉망진창으로 배트를 휘두르다 보니 슬슬 체력이 달렸고, 팔도 너무 아팠다. 반면 선배들은 지치지도, 상처를 입지도, 아픔을 느끼지도 않았다. 한나는 결국 배트를 쥔 팔을 아래로 늘어뜨렸다.

"꺄아악!"

등 뒤에서 수진의 비명 소리가 들렸다. 바깥으로 떨어졌던 선배가 다시 올라와 수진을 제압한 것이었다. 수진은 에프킬라를 뿌리려다 되레 선배에게 라이터를 빼앗기고 말았다. 선배는 그 라이터로 담배에 불을 붙이며 빼애액 소리 질렀다.

"여자애가 어디 담배를 피워? 시집 안 갈 거야? 애기 안 가질 거야?"

수진은 후다닥 도망쳐 한나의 등 뒤에 달라붙었다. 몸을 추스른 미주도 곁으로 모였다. 서로 등을 맞댄 세 사람은 각자 손에 잡히는 대로 물건을 집어 들고 포위망을 좁혀오는 선배들과 맞서려 했다.

"한나 씨, 내가 오지 말랬잖아."

미주 씨가 헤드폰을 귀에서 조금 떼고 말했다.

"어떻게 그래요. 명색이 본부장인데."

"아무튼 정말 고맙긴 한데, 이제 어쩌지?"

"포위망 뚫고 탈출해야죠. 볼륨은 최대로 높이셨어요?"

"어."

"언니들, 저도 꽹과리 준비됐어요."

"그래, 그럼……."

다시 배트를 움켜쥐고 달려 나가려는 순간, 어디선가 강력한 음성이 들려왔다.

"왕언니가 왔으면 인사를 해야 할 거 아냐, 이것들아."

딱 한마디. 딱 한마디가 들렸을 뿐인데도 선배들은 모두 귀를 틀어막고 무릎을 꿇었다. 왜냐면, 목소리의 주인공이 바로 심 선생님이었으니까.

"선생님!"

심 선생님이 전동 휠체어를 타고 사무실로 들어오는 모습이 보였다. 한나는 배트를 내려놓고 선생님 쪽으로 달려갔다. 여든을 지긋이 넘긴 선생님은 여전히 예전의 그 모습 그대로였다. 상큼한 미소를 지어 보인 선생님은 선배들에게 잔소리를 시작했다.

"야. 너네들 결국 다 도망가서 좋은 데 취직했잖아! 필드에서 뛰어본 적도 없는 것들이 먹물 냄새는 아주 그냥…… 너네 쌍민자동차 파업 현장 나가봤어? ITX 파업은? 런던바게뜨, 병정오토텍 이름이나 들어봤니?"

선배들은 귀를 틀어막고 바닥을 데굴데굴 굴렀다.

"그때 니들 뭐 했어? 중아일보에서 나 까는 기사 쓴 거 민수 너지? 현철이 너는 삼정에서 월급이나 세고 앉았고. 만수 너는 아이티인가 뭔가 헛짓거리하다 요즘은 치킨 튀긴다며? 최루탄 냄새도 한번 안 맡아본 것들이 어디서 유세야? 유세는."

얼마 지나지 않아 선배들은 완전히 돌처럼 굳어버렸다. 심 선생님의 잔소리를 참지 못하고 생명 활동을 정지한 모양이었다. 황당했다.

"와, 우리한텐 그렇게 재잘재잘 떠들어댔으면서, 그거 한마디를 못 참네."

한나는 그렇게 말하며 굳어버린 선배들을 발로 걷어찼다. 활동을 정지한 시신은 연탄재 부스러지듯 산산이 무너졌다.

"애, 한나야. 그동안 고생했다."

심 선생님이 칭찬을 건넸다. 분명 칭찬인데도 소름 끼칠 정도로 무서운 눈빛이었다.

"예, 예에…… 선생님은 잘 지내셨어요?"

"그래, 보다시피 나야 뭐 항상 이 모양이지. 담배나 하나 줘봐."

한나는 주머니에서 담배를 꺼내 선생님 입에 물렸다. 눈치 빠른 수진이 라이터를 되찾아와 불을 붙였다. 심 선생님은 담배 연기를 맛있게 뿜으며 눈을 감았다.

"너희는 이제 어떡할 생각이니?"

"일단 서울을 벗어나려고요. 안전한 장소를 찾은 다음엔 회원님들을 다시 모을 거고요."

"그건 계속할 거니?"

"제사 없애기요? 아뇨."

한나는 고개를 가로저었다.

"저희가 문제의 근원을 착각하고 있었어요. 제사 없애기 운동본부는 현시점부로 명칭과 목표를 바꿀 거예요. '조상 없애기 운동본부'로."


5.

한나와 수진, 미주와 심 선생님은 함께 봉고차에 올라 서울을 빠져나갔다. 한동안은 지리멸렬한 도주 생활이 이어졌다. 산으로 숨으면 안전할 거라 생각했건만, 대한민국 땅에 존재하는 산의 수만큼 등산을 즐기는 꼰대들이 있었다. '장비는 그렇게 쓰면 안 되지' '텐트는 좋은 걸 써야지' '여자들끼리 위험하게 산을 오르나?' 등등…… 네 사람은 결국 '산속에 숨어 적당히 시간 보내기' 작전을 폐기했다.

경부고속도로를 따라 충청도까지 내려온 한나 일행은 세종시 중심 부근의 버려진 아파트에 터를 잡았다. 이곳은 예전에 허허벌판이었던 곳이어서 조상님들의 출몰이 상대적으로 적었다. 게다가 주민 대부분이 기러기 공무원이었던 탓에 남아 있는 사람도 많지 않았다. 다시 말해 도시 곳곳에 식량이 풍족하게 남겨져 있다는 뜻이었다.

물론 가끔은 조상님들과 마주쳐 전투를 벌여야 하는 때도 있었다. 그때는 한나와 미주가 헤드폰을 쓰고 욕받이 역할을 했고, 심 선생님이 잔소리로 그들을 제압했다. 수진은 회복 담당이었다. 그녀는 한나와 미주의 멘탈이 나가지 않게 안전한 곳에서 꽹과리를 치며 열심히 응원했다.

일주일에 한 번 마트에 들러 식량을 채집하는 날을 제외하면 거의 집 안에서 시간을 죽여야 했다. 세종시는 너무나 지루한 도시여서, 유기견들에게 사료를 나눠주거나 스마트폰으로 간단한 게임을 플레이하는 것 외에는 딱히 즐길 만한 것이 없었다. 사설 SNS 망에 접속해 서로의 소식을 전해 듣는 정도가 그나마 남은 삶의 낙이었다.

인터넷으로 드문드문 전해지는 바깥세상의 상황은 점점 나빠지고 있었다. 조상님들의 수는 빠르게 늘어났고, 세상을 가득 채울 정도로 세력이 성장했다. 처음엔 대한민국만의 일이라고 생각했는데, 알고 보니 지구상의 모두가 같은 문제로 고통받고 있었다. 미국에서는 스티브 잡스가 무덤에서 뛰쳐나와 아이폰 엔지니어들을 고문하고 있었고, 유럽에서는 히틀러와 처칠, 드골 사이에 3차 세계대전이 발발하기 직전이었다. 마오가 되살아난 중국은 참새를 잡느라 여념이 없었고.

그럼 한국은? 한국은 더 최악이었다. 되살아난 독재자들 밑으로 추종자들이 모이기 시작했고, 어찌 된 일인지 맥아더 장군까지 한국 땅에 나타났다. 그들의 지시를 받은 군 출신 조상님들에게 군대는 완전히 장악되었다. "야! 너 해병대 몇 기야?"라는 한마디에 귀신 잡는 해병대가 속수무책으로 와해되었다는 소문도 들렸다. 전차와 장갑차를 끌고 나타난 조상님들 앞에서 현대의 생존자들은 속수무책이었다.

그나마 다행인 것은, 한국전쟁 참전 용사들과 광복군이 되살아나 별도의 군대를 조직하고 있다는 사실이었다. 독재자들의 군대는 위로는 북한군, 아래로는 국민군과 동시에 전쟁을 벌이기 시작했다. 공산파와 자본파. 독재파와 민주파. 친일파와 독립파. NL과 PD. 출신에 따라 여러 패거리로 나뉜 조상님들이 서로 욕하고 싸운 덕분에 생존자들에 대한 관심도 잠시 옅어졌다.

그렇게 별일 없이 일 년이 흘렀다.

다시 봄이 되자 서울에서 탈출한 사람들이 점차 세종시로 모여들었다. '조상 없애기 운동본부'의 존재를 알음알음 전해 듣고 찾아온 사람들이었다. 한나는 뜻있는 사람들을 규합해 세력을 불리고 체계적인 조직을 갖췄다. 그녀의 지시에 따라, 회원들은 세종정부청사를 요새로 삼고 도시의 식량을 청사 내부에 그러모았다.

전투 요원들을 선발해 생존에 필요한 전투 기술도 가르쳤다. 헤드폰으로 멘탈을 보호하는 법, 어르신에게 뻔뻔하게 맞서는 법, 눈 똑바로 뜨고 대들기, 상대의 약점을 찾아 집요하게 잔소리하기 등등. 모두 조상님 사태 이전부터 경험으로 습득한 지혜들이었다.

"조상님들은 혈압에 약해요. 혈압으로 제압해야 합니다. 그리고 용돈! 용돈은 부모님 외엔 절대 드리면 안 됩니다. 아시겠어요?"

한나의 가르침은 효과적이었다. '조상 없애기 운동본부'의 전투 요원들은 작전 개시 수개월 만에 세종시에서 조상님들을 축출해 내는 데 성공했다. 이제 세종은 잔소리 청정구역이 되었고, 사람들의 얼굴에서는 조금씩 웃음이 되살아났다. 농기계를 가져와 주변 땅을 농지로 개간하는 데 성공한 후로는 식량 문제에도 해결의 실마리가 보이는 것 같았다.

그러나 겨울이 되자 희망은 산산이 부서졌다. 오랜 전쟁 끝에 세력을 통일한 독재자들의 군대가 추위를 피해 남하하기 시작한 것이었다. 정찰 부대의 보고에 따르면 청주에 주둔한 부대의 규모가 매일 커지고 있었다. 며칠 뒤에는 수십 대의 전차와 중화기도 도착했다. 만약 군대가 세종시로 밀고 들어온다면 세종청사는 하루도 버티지 못할 터였다.

그즈음, 계룡산 중턱에 생존자들을 위한 도피처가 마련되었다는 소문도 들려왔다. 소문에 따르면, 계룡산은 도인들이 마음수련 하던 곳이라 미련을 갖고 부활한 사람이 거의 없으며, 그나마 부활한 일부 조상님들도 다들 명상에 빠져 조용할 뿐이라는 거였다. 소문을 듣고 모여든 사람들이 조용조용 산성을 쌓아, 이제는 난공불락의 요새가 완성되기 직전이라고 했다.

"우리 계룡산으로 떠납시다."

미주가 제안했다.

"소문이 진짜일까요? 함정일 수도 있어요."

수진이 걱정스레 반론했다.

"어차피 군대가 밀고 들어오면 여긴 끝이야. 포탄 한 발이면 전부 박살 날걸?"

심 선생님도 의견을 거들었다.

모두 일리가 있는 말이었다. 한나는 수진의 품에 안긴 채 밤새 고민했다. 계룡산 도사들? 그런 뜬구름 같은 소문에 도박을 걸어도 되는 걸까? 목숨 걸고 개척한 이 땅을 끝까지 사수해야 하지 않을까? 애초에 군대가 여길 그냥 지나칠 수도 있잖아. 여기가 아니라 대전으로 가는 걸 수도…….

아니야. 대전에 남은 거라곤 튀김소보로밖에 없는데 거길 왜 가. 독재자가 원하는 게 뭐겠어? 당연히 정부청사지. 여 긴 상징이야. 대한민국 정부를 차지했다는 상징. 여기에 부 하들 데려다 앉혀놓고 장관이다 뭐다 한 자리씩 나눠주고. 그러고 싶을 게 분명해.

거기까지 생각이 미치자 쉽게 결심이 섰다. 다음 날 아침, 한나는 회원들을 모두 모았다. 그리고 이렇게 지시했다.

"계룡산으로 갑시다."

한나의 지시에 따라 사람들은 일사불란한 움직임으로 짐 을 챙겼다. 각자 짐과 식량을 차에 싣고 무기를 챙기니 순식 간에 떠날 채비가 완료되었다.

"오늘 밤, 달이 지면 출발합니다."

한나가 말했다.


해가 떨어지고 어두운 밤이 찾아왔다. 전기가 끊긴 도시 는 칠흑처럼 어두웠고, 하늘에 박힌 별빛과 자동차 헤드라 이트만이 흐릿하게 길을 밝히고 있었다.

선봉에 선 한나의 봉고차를 따라 수백 대의 차들이 줄지어 출발하기 시작했다. 대략 한 시간을 달려 목적지인 계룡산 근처까지 도착했을 때, 무전기에서 긴급한 외침이 들려왔다.

— 습격이다!

뒤이어 하늘에서 조명탄이 터지고 포탄 세례가 쏟아졌다. 눈앞의 도로가 폭발하며 파편이 하늘로 치솟았다. 한나는 급히 핸들을 꺾어 도로에 파인 웅덩이를 피했다.

"언늬이!"

수진이 한나의 팔에 매달렸다. 차가 거칠게 흔들렸지만, 미주는 무전기를 들고 침착하게 지시를 내렸다. 뒷자리에서는 심 선생님이 휠체어에 앉은 채로 소총을 꺼내 응사하고 있었다.

"각자 최대한 빨리 여기서 벗어나세요. 계획한 대로 차를 버리고 흩어지는 겁니다!"

한나는 무전기를 받아 들고 마지막 지시를 내렸다.

"모두 살아서 계룡산에서 만납시다."

— 예! 본부장님!

한나는 무전기를 던져버리고 밟을 수 있는 한도까지 액셀을 밟았다. 충분히 안전해졌다는 판단이 들자 한나는 갓길에 차를 세웠다.

"선생님, 여기서부턴 걸어서 가야 해요."

한나는 미주와 함께 심 선생님의 휠체어를 땅에 내렸다. 선생님은 말이 없었다. 고개를 아래로 떨군 채 한참을 고민하던 선생님은 결연한 표정으로 한나에게 말했다.

"얘들아, 날 두고 가렴."

"네? 안 돼요. 어떻게 여기 두고 가요!"

"난 어차피 죽은 몸이잖니."

한나는 당황했다.

"…… 알고 계셨어요?"

"어렴풋이."

한나도, 미주도, 수진도 말이 없었다. 선생님은 가볍게 미소 지으며 세 사람을 위로했다.

"괜찮아. 내가 저놈들이랑 싸워온 게 몇 년인데."

"선생님……."

"어서 가. 붙잡히기 전에."

울음을 터뜨리려는 수진을 억지로 끌어당기며, 미주와 한나는 고개를 끄덕였다.

"선생님, 꼭 무사하셔야 해요."

세 사람은 마지막으로 인사하고 산을 오르기 시작했다. 한참 산을 올라 중턱에 이르렀을 즈음, 선생님의 쩌렁쩌렁한 잔소리가 멀리서 들려오는 것 같았다.

"너희들 그 삣지 안 떼냐? 육이오 때 태어나지도 않은 놈들이 무슨 낯짝으로 얼어 죽을 종북 타령이야, 종북 타령은! 육시럴 것들 군대는 갔다 오긴 했냐?"


6.

대체 왜 이렇게 돼버린 거지?

겨우 마음을 추스른 한나는 계룡산 요새의 중심으로 향했다. 한나의 명성을 익히 들은 각 단체의 지도자들이 반갑게 맞이했다.

"반가워요. '조상 없애기 운동본부' 본부장 요한나예요."

여러 단체의 리더 중에서도 가장 중심에 서 있는 남자가 한나에게 다가와 악수를 청했다.

"'내 부모 내 손으로 보내드리기 협회' 협회장 이시온입니다."

"상황은요?"

"계룡산 요새 안에는 12개 단체에서 대략 14만 명 정도가 집결했습니다. 어쩌면 대한민국 최후의 생존자들일지도 모르죠. 지금은 함께 힘을 모아 최후의 전투를 준비 중입니다. 식량은 충분하지만 무기는 많이 부족해요."

"들어올 때 살펴보니까 겨우 돌담뿐이던데, 몰려오는 조상님들을 어떻게 막아내실 셈이죠?"

"여긴 산세가 험해 전차가 올라올 수 없습니다. 조상님들은 대부분 뼈가 약해 여기까지 중화기를 짊어지고 오지도 못하고요. 그동안 전투라고는 소총 사격을 주고받는 정도여서 크게 위협이 되진 않았습니다."

남자는 자신만만한 표정을 지어 보였다. 하지만 한나는 걱정이었다.

"글쎄요. 앞으로도 그럴까요?"

밤이 되자 요새 앞으로 모여든 조상님들이 온갖 잔소리를 해대기 시작했다. 한마음으로 공명을 일으킨 그들의 목소리가 어찌나 컸던지 성벽을 지키던 병사들은 귀에서 피를 쏟으며 속수무책으로 쓰러졌다.

"너희 공부는 열심히 하고 있니? 학교에서 몇 등 했어? 뭐? 아무튼 공부 못하는 것들이 환경 탓만 하지. 공부 그거 다 의지력만 있으면 돼. 바위에 딱 앉아서 집중하라 이거야. 정신머리가 썩어서 그래 썩어서. 눈은 동태눈을 해가지고 생각이 있는 거니 없는 거니?"

"으른 말이 우습냐? 왜 대꾸가 없어?"

"어디서 따박따박 말대꾸야?"

"너 몇 키로야? 살은 좀 빠졌니? 운동은 하고 있어? 뱃살이 추욱 늘어져서는 쯔쯔…… 가만히 자빠져서 세끼 꼬박, 꼬박, 챙겨 먹으니 살이 빠질 리가 있나."

"내 말이 말 같지가 않냐?"

"으른이 말씀하시면 예, 해야지?"

"결혼은 언제 할 거니? 머리는 또 그게 뭐야?"

"산속에 비슷한 애들끼리 갇혀서 어디 제대로 된 사람이나 만나겠니?"

"다 너 위해서 하는 말이야. 니가 꿀릴 게 뭐가 있어. 대기업 딱 취직해서 좋은 집에 시집가야 할 거 아니니."

"아무튼 요즘 젊은 것들은……."

"나약해 빠져가지고……."

"옛날이 좋았지……."

몇 달간 밤낮없이 잔소리가 계속되자, 지쳐 쓰러지는 사람들의 수도 점점 늘어났다. 성문을 열고 투항하자는 의견까지 나올 지경이었다. 그럴 때마다 한나는 반대파들에 맞서 결사항전을 주장했으나, 언제까지 버텨낼 수 있을지는 장담할 수 없었다. 생존자들은 점점 심리적으로 궁지에 몰렸다.

절체절명의 상황에서 희망을 가져온 것은 과학자들이었다. 다년간 연구를 이어온 '이성으로 미신을 물리치는 과학자들의 모임' 소속 연구자들이 조금씩 사태의 원인을 파악하기 시작한 것이었다.

이시온이 소집한 회의에서 과학자들이 성과를 발표했다.

"모든 사태의 원인은 양자 얽힘 현상이었습니다. 죽은 자들의 시신에 남은 원념이 초신성 폭발의 중력파와 양자적으로 공명을 일으켜 이런 현상이 일어난 겁니다."

"말도 안 돼. 정말로 양자가 원인이 맞다고?"

각 그룹의 리더들이 저마다 황망한 표정으로 웅성거리기 시작했다. 한나가 앞으로 나서며 과학자에게 물었다.

"그건 어떻게 알아내신 거예요?"

"한국천문연구원이랑 ETRI*가 사태 초기부터 해외 쪽이

* 한국전자통신연구원.

44

랑 함께 쭉 연구해 왔거든요. 최근에 저희가 예측 모형을 하나 보냈는데 LIGO* 쪽에서 중력파 검출에 성공했대요. 중력파-양자 얽힘이 원인일 거라는 저희 가설이 현실로 입증된 거죠. 조상님들의 군대가 대전까지 내려온 이유도 그 연구를 막으려 했던 거였고요."

어이가 없었다. 군대가 세종으로 오는 게 아니었다니. 한나는 허탈한 웃음을 지어 보였다.

"그래서 해법이 뭔데요?"

"멜론 머스킷 재단에 저희 연구 결과를 공유했더니, 그쪽에서 쓸 만한 방안이 하나 있답니다."

"멜론 머스킷? 그 갑부? 그 사람 아직 살아 있대요?"

"네. 지금은 우주 정거장에서 생활하고 있다네요."

"하긴, 우주 회사 사장이니."

"다음 주에 화성으로 떠날 거랍니다. 화성엔 조상님이 안 계시니까."

"그건 좀 부럽네요."

"떠나기 전 마지막 선물로, 스텔라 링크 시스템 운영권을 우리 쪽으로 넘겨주기로 했습니다. 그걸 쓰면 지금 사태를 진정시킬 수 있을 거라고요."

"스텔…… 뭐요?"

---

* Laser Interferometer Gravitational-Wave Observatory. 미국에 위치한 중력파 관측소.

"스텔라 링크 시스템(Stella Link System)이요. 머스킷 재단이 궤도상에 쏘아 올린 1만 2000대의 통신위성이에요. 지금 한나 씨가 스마트폰으로 통신할 수 있는 것도 다 그 위성들 덕분이고요."

"아…… 그거?"

한나는 일단 아는 척을 했다.

"그래서 그걸로 뭘 할 수 있는데요?"

"통신위성으로 일정한 전파를 발산하면 조상님들을 소환하고 있는 중력파에 다른 파동을 겹쳐 양자 요동의 균형을 깨뜨릴 수 있을 것 같습니다."

무슨 말인지는 모르겠으나 샘물 떠서 제사 지내자는 것보다는 현실적으로 느껴졌다.

"그럼 어떻게 되는데요?"

"전파를 발산하는 동안엔 조상님들이 되살아나는 현상이 중단될 겁니다."

"저 좀비들을 전부 없앨 수 있다고요?"

"아뇨. 이미 생겨난 사람들은 못 없애고요. 새로 생겨나는 것만 막는 겁니다. 조상님들을 소환하는 파동과 정반대 속성의 파동을 보내서 중화시키는 거죠."

"파동이라……."

갑자기 한나의 머릿속에 아이디어가 떠올랐다.

"아뇨. 그걸론 부족해요. 이미 넘쳐나는 조상님들만으로도 인류는 멸망 직전이에요. 그럴 거면 차라리 거꾸로 해요. 같은 파동으로 공명을 일으켜서 더 빨리, 더 많은 조상님을 부르는 거예요."

"한나 씨, 미치셨어요?"

이시온이 끼어들었다.

"안 미쳤어요. 제 말 들어보세요. 조상님들은 잔소리에 약해요. 그렇게 죽어라 잔소리를 해대면서, 정작 자기들은 몇 마디만 들어도 경기를 일으키며 굳어버리거든요. 그러니까 더 오래된 조상님들을 불러야 해요. 그럼 그분들이 젊은 조상님들을 잔소리로 막아주실 거예요. 지금 독립군이 친일파들을 막아주고 있는 것처럼. 제 생각 어때요?"

그러자 이시온이 반론을 제기했다.

"하지만 그 말은 동시에 최강의 꼰…… 조상님을 소환하겠다는 뜻이기도 해요. 지금보다 더 오래되고 더 강한 조상님이, 그것도 점점 더 강한 조상님이 나타날 테니까요."

이미 예상했다는 듯, 한나는 어깨를 으쓱였다.

"상관없어요. 끝까지 가면 유교고 뭐고 예의범절이라는 게 없던 시절까지 거슬러 올라갈 테니까. 우끼끼거리는 원숭이만 남게 되면 그때 기계를 끄고 제압하자고요."

"안 됩니다. 허락할 수 없어요."

이시온은 단호했다.

"너무 위험합니다."

7.

한나는 텐트로 돌아오자마자 수진과 미주에게 상황을 공유했다.

"그래서 언니! 그놈한테 지고 돌아오신 거예요?"

흥분한 수진의 말을 들으니 다시금 울컥 화가 치솟았다.

"그 사람 말이 아주 틀린 건 아니야. 한나 씨 생각처럼 잘 풀리리라는 보장이 없는 건 사실이잖아. 잘못되면 조상님들 세력만 불려주게 될 수도 있어."

미주의 냉철한 분석을 듣자 조금 기세가 꺾였다. 한나는 아까 못다 한 주장을 마저 펼쳤다.

"어차피 지금 상황이 계속 이어지면 우린 다 죽을 거야. 혹시나 일이 잘 풀려서 우리가 승리한다 쳐도, 전 세계의 다른 생존자들도 그럴 수 있을까? 미주 씨, 이거 전 인류의 목숨을 구하는 일이 될 수도 있어. 그냥 못 본 척 넘어가선 안 돼. 우리가 나서야 해."

"그치만 한나 씨, 이미 이시온이 안 된다고……."

갑자기 수진이 끼어들었다.

"이시온 그놈이 뭔데요? 언니가 왜 그놈 허락 같은 걸 받아야 해요?"

맞아. 내가 왜 그놈 허락을 얻어야 해?

늦은 밤, 세 사람은 몰래 텐트를 빠져나와 '이성으로 미신을 물리치는 과학자들의 모임' 그룹의 야영지로 향했다. 조금 전 브리핑을 했던 과학자의 텐트를 찾아낸 그들은 조심스럽게 텐트 문을 열고 안으로 뛰어들었다.

"다, 당신들 대체 뭡니……."

"쉿."

한나는 재빨리 상대의 입을 틀어막았다.

"조용히 해요. 한 번만 더 떠들었다간 크게 다칠 수도 있어요."

과학자가 고개를 끄덕였다. 한나는 그의 입을 풀어주었다. 미주가 다시 텐트 문을 잠갔고, 네 사람은 랜턴 주위에 둘러앉아 이야기를 시작했다.

"아까 제 계획 들으셨죠? 저희 좀 도와주세요."

한나가 말했다. 하지만 과학자는 단호했다.

"이시온 협회장 허락 없이는 못 합니다."

"아시잖아요. 이게 인류를 구할 유일한 길이라는 거."

"전 모릅니다. 도와드릴 장비도 없고요."

"거짓말." 미주가 끼어들었다. "스텔라 링크 시스템은 아무 단말기에서나 접속 가능하잖아요. 특별한 장비가 필요한 건 아닐 텐데요. 갖고 계신 태블릿으로 접속할 수 있는 거 아녜요?"

과학자는 끝까지 침묵을 지켰다. 갑자기 수진이 벌떡 일어나 주머니에 감춰둔 무기를 빼 들었다. 수진은 잔뜩 흥분해 있었다.

"당신! 시키는 대로 안 하면 얼굴에 에프킬라 뿌려버릴 거예요."

"네?"

"당. 신. 콧. 구. 멍. 에. 다. 에. 프. 킬. 라. 뿌. 린. 다. 고. 요."

수진이 또박또박 한 글자씩 읊을 때마다 과학자의 표정이 점점 공포에 잠식되어갔다.

"아, 알겠어요. 할게요. 한다고요."

당황한 과학자가 허겁지겁 태블릿을 꺼내 들었다. 머스킷 재단의 앱을 열고 몇 번 터치하는 것만으로 금세 통신 시스템의 세팅이 끝났다.

"이제 언제든지 시작할 수 있어요. 근데……." 과학자는 사족을 붙였다. "분명 이거 전부 당신들 책임인 겁니다. 전 아무 책임 없다고요."

"알겠으니까 바로 시작하세요."

한나가 지시했다. 과학자가 태블릿의 버튼을 누르자 스텔라 링크 시스템은 조상님들의 부활을 촉진하는 파동을 발산하기 시작했다.

순식간에 전 지구가 되살아난 조상님들로 뒤덮였다. 지금까지의 조상님들보다 훨씬 오래되고 위험한, 사악하고 강력한 존재들이 그들의 곁에 나타나 잔소리를 퍼붓기 시작한 것이었다.

한나는 성벽 위로 달려가 사태를 관찰했다.

"어허! 어디서 천한 것들이 양반 앞에서 고개를 빳빳이 들어?"

두루마기를 입고 갓을 쓴 채 등장한 조상님이 젊은 조상님들을 갈구고 있었다.

잘한다, 조상님의 조상님. 화이팅, 슈퍼 꼰대.

"이놈이! 사십구재도 제대로 안 치르고! 뭐어? 사흘 하고는 힘들다고 부모 장례를 마쳐? 쯧쯧…… 인륜도 모르는 상놈 같으니라고. 쯧쯧……."

그러자 그의 등 뒤에 새로운 조상님이 나타났다.

"뭣이? 사십구재? 사십구우재? 적어도 3년은 채워야지 이 때려죽일 놈들이! 전쟁통에도 꼭 치르는 것이 삼년상이여! 이 불효자 놈들아!"

그러자 그의 등 뒤에서는,

"뭐어? 부모님 돌아가시면 평생 무덤에 뼈를 묻어야지!"

그리고 그의 뒤에서,

"자고로 하늘의 뜻에 따라 나고 죽는 것이 이치이거늘, 어찌 너희는 이 땅에 돌아와 이리 섭리를 어지럽히는가. 꽃이 피고 지듯 자연스럽게 행동해야 마땅한 것이거늘……."

또, 뒤에서,

"제발 철 좀 들거라! 하여튼 요즘 젊은것들이란 왜 이리 예의가 없는지. 쯧쯧……."

시대를 거슬러 거슬러 한없이 오랜 과거의 조상님들이 이 땅에 깨어나 젊은 조상들을 훈계하니, 잔소리를 참지 못한 조상님들은 귀를 틀어막고 바닥에 드러눕기 시작했다. 그들은 부르르 떨며 비명을 지르다 이내 돌처럼 굳어버렸다.

새로 모습을 드러내는 조상님들의 복식이 점점 과거로 돌아가고 있었다. 수수했던 조선 시대를 지나 화려한 고려 시대 복식으로 이어지더니, 당나라풍이 가미된 통일신라 시대 복식이 나타나기 시작했다. 종래에는 옷감의 질이 점점 떨어지고 화려함도 죽어 문명이 없던 시절로 회귀하고 있음을 확연히 알 수 있었다.

"신호 멈출 준비 하세요!"

한나가 소리쳤다. 목소리를 들은 과학자가 태블릿을 손에 들고 정지 버튼을 터치할 준비를 했다.

이제 언어라는 것이 점차 사라지고, 짧은 단어만 주고받는 시기가 되었다. 그럼에도 잔소리는 멈출 줄을 몰랐다. 곰 가죽을 뒤집어쓴 조상님이 뼈 몽둥이를 휘두르며 사람들에게 우어우어 훈계하는 모습이 보였다. 인간이란 생물은 문자도 없고, 언어도 없던 먼 옛날에도 남에게 이러저러한 것들을 간섭하기 좋아했던 모양이었다.

"자, 이제 곧!"

한나가 소리쳤다. 언어라는 것이 완전히 사라지고, 인류가 무리조차 이루지 않게 되는 시기가 도래했다. 조상님들은 이제 사람이라기보단 유인원에 가까운 모습이었다.

"정지하세요!"

과학자가 태블릿을 터치했다. 그러나,

"어? 이게 왜 안 되지?"

당황한 과학자가 몇 번이나 화면을 터치했으나 스텔라 링크 시스템은 정지하지 않았다. 파동을 정지시킬 방법이 없었다. 한나는 그의 곁으로 허겁지겁 달려갔다.

"왜 그래요?"

"이, 이게 에러가 났나 봐요. 정지가 안 됩니다."

"뭐라고요?"

과학자가 망연자실한 표정으로 바닥에 주저앉았다. 그가 떨어뜨린 태블릿 화면엔 로딩 표시만 하염없이 빙글빙글 돌고 있었다.

"언니! 우리 이제 어떡해요!"

수진이 한나의 팔에 매달려 소리쳤다.

"어떡하긴 뭘 어떡해. 망한 거지."

미주는 차분히 블루투스 헤드폰을 머리에 뒤집어썼다.

"미안, 수진아. 내가 괜한 오지랖을 부리는 바람에……."

한나가 망연히 중얼거렸다.

곧이어 매머드가 출현해 성곽에 머리를 들이받았다. 그다음엔 온갖 비늘이 달린 파충류들이, 그리고 결국 지상 최대의 조상님인 공룡들이 이 땅에 나타나기 시작했다. 다시 지상으로 풀려나온 공룡들이 매머드가 뚫어놓은 구멍을 통해 쏟아져 들어왔다. 공룡들은 요새 내부를 질주하며 조상이건 후손이건 구분 없이 공평하게 모두를 차례차례 집어삼켰다.

그렇게 인류의 종말이 찾아왔으니…….
뭐, 어쩌겠는가. 모두 그들의 오지랖이 원인인 것을.

우리가 멈추면

**우리가 멈추면**

웹진 거울 2020년 1월호

We need more time to rest. We need a schedule that is not so packed. We don't want to exercise after a meal. We need to get things under control.

우리는 휴식 시간이 더 필요하다. 우리는 지나치게 빡빡하지 않은 계획이 필요하다. 우리는 식사 직후에 운동하고 싶지 않다. 우리는 모든 것이 제대로 돌아가기를 원한다.

— 1973. 12. 28. 스카이랩 정거장. 최초의 우주파업의 기록

1.

"잠시 후 우리 여객선은 소행성 세레스에 도착합니다. 승객 여러분께서는 자리에 앉아 안전벨트를 착용해 주시기 바랍니다."

도착을 알리는 승무원 로봇의 목소리가 들렸다. 제이는

손을 더듬어 안전벨트를 찾기 시작했다. 지구에서 세레스까지 대략 한 달. 장기간의 저온 수면 때문인지 마취된 것처럼 머릿속이 흐릿했다.

천장에 설치된 스크린에 세레스 정거장의 소개 영상이 재생되었다. 지상 700킬로미터 상공의 정지궤도(Geostationary Orbit)에 건설된 정거장은 마치 얇은 은반지를 여러 겹 포개 놓은 듯한 형상이었다. 링 모양의 구조물들이 자이로스코프처럼 회전하며 인공 중력을 생성하는 모습이 화려한 그래픽으로 그려졌다. 그는 빙글빙글 돌아가는 영상에 멍하니 빠져들었다.

상주 인력 10만 명. 아스테로이드 벨트의 물류가 집결하는 허브. 사통팔달 성간 교통의 중심. 외행성 개척의 최전선. 화성과 목성의 가교. 정거장을 꾸미는 온갖 화려한 수식어들이 화면을 가득 채울 즈음, 갑자기 화면이 일그러지며 귀를 찢는 소음이 스피커에서 흘러나왔다.

— 멍청한 지구 새끼들이 분리할 객선을 안쪽에 끼워놨네. 이거 시간 안에 되려나 모르겠네.

본래라면 들리지 말았어야 할 무전이었다. 거친 말투에 놀란 승객들이 조금씩 웅성거렸다. 승무원 로봇은 그들을 진정시키려 아무렇게나 말을 내뱉었다.

"불편을 드려 죄송합니다, 고객님. 객선을 분리하는 작업 자분들과 무선 연결에 잠시 혼선이 있었습니다. 저희 성간교통공사는 언제나 고객의 안전을 최우선으로⋯⋯."

— 4773, 4773, 정거장 이탈까지 4분 30초 남았습니다. 수송팀, 듣고 있어요? 시간 안에 분리 작업 완료하셔야 합니다. 세레스 관제실 이상.

새로운 목소리가 들렸다. 4773은 지금 타고 있는 우주선의 고유번호였다. 승객들이 더 크게 웅성거렸다. 성간교통망(Interplanetary Express Line)을 달리는 우주선들은 결코 멈추지 않는다. 한번 감속하게 되면 다시 표준속도로 회복하는데 엄청난 시간과 비용이 들기 때문이다. 제이가 타고 있는 여객선도 예외가 아니었다. 객선이 분리되든 안 되든 4분 3초가 지나면 우주선은 정해진 스케줄대로 정거장을 이탈해 목성으로 나아갈 터였다.

— 진짜 양심도 없네. 동시에 세 대를 들여보내 놓고 정시에 내보내라고? 반장님, 이번 거는 진짜 너무하는 거 아니에요?

— 지금 그거 따져서 뭐 할 건데? 그런다고 우주선이 멈추냐? 진수랑 민철이는 나랑 같이 객선 떼자. 현민이는 후부로 가서 후딱 화물선부터 끊고.

반장의 목소리가 들렸다. 그리고 침묵. 잠시 후 객선 내부가 작게 출렁였다.

— 반장님. 화물선들은 분리 완료했습니다.

— 오라이.

기다란 객선의 앞쪽과 뒤쪽에서 각각 쿵, 하고 무언가 부딪치는 소리가 났다. 엑소슈트*를 입은 작업자들이 객선 위에 올라탄 모양이었다.

— 자, 이제 객선 분리한다. 다른 칸 안 건드리게 조심해서 앞뒤 한 번에…… 어?

금속이 불쾌하게 긁히는 소리가 나며 객선이 거세게 흔들렸다. 충격 때문에 군데군데 선반이 열리며 물건이 와르르 쏟아졌다. 아래에 앉아 있던 사람들 중 하나가 머리를 얻어맞고 소리를 질렀다.

— 반장님! 이거 분리가 안 되는데요.

— 4773 우주선. 서두르세요. 이탈 30초 남았습니다. 29, 28…….

— 연결기가 얼어서 그래. 발로 한번 차봐.

쾅. 쾅. 실감 나는 충격음이 그대로 선내에 전해졌다. 작업자가 발로 찰 때마다 객선 내부가 거칠게 요동쳤다. 참다못한 승객 한 사람이 일어나 물었다.

"저기, 승무원아. 지금 정말 괜찮은 거 맞아?"

"네. 완벽하게 안전합니다. 유능한 수송원분들이…….."

"유능은 개뿔이! 10초도 안 남았구먼. 이대로 목성까지 가기만 해봐! 내가 진짜 가만 안 둘…….."

그 순간 객선이 또 한 번 거칠게 흔들렸다. 따지던 승객은 충격 때문에 비틀거리며 다시 자리에 주저앉고 말았다.

* Exosuit. 근력을 향상시키기 위해 입는 강화복.

— 4773. 작업 완료. 이탈하세요.

반장의 목소리였다. 겨우 객선이 분리된 모양이었다.

어쨌건 도착하긴 했네. 제이는 차분히 짐을 챙기기 시작했다. 흥분한 사람들이 죄 없는 로봇에게 몰려가 거세게 항의했지만 로봇은 표정 없는 얼굴로 불편을 드려 죄송하다는 말만 반복할 뿐이었다. 제이는 그 모습을 바라보며 조용히 넥타이를 목에 둘렀다. 중력이 없는 탓에 넥타이 끝이 허공을 둥둥 떠다녔다. 넥타이핀도 하나 챙겨올걸. 뒤늦게 후회해 봤지만 소용없었다.

얼마 지나지 않아 객선이 세레스 정거장에 도킹했다. 출입문이 열리자마자 승객들이 우르르 빠져나갔다.

터미널 내부로 들어서자마자 창밖을 보았다. 정말 사용해도 괜찮나 싶을 정도로 심하게 찌그러진 구형 객선 하나가 승강장에 매달려 있었다. 관짝이나 다름없는 깡통 속에 한 달 넘게 갇혀 있었다고 생각하니 갑자기 짜증이 치밀어 올랐다.

객선을 정리하는 작업자들의 등에 붙은 빨간 포스터가 눈에 띄었다.


우리가 멈추면

우주가 멈춘다

그 유명한 문구를 직접 눈으로 보게 되니 세레스에 도착했다는 것을 확실히 실감할 수 있었다. 제이는 서둘러 안쪽으로 걸음을 옮겼다.

대합실에 성간교통공사 직원이 마중 나와 있었다. 직원이 악수를 청하며 표준어로 인사했다.

"환영합니다, 변호사님. 지아 첸 과장입니다."

"제이든 송입니다."

제이는 상대의 손을 맞잡으며 답했다.

"조합 측은 이미 정거장에서 기다리고 있습니다."

"정거장? 교섭은 지상에서 하기로 했잖습니까."

제이는 살짝 짜증 섞인 목소리로 말하며 눈썹을 찡그렸다.

"죄송합니다. 오늘은 정거장까지만 내려가실 수 있습니다. 스케줄이 맞지 않아서요. 지상행 엘리베이터 이용은 승인 절차가 복잡합니다. 정거장과 시티 양측이 정확히 동일한 질량을 주고받아야 하거든요. 잘 아시겠지만, 작용반작용 때문에요."

상대의 말투는 정중했지만, 눈빛은 차가웠다. 직책상 사측에 서 있을 뿐 결국 아스테로이드 출신이라는 거겠지. 지상으로 보내지 않으려는 이유도 추측이 갔다. 작업자로 가득 찬 정거장이야말로 그들의 홈그라운드였으니까.

그래, 나 빼고 다 한통속이라 이거지?

제이는 입을 닫고 아무 말도 하지 않았다. 직원도 말없이 그를 이동용 캡슐에 탑승시켰다. 케이블카처럼 궤도 엘리베이터에 매달려 아래로 이동하던 캡슐은 중간 지점에서 방향을 꺾어 거대한 링 구조물의 외벽을 따라 가속을 시작했다. 속도가 빨라질수록 점차 중력이 더해졌다. 오랜 기간 우주선을 타고 있었던 탓인지 몸이 조금 무겁게 느껴졌다.

갑자기 눈을 뜰 수 없을 정도로 강한 태양 빛이 쏟아졌다. 제이는 깜짝 놀라 손으로 얼굴을 가렸다.

"이렇게 태양에 노출되어도 괜찮은 겁니까? 피폭 위험은 없나요?"

"네. 정거장 근처는 안전합니다. 궤도 엘리베이터가 거대한 전자석 역할을 하거든요."

직원은 아무렇지도 않은 듯 태양을 바라보고 있었다. 제이는 천천히 손을 내리고 창밖을 보았다. 멀리 새하얀 구조물 위로 차가운 해가 떠오르고 있었다. 제발 이게 세레스에서 맞이하는 처음이자 마지막 일출이기를. 그는 마음속으로 기도했다.

얼마 후 캡슐이 목적지에 도착했다. 머리 위쪽 천장이 열리며 사다리가 내려왔다. 사다리를 타고 올라가자 중력 구역 바닥이었다.

"교섭장은 바로 근처입니다."

직원이 말했다. 좁은 통로 끝에 문이 하나 보였다. 7번 소회의실. 낡은 명패 아래 붙은 종이에는 '성간교통공사 아스테로이드 분과 실무교섭'이 손 글씨로 커다랗게 적혀 있었다.

이제 일할 시간이었다. 제이는 넥타이를 고쳐 맨 다음 관자놀이 부근의 감정 절제 스위치를 켰다.


2.

성간교통공사가 아리온 정거장을 민영화하려 한다는 소문은 단 하루 만에 태양계 전역으로 퍼져나갔다. 소식을 접한 조합 측이 곧바로 해명을 요구했지만, 사측은 정책적 검토사항이라는 애매한 답변만 반복할 뿐이었다. 대치가 시작된 지 일주일 만에 결국 아스테로이드 지부가 파업을 예고했다. 기장들, 수송원들, 정비사와 유지보수 인력들, 심지어 청소 노동자들까지. 아스테로이드 노동자의 80퍼센트가 파업에 동참하겠다는 의사를 밝히자 회사는 그제야 사태의 심각성을 인식하고 대응에 나섰다.

파업 여론의 중심에 서 있는 사람은 아스테로이드 지부장인 '유진 문 메그레즈 코델리아-37'이었다. 유진은 조합 내 강경파 중에서도 최고의 강경파로 손꼽혔다. 그도 그럴 것이, 그는 노동자 천국이라 불리는 천왕성 출신이었으니까. 지상에 처음 내려오신 도련님께 아스테로이드의 참상은 차마 눈 뜨고 못 볼 광경이었겠지. 제이는 맞은편에 앉은 상대를 바라보며 속으로 생각했다.

"그래서, 사측에서는 겨우 한 분, 그것도 파견 변호사만 참석하신다고요?"

지부장이 제이의 명함을 만지작거리며 말했다. 상대는 음성변조 기능이 있는 여우 모양 가면을 쓰고 있어 얼굴을 확인할 수가 없었다. 그 옆에 나란히 앉은 사람들도 출입문을 지키는 사람들도 모두 똑같은 가면을 쓰고 무거운 분위기를 잡고 있었다. 제이는 표정 없는 얼굴로 대답했다.

"저희 법무법인 화웅은 성간교통공사의 공식적인 법률 파트너로서 교섭 대리인 자격을 갖추고 있습니다."

가면은 한참 동안 말없이 그를 노려보았다.

"뭐, 좋습니다."

지부장은 명함을 책상 위에 내려놓은 다음 태블릿을 내밀었다. 조합의 요구사항이 적힌 목록이었다.

"저희 지부의 요구사항은 이렇습니다. 1번. 올해 임금 인상분은 100퍼센트 정액으로 한다. 2번. 명절 상여금은……"

"매년 하는 이야기는 건너뛰시죠. 시간도 부족한데."

가면은 또다시 침묵했다.

"…… 좋습니다. 그럼 38번부터. 대수송 기간*에 물량을 처리할 인력이 부족합니다. 수송원과 동력선 운전원을 합쳐 최소 550명 증원이 필요합니다. 저희가 얼마나 급박한 상황

---

* 지구, 화성, 목성 등이 세레스와 가장 가까워지는 회합 기간을 의미. 회합은 우주의 계절이며, 채굴한 자원들의 수확이 이루어지는 시기다. 성간 교통 노동자들의 업무량이 급증하기에 이를 대수송 기간이라 부르는 것이다.

에서 일을 하는지, 얼마나 위험한 상황에 노출되어 있는지는 방금 전에 직접 경험하셨으니 충분히 이해하시리라 생각합니다."

능청스럽게 받아칠 타이밍이었다. 제이는 등받이에 몸을 완전히 기대며 편안한 포즈를 취했다.

"네. 연기 좋던데요. 아주 박진감 넘쳤어요. 작업하는 데 걸린 시간을 재어봤더니 4분이 넘더라고요. 숙련된 수송원들이라면 객선 분리하는 데 1분이면 충분하지 않나요? 아, 맞다. 연결기가 얼었다고 하시던데. 우주에서도 서리가 생기나보죠?"

상대는 긍정도 부정도 하지 않았다. 하지만 당황하는 반응이 온몸으로 드러났다. 가면 속 표정도 맞힐 수 있을 것 같았다. 어설펐다. 이상할 정도로 어설펐다.

"작업량이 많은 것은 사실입니다. 지금 정거장 주변 정지궤도에 떠 있는 물량만 10억 톤이에요. 화물선이 20만 개가 넘는다고요. 우리 직원들이 이걸 두 달 안에 전부 지구로 실어 보내야 합니다. 얼마나 많은 우주선이 정거장을 지나는지 상상이 되십니까? 하루에 스무 시간씩 꼬박 일해야 겨우 물량을 맞출 수 있어요. 안전선을 연결할 시간도 없어서 우주 공간을 점프하듯 날아다녀야 하고요. 우주선은 결코 속도를 늦추지 않아요. 속도를 맞춰야 하는 건 언제나 우리 직원들이죠."

속절없이 쏟아지는 말 속에서 상대의 원래 말투가 조금씩 섞여 나왔다. 제이는 상대가 누구인지 짐작이 가기 시작했다.

"좋습니다. 인력 충원은 긍정적으로 검토하겠습니다."

"그럼 39번. 노후화된 안전장비에 대해서……."

제이는 한숨을 쉬었다.

"요구사항이 137번까지 있는데 이런 식으로 하나씩 다 말씀하실 건가요? 서면 답변으로 끝낼 수 있는 사안들도 많을 텐데요."

"전부 확인해 주셔야 합니다. 사측에서는 저희 요구에 제대로 답변하신 적이 없으니까요."

"전부 받아들이겠습니다."

"뭐라고요?"

상대가 놀란 목소리로 되물었다.

"조합 측 요구 대부분을 사측이 동의했어요. 노후 안전장비 교체, 트로이 소행성대* 1인 근무자 장기 파견 금지, 해고자 복직까지 전부 여러분들 요구사항 그대로 수정 없이 합의문에 들어갈 겁니다. 복지 관련 요구사항들은 세부적인 금액에 이견이 있지만 실무진 사이에서 의견이 접근 중인 걸로 압니다."

"전부 들어준다고요? 10년 동안 한 번도 들어준 적 없는

---

* 행성과 같은 궤도를 함께 돌고 있는 소행성 무리. 여기서는 목성의 L4, L5 라그랑주점에 위치한 소행성을 의미한다.

요구사항들을요? 대체 이렇게까지 하는 이유가 뭡니까?"

"글쎄요. 저는 교섭 대리인으로서 사측 의견을 전달할 뿐입니다. 개인적인 조언을 드리자면 이번 기회를 현명하게 활용하시는 게 좋을 겁니다. 사측이 이렇게까지 양보하는 경우는 정말 드뭅니다."

제이는 태블릿을 옆으로 밀어버렸다.

"그럼, 남은 안건은 하나죠. 어차피 제가 여기까지 온 것도 이것 때문이고요."

상대도 기다렸다는 듯 허리를 곧게 펴고 제이를 노려보았다. 그리고 진짜 요구사항을 또박또박 이야기했다.

"137번. 사측은 아리온 정거장의 민영화 계획을 철회하십시오."

"불가합니다. 사업 매각 여부는 조합 측에서 관여할 수 없는 사항이에요. 법적으로 명백한 경영권 침해입니다."

쾅. 지부장의 오른편에 앉아 있던 사람이 책상을 내려쳤다. 그가 무어라 말을 꺼내기도 전에 지부장이 팔을 뻗어 제지했다. 신분이 노출되는 것을 막기 위해서인 듯했다. 옆사람 대신 지부장이 입을 열었다.

"요구할 수 있어요. 우리 처우와 연관된 문제라면."

"설명해 보시죠."

"아스테로이드 벨트 내에서 운행 중인 지역 노선들은 대부분 적자 상태예요. 공익을 위해 적자를 감수하고 운행하는 거죠. 성간교통공사가 이 적자를 어떻게 메꾸는지 아십니까? 목성이에요. 목성행 장거리 노선에서 나오는 수익으로 아스테로이드 교통망이 유지되고 있는 거라고요."

"그게 아리온 매각과 무슨 상관입니까?"

"아리온 정거장은 세레스의 외합지점*에 건설되고 있어요. 장기적으로 목성행 노선 절반을 나눠 갖게 될 거라는 뜻이죠. 아리온을 잃게 되면 성간교통공사는 적자로 돌아서게 될 거고, 대대적인 감축이 불가피해요. 그중에서도 아스테로이드가 가장 큰 피해를 보게 될 거고요."

"지나친 걱정입니다."

"정말로 그렇게 생각하세요?"

"민간교통기관 출범 시 오히려 성간교통공사의 수익이 개선될 거라는 연구 결과도 있습니다. 경쟁 때문에 두 기관이 오히려 더 많은 우주선을 투입하게 될 거라고요."

"경쟁이라고요?"

경쟁이라는 단어를 듣자 상대는 코웃음을 쳤다.

"성간교통에 대해선 정말 아무것도 모르시는군요. 우주에선 경쟁이 불가능해요. 시간과 비용이 전부니까. 우주선은 그저 가까운 루트를 택할 뿐이라고요. 세레스와 아리온 둘 중 하나는 태양 반대편에 있는데, 거기까지 무슨 수로 찾아

* 태양을 기준으로 정반대 지점을 의미한다.

온다는 건가요?"

상대는 기술적인 이야기를 한참 동안 늘어놓았다. 더 이상 반박하기가 어려웠다.

제이는 대화를 중단시켰다.

"조합 측에서 이 문제를 계속 붙잡고 늘어진다면, 사측은 기존에 동의한 요구 조건들도 다시 거부할 겁니다. 챙길 수 있을 때 챙기세요. 더 큰 포도가 나오길 기대하면서 걷다 보면 금세 농장 끝까지 가버리고 말 겁니다."

"137번은 포기 못 합니다."

상대는 결코 포기하지 않을 기세였다. 어쩔 수 없었다. 마지막 카드를 사용하는 수밖에. 제이는 상대에게 대뜸 이렇게 물었다.

"지부장님. 당신 대체 누굽니까?"

"네? 그게 무슨 말씀……."

"유진 메그레즈 씨의 출입국 기록을 확인했습니다. 9개월 전에 이미 천왕성으로 떠났더군요. 당신은 대체 누구죠?"

조합 측 인원들이 서로를 번갈아 쳐다보았다. 결국 지부장은 한숨을 쉬며 가면을 벗었다. 가면 속 정체는 역시나 예상한 대로였다. 출발하기 전부터 그럴 거라 생각은 했지만, 그래도 실제로 마주하게 되니 어이가 없었다.

"한세경 씨. 당신은 이제 교통공사 직원도 아니잖습니까."

"정확히 말하면 해고자야. 간부 자격 있어요."

"왜 이렇게까지 하시는 겁니까?"

"변호사님. 내가 전에도 말했잖아요. 다른 선택지가 없다고. 이건 뭘 주고받으면 끝나는 문제가 아니라 목숨이 걸린 거거든."

세경은 그렇게 말하며 어깨를 으쓱였다.

"오늘 교섭은 무효입니다. 당신은 명단에 없는 사람이니까요. 다음번엔 제대로 명단에 이름을 올리고 참석하세요."

제이는 한숨을 쉬며 자리에서 일어났다. 세경이 한 박자 늦게 일어나 악수를 권했지만, 제이는 그 손길을 무시한 채 교섭장을 빠져나왔다.

텅 빈 캡슐에 앉자마자 감정 절제 스위치를 해제했다. 억눌려 있던 죄책감이 한 번에 가슴으로 쏟아졌다. 캡슐이 궤도 엘리베이터를 오르는 긴 시간 내내 제이는 큰 소리로 서러운 울음을 터뜨렸다. 눈물을 아무리 흘려도 속이 깨끗해지지 않았다.

터미널에 도착할 즈음에야 겨우 감정이 가라앉았다. 휴대전화에 팀장의 메시지가 도착해 있었다.

— 교섭 결과 확인 완료. 굿. 잘했음. 다음 교섭 때까지 세레스에서 대기하세요.

새로운 교섭팀이 지구에서 지시받고 출발하는 거 아니었어? 제이는 대합실 구석에 쭈그리고 앉아 답장을 보냈다.

— 언제까지 대기합니까? 선전포고만 하면 된다면서요.

30분이 지나서야 답장이 돌아왔다.

— 상황이 바뀌었어. 유진이 없으면 조합도 파업까진 못 갈 것임. 민영화 확정 시까지 교섭 반복하면서 최대한 시간 끌 것.

빌어먹을. 한세경 얼굴을 매일 쳐다보라고? 제이는 전화기를 바닥에 집어 던졌다.


다음 날에도, 그다음 날에도, 교섭은 계속되었다. 제이는 매일 좁아터진 7번 소회의실 테이블에 앉아 한세경의 얼굴을 마주해야 했다. 그때마다 조합은 민영화 철회를 요구했고, 사측은 거부했다. 한세경은 매번 제이를 바라보며 웃었고, 제이는 교섭이 끝날 때마다 죄책감을 되새겨야 했다. 그렇게 의미 없이 두 달이 흘렀다. 어느덧 아리온 정거장은 완공 직전이었다. 평행선을 달리던 노사 간 교섭은 결국 최종 결렬되었다.

지구로 돌아갈 방법이 없었다. 이미 지구행 발사창*이 닫혀버렸기 때문이었다. 지구와 세레스가 근접하는 약 두 달간의 회합 기간이 지나면 성간 우주선의 운행 거리가 길어져 운임이 1000배 가까이 비싸졌다. 하지만 회사는 제이에게 비싼 운임을 지급할 마음이 없었다.

— 제이든 송 변호사님과의 근로계약을 일시 정지합니다.

---

* Launch Window. 태양을 공전하는 두 행성이 근접하여 서로 우주선을 발사할 수 있을 정도로 가까워지는 기간을 의미한다.

법무법인은 냉정하게도 계약 정지를 통보해 왔다. 사실상 해고나 다름없었다. 지구와의 다음 회합주기까지 350일. 그는 적진에서 홀로 살아남아야 했다.

제이는 곧장 지상으로 내려와 사무실을 얻었다. 모아둔 저축으로 세레스 시티(Ceres City)에서 구할 수 있는 방이라곤 삼분의 일 중력의 3평짜리 고층 오피스텔이 전부였다. 수면캡슐 하나도 추가로 얻을 여유가 없었다. 비좁은 공간에서 업무와 숙식까지 모두 해결해야 했다.

아이러니하게도, 세레스에 아무런 연고도 없는 그가 의지할 곳이라곤 성간교통공사의 직원들뿐이었다. 제이는 교통공사 직원들을 상대로 법률 상담을 시작했다. 처음엔 아무도 그를 믿어주지 않았지만, 몇몇 직원들의 떼인 임금을 받아내는 데 성공한 뒤로는 조금씩 괜찮은 소문이 돌면서 사무실을 찾는 사람들이 늘어났다. 큰 수입이 들어오진 않아도 1년간 먹고살기엔 충분했다. 제이는 그렇게 직원들과 조금씩 가까워졌다.

그즈음, 한세경이 사무실을 찾아왔다. 제이는 상대의 얼굴을 보자마자 황급히 감정 절제 스위치의 전원을 켰다.

"변호사님. 내가 개업 축하가 좀 늦었네."

세경은 조그만 축하떡 세트를 책상 위에 내려놓으며 맞은편 자리에 앉았다.

"저 아직 사측 대리인입니다. 이런 거 못 받는 거 아시잖아요."

"응. 내가 먹을 거야. 감상만 하세요."

세경은 능청스럽게 포장을 뜯어 꿀떡 하나를 입에 쏙 집어넣었다. 그러곤 손가락에 묻은 기름을 빨면서 물었다.

"어때요? 회사에 뒤통수 한번 맞아보니까."

"별로 기분이 좋진 않네요."

"장사는 잘돼요?"

"그럭저럭 먹고살 정도는요."

"우리 직원들한테 손 내밀기가 쉽지 않았을 텐데. 고마워요. 도움받았다는 직원들이 많아요."

"달리 방법이 없었을 뿐입니다."

"방법이 없다고요? 변호사님처럼 유능한 분이? 설마요."

세경은 언제나처럼 해맑게 웃었다. 여전히 활력이 넘치는 얼굴이었다. 위험과 피로로 가득 찬 우주에서 이런 활기찬 표정을 마주할 기회는 드물었다.

"첫날, 교섭장에서 엄청 긴장하시더군요. 본인답지 않게."

제이가 말했다.

"응. 유진처럼 보이려고 맞지도 않는 옷을 입었더니 엄청 불편했어. 차라리 처음부터 솔직하게 오픈할 걸 그랬네요. 그랬으면 협상이 좀 더 쉬웠을 텐데."

"그랬다면 제가 세레스에 오는 일도 없었겠죠."

세경은 두 개째 집어 든 떡을 내려놓고 제이를 똑바로 쳐다보았다. 호르몬이 감정을 억제하고 있었음에도 눈동자를 마주하기가 쉽지 않았다.

"변호사님. 솔직히 나한테 좀 미안하지?"

갑자기 아픈 곳을 푹 찌르고 들어왔다.

"평생 이렇게 얼굴 보게 될 일 없을 줄 알았는데, 막상 직접 보게 되니까 좀 미안한 마음도 들고 그런다 그지?"

아무 말도 할 수 없었다.

"나는 괜찮아요, 너무 그렇게 미안해하지 마. 어차피 정년도 얼마 안 남았었는데 뭘."

세경이 떡을 하나 내밀었다. 제이는 한참 망설이다 손을 뺐다. 그러자 세경은 "아니, 아니" 하며 고개를 저었다. 그는 한숨을 쉬며 고개를 앞으로 내밀었다. 입 안으로 떡 하나가 쏙 들어왔다.

"…… 요즘은 잘 지내세요?"

"응. 자청비 크레이터에 꽃감관으로 취직했어. 꽤 보람 있는 업무야. 이런 삭막한 소행성에도 꽃이 많이 필요하거든. 사랑도 해야 하고, 축하도 해야 하고, 장례도 많고."

한때 태양계 교통망을 총괄하던 사람이 지금은 꽃이나 기르는 농부라니. 제이는 자신이 무슨 일을 저질렀는지 다시금 깨달았다.

"정말 죄송합니다."

제이는 고개 숙여 사과했다. 그러자 세경은 눈가를 찌푸리며 손사래를 쳤다.

"너무 그러지 마. 변호사님은 평생 열심히만 살다 보니 적당히 일하는 방법을 몰랐던 것뿐이야. 앞으로 개과천선하시면 돼."

웃는 얼굴로 아픈 곳을 계속 찔러댔다. 제이는 억지로 화제를 돌렸다.

"그런데 유진 메그레즈 씨는 왜 천왕성으로 돌아간 겁니까?"

유진의 이름이 언급되자마자 세경의 얼굴에서 미소가 사라졌다.

"아, 그 씹새끼?"

생각지도 못한 단어가 튀어나왔다. 의외였다. 이렇게 욕할 줄도 아는 사람이었다니. 세경은 하얀 곱슬머리를 쓸어 넘기며 한숨을 쉬었다.

"그 이야길 하려면 아무래도 술이 좀 필요하겠는데……."

세경은 기다렸다는 듯 가방에서 와인 한 병을 꺼내 책상 위에 올려놓았다.


3.

"그런 다이아*는 못 그린다니까요."

세경이 완강히 거부하자 부장은 난처한 표정을 지었다.

"CEO 지시야. 그것도 취임 첫 지시. 이거 위에서 오더받고 온 거야."

"아무리 그래도 어떻게 적자 노선을 한 방에 50퍼센트나 감축해요. 거기서 일하는 직원들 절반이 잘릴 텐데, 저보고 그 원망 다 감당하라고요?"

"그럼 어떡해. 다들 이 정도 운행 계획 짤 수 있는 사람은 한 차장뿐이라는데."

"아, 몰라요. 부장님이 배워서 하시든지."

"세경 씨, 진짜 나랑 한번 해보자 이거야?"

부장이 책상을 내려치며 고함질렀다. 세경은 보란 듯이 컴퓨터에서 마우스를 뽑아 쓰레기통에 던져버렸다. 그래, 어디 한번 맘대로 해보시든지.

그러자 반나절 만에 아스테로이드 벨트로 전출 명령이 떨어졌다. 누가 봐도 명백한 보복 인사. 최은희 CEO가 직접 내린 결정이라는 소문도 들렸다. 위에서 내려온 오더라더니, 이번엔 정말 높은 곳에서 내려온 모양이었다. 30년을 쌓아 올린 커리어가 누군가의 말 한마디에 날아갈 수 있다니. 세경은 모든 것이 허무해졌다.

세레스에 발을 디딘 순간부터 세경은 아무 일도 하지 않았

* Time-Space Diagram. 철도, 선박, 항공 등 선형으로 움직이는 교통수단의 운행계획을 도표로 표현한 것을 의미한다. 쉽게 말하면 우주선의 운행 시간표를 계획하는 일이다.

다. 그저 출근 시간에 맞춰 선외활동복을 입고 멍하니 시계를 바라보다 퇴근 시간이 되면 방에 틀어박혀 빈 맥주 캔을 쌓을 뿐이었다. 누구와도 사귀지 않았고, 아무 일도 꾸미지 않았다. 무언가를 이루는 삶은 이제 끝이라고 생각했다. 그렇게 차분하게 무의미한 시간을 빼곡히 채워나가고 있었다.

그즈음이었다. 유진이라는 이름의 새파란 신입 사원이 찾아온 것은.

"제가 도울게요."

첫마디를 듣자마자 쌓인 숙취가 올라오는 것 같았다.

"뭘요?"

"복수하시는 거요. 회사에."

"회사에 복수한다고 누가 그래요?"

"그럼 이대로 포기하시게요?"

빤히 바라보는 눈빛에 이상할 정도로 간절함이 깃들어 있었다. 거절했다간 부스러져버리기라도 할 것처럼. 세경은 얼떨결에 유진을 방 안으로 들이고 말았다.

"어떻게 도울 건데요?"

세경은 상대에게 맥주 캔을 건네며 물었다. 유진은 캔을 받아 들더니 신기하다는 듯 바라보았다.

"맥주 정말 반갑네요. 여기 분들은 다 와인만 드시던데."

"지구 토박이라 그래. 묻는 말에나 대답해요. 어떻게 도울 건데요?"

"공식적으로 요구해야죠. 노조를 통해서요."

그럼 그렇지. 세경은 이마를 감싸쥐며 한숨을 쉬었다.

"아스테로이드에 노조가 없는 건 알고 있죠?"

"네. 지부를 새로 조직할 겁니다."

"아하."

그게 그렇게 말처럼 쉬우면 왜 지금까지 없었겠어. 세경은 코웃음 치며 맥주 캔을 입으로 가져갔다.

"물론 최악의 환경이란 건 인정해요." 유진도 맥주를 한 모금 삼켰다. "소행성마다 직원들이 뿔뿔이 흩어져 있는 데 다, 직접 찾아갈 방법도 없고, 절반은 태양 너머에 있어서 실 시간 통화도 불가능하고."

"공부 많이 하셨네. 잘 알면서 그런 소리를 해요?"

"방법은 있어요."

세경은 맥주를 삼키며 상대의 표정을 살폈다. 젊은 신입 사원의 눈빛엔 알 수 없는 자신감이 가득했다. 대체 뭘 믿고 뿜어져 나오는 자신감인지 도무지 알 길이 없었지만, 그래 도…….

"…… 뭐, 맘대로 하시는 건 자유니까."

세경의 대답을 들은 유진은 웃음꽃이 핀 얼굴로 곧장 방 을 떠났다. 하지만 세경은 그에게 별다른 기대를 걸지 않았 다. 철없는 마음에 사내 메일로 메시지나 몇 번 끄적이다 그 만두겠지. 겨우 그 정도 기대뿐이었다. 하지만 그건 완전 착각이었다.

인정할 수밖에 없었다. 유진은 천재였다. 그는 세경이 평생 생각조차 못 할 방식으로 사람들을 조직하기 시작했다.

유진은 직원들이 사용하는 업무용 통신주파수에 블록체인 네트워크를 얹어 완전한 익명으로 운영되는 커뮤니티 시스템을 구축했다. 시스템은 직원들에게 어떠한 인증도 요구하지 않았다. 심지어 이름조차 필요 없었다. 어차피 업무용 주파수를 사용하는 건 직원뿐이었고, 단말기도 1인당 하나씩밖에 지급되지 않았으니까.

완전한 익명성이 보장되자 가입을 망설이던 직원들이 순식간에 조합으로 몰려들었다. 불과 한 달 만에 3만 명. 유진은 제자리에 가만히 앉아 태블릿 하나로 그 많은 사람들을 조직해 낸 것이었다.

— 이건 정말 천왕성에서는 말도 안 되는 일이에요.

유진은 타고난 리더이기도 했다. 어느샌가 그는 사람들을 채팅방에 모아놓고 연설을 하기 시작했다. 이건 부당노동행위예요. 이건 법적으로 이렇게 되어야 맞는 거잖아요. 그가 한마디 한마디를 던질 때마다 사람들은 한목소리로 분노했다. 어느새 유진은 아스테로이드 지부의 지부장이 되어 있었다. 세경은 그를 돕기 위해 조합 간부로 자원했다. 둘뿐인 집행부였다.

두 사람은 아스테로이드 지부의 존재를 회사에 공식적으

로 통보했다. 생각지도 못한 조합 결성 소식에 사측은 적잖이 당황한 듯했다. 유진은 그 혼란을 영리하게 이용해 회사로부터 많은 것들을 얻어냈다. 조합원들의 휴식 시간. 위험수당과 응급용품. 작게는 휴게실 소파 교체까지. 작은 승리를 하나 거둘 때마다 새로운 가입자가 수만 명씩 들어왔다. 얼마 지나지 않아 아스테로이드 지부는 성간교통공사 내의 노동조합 중에서도 가장 영향력 있는 그룹으로 자리 잡았다.

하지만 유진은 그 정도로 만족하지 않았다. 지부가 사측에 요구하는 요구사항의 수위는 끝을 모르고 점점 높아지기만 했다. 너무 앞서 나가다 문제를 일으키지는 않을까 걱정될 정도였다. 세경은 매번 그를 말려야 했다.

"겨우 이걸로 되겠어요? 승리가 코앞인데 더 가야죠."

"지부장님. 이건 이기고 지는 싸움이 아니라니까. 사측에도 적당히 퇴로를 열어줘야지. 조만간 임단협* 기간인데 너무 몰아세우다간 얻을 것도 못 얻게 돼."

"최은희 CEO에게 사과를 받아내야죠. 그래야 우리가 이기는 거예요."

"굳이 그럴 필요 없다니까. 이제 그만해."

"아뇨. 제가 왜 이걸 시작했는데요. 다 세경 씨 때문이에요. 세경 씨 도우려고 여기 취직한 거란 말이에요."

---

* 임금 및 단체협약.

유진이 기묘한 이야기를 했다. 나 때문에 취직하다니? 혼란스러웠다. 세경은 유진을 억지로 자리에 앉히고 천천히 되물었다.

"방금 그거, 무슨 말이야?"

"위장취업이요. 세경 씨를 도우려면 내부에서 조합을 조직하는 수밖에 없었으니까요."

"미쳤어? 지부장님이 날 왜 도와? 나에 대해 뭘 안다고."

자꾸만 언성이 높아졌다. 하지만 유진은 밀리지 않고 꿋꿋이 맞섰다.

"이야기 들었어요. 아직까지 지구-천왕성 노선이 유지되고 있는 거, 전부 세경 씨 희생 덕분이라고요. 본사에서 무슨 일을 겪으셨는지, 어떤 대가를 치르셨는지 저희도 다 알아요. 천왕성 사람들에게 당신은 고립을 막은 영웅이에요."

"…… 무슨 이야기를 들었는지 모르겠지만, 그거 많이 각색된 소설이야. 나 그런 사람 아니야."

"아뇨. 당신은 그런 사람이 맞아요. 내 눈으로 직접 확인했으니까 압니다."

"아무튼 나 때문에 그럴 필요 없어. 위장취업이었다니 차라리 잘됐네. 다시 천왕성으로 돌아가. 회사가 본격적으로 유진 씨 괴롭히기 전에."

"싫어요."

망할 운동가 놈들은 왜 원치도 않는 사람을 멋대로 돕겠다며 설치는 거야? 세경은 가슴이 답답해졌다.

아무리 설득해도 유진은 말을 듣지 않았다. 그럴수록 오히려 더 적극적으로 세경을 도우려 나섰다. 그는 매일같이 채팅방에서 세경의 사연을 이야기했다. 세경이 노선 감축을 막기 위해 얼마나 노력했는지. 그런 세경을 사측이 어떻게 대했는지. 그 일로 얼마나 많은 고통을 받았는지. 하나같이 실제와는 동떨어진 과장된 이야기였다.

유진이 노선 감축 문제를 언급하기 시작하자 사태는 점점 심각해졌다. 최은희 CEO가 법무법인 화웅을 끌어들인 것이었다.

화웅은 순식간에 조합원들을 몰아세웠다. 처음엔 거친 직원들을 앞세워 폭력을 행사하더니, 직원들의 작은 꼬투리까지 잡아내 징계를 내리고 급여를 압류하기 시작했다. 조합을 탈퇴하고 싶다는 비밀 메시지가 하루에도 수백 건씩 유진에게 쏟아졌다.

— 조합 가입 여부는 상관없어요. 사측은 누가 조합원인지도 모릅니다. 이럴수록 우리가 단결해야 해요.

유진은 필사적으로 그들을 설득했지만 이미 논리가 먹힐 상황이 아니었다. 사측이 징계를 철회해 주겠다며 조합 탈퇴를 종용하기 시작하자 순식간에 수천 명이 빠져나갔다. 유진은 그들을 향해 분노를 터뜨렸다.

"배신자 새끼들!"

"지부장님. 저 사람들 행동은 당연한 거야. 당장 한 달 월급에 생계가 걸려 있으니까. 모두가 지부장님 같을 수는 없어요. 미워하면 안 돼. 설득을 해야지."

세경은 유진의 고집을 꺾기 위해 할 수 있는 모든 노력을 했다.

"지부장님. 쓸데없는 다툼 그만하고 사람들이 원하는 교섭을 해요. 급여나 복지 같은 거. 그럼 사람들은 떠나지 않을 거야. 나 때문에 고생할 필요 없어."

하지만 유진은 말을 듣지 않았다. 오히려 더 공격적으로 사람들을 몰아세웠다.

— 여러분, 사측이 우리 지부를 파괴하려고 합니다. 더 늦기 전에 보여줍시다. 파업으로 갑시다. 우리의 힘을 보여줍시다!

— 와아아아! 최은희를 몰아내자!

— 옳습니다! 가자! 파업!

물론 채팅방 속 사람들의 반응은 뜨거웠다. 하지만 세경은 불안했다. 저 메시지들이 정말로 진심일지. 실제로 파업까지 따라올지는 알 수 없는 일이었다.

반면, 유진은 조합원들을 굳게 믿고 있었다. 결국 아스테로이드 지부는 사측에 공식적으로 파업을 예고했다. 이제는 파업을 향해 계속해서 굴러가는 수밖에 없었다.

비슷한 시기, 신입 변호사 제이가 화웅에 입사했다. 입사

첫날부터 그는 성간교통공사 조합원들을 관리하는 업무를 맡았다. '관리'란 사람들의 일거수일투족을 관찰해 약점을 찾아내는 일을 뜻했다.

갓 로스쿨을 졸업한 제이는 자신이 하는 일의 의미를 제대로 이해하지 못했다. 그저 상사들의 눈에 들어야 한다는 생각으로 밤낮없이 최선을 다해 지시를 따를 뿐이었다. 조합 직원의 작은 불법행위 하나를 잡아낼 때마다 상사들은 제이를 칭찬했다. 제이는 더욱 힘이 솟아 열심히 직원들의 허점을 파고들었다.

잘못이라는 인식은 없었다. 오히려 첫 직장 생활을 잘 해내고 있다고 믿었다. 매번 칭찬을 받았고, 에이스라며 치켜세워졌으니까. 자신이 사람을 상대하고 있다는 실감조차 느끼지 못했다. 모두 서류 속에서 일어나는 일일 뿐이었다. 그렇게 제이는 점점 더 자신의 역할에 몰입했다. 그 사건이 일어나기 전까지는.

"팀장님. 이거 사유재산 침해로 엮을 수 있겠는데요."

제이는 밤새워 작성한 보고서를 팀장에게 건네며 말했다.

"아스테로이드 지부가 블록체인 통신에 사용하고 있는 기지국 중에 민간 소유 시설들이 꽤 많이 섞여 있습니다. 보통 통신설비는 보안 문제 때문에 성간교통공사가 100퍼센트 소유권을 갖고 있는 게 원칙인데, 아스테로이드는 워낙 넓다 보니 민자로 지어진 경우도 있거든요. 유진은 천왕성 출신이어서 이걸 몰랐던 것 같습니다."

제이가 만든 한 장의 보고서는 큰 반향을 일으켰다. 팀장은 곧바로 그의 아이디어를 사측에 전달했고, 사측은 민간 기지국들을 움직여 유진을 압박했다.

— 귀하가 무단으로 사용한 기지국 사용료 100만 달러를 청구합니다.

민간 기지국들은 유진이 아닌 성간교통공사에 배상을 청구했다. 유진에게 직접 소송을 걸어 지루한 재판을 이어가는 대신, 사건을 핑계로 일단 그를 파면시키겠다는 속셈이었다. 유진이 징계를 받고 파면된다면 조합원들은 크게 움츠러들게 될 것이고, 지부도 빠르게 흩어져버릴 것이 분명했다.

흘러가는 상황을 지켜보며 세경은 홀로 마음의 준비를 마쳤다. 한참 어린 아이에게 큰 짐을 지게 할 수는 없었다. 애당초 자신이 등을 떠민 것이나 마찬가지였으니, 결과도 자신이 짊어져야 한다고 생각했다.

세경은 고민 끝에 친분 있는 감사실 직원에게 연락했다.

"천 감사님. 나 자수할게. 중계 기지국 무단 사용한 거 전부 내 잘못이야. 통신망 관리는 제가 알아서 한 일이에요. 지부장님이 아니라."

"…… 한 차장님. 정말 괜찮으시겠어요?"

"네. 이번엔 나 하나로 끝내요. 피차 더러워지지 말고."

세경이 직접 자수하고 나선 이상 사측은 유진을 파면시킬 명분이 없었다. 어설픈 징계로는 오히려 조합원들만 자극할 뿐이었다. 결국 유진은 징계 대상에서 제외되었다. 세경은 안심했다.

소식을 듣자마자 유진이 찾아왔다.

"대체 왜 그랬어요!"

"걱정 마. 구상권 청구는 안 한대. 그냥 몇 년 일찍 퇴직하는 셈 치지 뭐."

세경은 최선을 다해 미소 지었다. 그리고 다시 한번 유진에게 경고했다.

"지부장님. 파업까지 가지 마. 성공 못 할 거야."

"무슨 말씀이세요. 여기서 포기하라고요? 할 수 있는 데까지 해봐야죠."

세경은 고개를 가로저었다.

"그럼 정말 끝이야. 지부는 살리고 봐야지. 껍데기뿐이더라도. 그게 지부장님이 하셔야 할 역할이야."

하지만 유진은 막무가내였다. 그는 세경의 두 손을 꽉 붙잡았다.

"…… 꼭 구해드릴게요."

세경이 해직될 것이란 소문이 퍼진 뒤로, 조합 채팅방은 이상할 정도로 조용해졌다. 텅 비어버린 것 같은 새하얀 화면 속에서, 유진은 조합원들을 향해 홀로 소리치고 또 소리쳤다.

— 여러분, 해직을 막읍시다! 막을 수 있습니다! 파업에 찬성해 주세요. 우리의 힘을 보여줘야 합니다!

유진의 노력에도 불구하고 결과는 참담했다. 조합원 총투표 결과 기권 82%, 반대 11%. 찬성에 표를 던진 조합원은 겨우 7%에 불과했다. 유진은 하루 종일 물건을 집어 던지며, 이름도 모르고 얼굴도 모르는 사람들을 향해 마구 욕설을 뱉었다.

며칠 후 징계위원회가 열렸다. 세경은 말끔히 정장을 차려입고 정거장에 위치한 임원 회의실로 향했다.

캡슐을 타고 궤도 엘리베이터를 올라가는 동안 세경은 자신의 선택을 복기했다. 애당초 이건 다이아 담당자들 사이의 비겁한 타협일 뿐이었다. 대량 감축이라는 폭탄에 손대고 싶은 사람은 아무도 없었으니까. 가장 나이가 많은 자신이 총대를 메고, 나머지 담당자 모두가 무능을 연기한다. 소심한 저항의 결과 세경은 좌천되었고, 사측의 노선 감축 계획은 상당 기간 연기될 수밖에 없었다. 대대적인 인력 감축 후 성간교통공사를 민간 기업에 팔아넘기려 했던 '윗분'의 계획도 함께 무산되었고.

거기까진 계획대로였다. 세레스에서 맥주나 마시며 월급을 축내다 퇴직금을 챙기면 그만이었다. 그랬어야 했다.

하지만 유진이 나타났다. 천왕성에서 온 순진한 도련님은 그 순결한 눈동자로 모두를 유혹했다. 그가 좋았다. 엉망진창인 그의 꿈을 이뤄주고 싶었다. 아주 작은 성취라도 손에 쥐여주고 싶었다. 결국 이렇게 될 줄 알면서도.

캡슐이 목적지에 도착했다. 천 감사가 비장한 얼굴로 세경을 맞이했다. 긴긴 복도를 지나 정거장 최심부, 임원 회의실로 향했다. 문을 열자 임원들이 원을 그리며 둥그렇게 앉아 있었다. 세경은 그들 한가운데 놓인 의자에 앉았다.

징계위 임원들은 잠시도 기다려주지 않았다.

"세레스 지상 화물팀 계산원 한세경 차장. 본인 맞습니까?"

임원 중 하나가 물었다.

"네, 맞습니다."

"그럼 징계 사실 확인하겠습니다. 첫 번째……."

세경은 임원들이 하는 이야기에 집중할 수가 없었다. 그들의 말은 하나도 귀에 들어오지 않았다. 그 순간 세경의 정신은 전혀 다른 곳을 향해 있었다. 임원들의 어깨 너머, 회사가 비싼 돈을 들여 설치한 전망창 밖 우주 공간에 모든 관심이 쏠려 있었다.

**왜냐면, 그곳에 유진이 작업용 해머를 들고 서 있었으니까.**

통. 통. 유진이 창을 두드렸다. 놀란 임원들의 시선이 일제히 창을 향했다. 선외작업이라곤 해본 적 없는 그들은 아무도 지금 상황을 이해하지 못했다. 유진이 왜 거기에 있는건지, 그가 무엇을 하려고 하는지.

오직 세경만이 상황을 이해하고, 비상공구함을 향해 달리고 있었다.

시선이 자신에게 집중된 것을 확인한 유진은 천천히 해머를 들어 올렸다. 그리고 자신의 헬멧을 내려쳤다. 선바이저가 깨지며 맨몸이 진공에 노출되었다. 분신(焚身)이었다. 전신의 수분이 순식간에 끓어오르자 유진은 고통스럽게 팔다리를 버둥거렸다. 임원들은 뭘 어쩌지도 못한 채, 그가 온몸으로 내지르는 소리 없는 비명을 멍하니 바라볼 뿐이었다.

"비켜!"

비상용 해머를 꺼내든 세경이 소리치며 창으로 달려갔다. 세경이 무슨 짓을 하려는지 깨달은 임원들은 모두 놀라 급하게 방 밖으로 빠져나가기 시작했다.

해머로 전망창을 내려쳤지만 강화 유리는 쉽게 부서지지 않았다. 숨을 고르며 몇 번 더 휘두르자 그제야 일부가 갈라지며 공기 새는 소리가 들렸다. 세경은 균열을 향해 마지막으로 크게 한 번 휘둘렀다. 유리가 깨졌다. 망설일 틈도 없이 진공을 향해 팔을 뻗었다. 겨우 유진의 손을 붙잡았다. 공기 유출을 막는 차단 거품이 뿌려지기 직전, 세경은 유진의 몸을 실내로 끌어당길 수 있었다.

유진의 눈이 끔벅이는 것을 확인하자마자 세경은 정신을 잃었다.

4.

"…… 그렇게 내가 겨우 살려냈더니, 그 떡때끼가 감자 부스러기들이랑 더는 같이 일 못 하겠다고 그러는 거야. 퇴원하자마자 짐 챙겨서 천왕성으로 가버렸어. 다시는 얼굴도 쳐다보기 싫다면서."

세경은 흉터가 가득한 손으로 눈물을 닦았다.

"아, 안 되겠다. 변호사님도 한잔해."

제이는 엉겁결에 잔을 받아 들었다. 세경이 와인병을 높이 들어 올렸다. 코리올리 효과*에 의해 크게 휘어진 와인 줄기가 완벽하게 잔으로 떨어졌다.

"변호사님도 앞으로 여기서 생활하려면 이거 할 줄 알아야 돼. 이거 못 하면 세레스 사람으로 인정 안 해 주거든."

세레스에서 술잔을 제대로 채울 줄 안다는 것은 자신이 지금 어디에 위치하고 있는지, 어느 방향을 바라보고 있는지 항상 완벽하게 파악할 수 있는 사람이라는 뜻이었다. 믿고 함께 일할 수 있는 사람. 제이는 세경의 눈을 바라보며 와인을 입으로 가져갔다.

"알겠어요, 변호사님? 전부 내가 선택한 일이야. 아스테로

---

* 회전하는 물체 내부에서 직선운동이 휘어져 보이는 현상. 원심력으로 인공중력을 만들어낸 공간 속에 있는 경우 이러한 현상 때문에 떨어지는 물체가 휘어지는 듯한 착시를 느끼게 된다. 바라보는 방향, 고도, 중력의 크기 등에 따라 휘어지는 정도가 매번 달라지기 때문에 세레스의 작업자들에게는 이를 체득하는 것이 목숨과도 같이 중요한 일이다.

이드 사람들이 선택했던 결과고. 그냥 다들 조금씩 용기를 내지 못했던 것뿐이에요. 변호사님이 책임감 느낄 필요 없어요."

세경이 비틀거리며 옆으로 다가와 앉았다.

"그니까 이딴 건 필요 없다고."

세경이 갑자기 그의 감정절제장치를 붙잡아 뜯었다. 제이는 깜짝 놀라 몸을 웅크렸다. 이상했다. 아무렇지도 않았다.

그는 참았던 숨을 몰아쉬었다. 세경이 미소 지었다.

"거봐, 괜찮지?"

"…… 많이 취하셨어요."

"취하긴 무슨. 이제 시작인데."

세경이 다시 병을 내밀었다. 빠르게 잔이 채워졌다. 두 사람은 나란히 앉아 잔을 부딪쳤다. 세경은 단숨에 잔을 비운 다음 손등으로 입가를 닦으며 말했다.

"나 정말 바닥부터 다시 시작했어. 그따위 채팅 시스템 같은 거 안 쓰고, 진짜 사람들 얼굴 하나하나 직접 마주 보고, 설득하고, 욕먹어가면서 옛날식으로 발로 뛰어서 다시 사람들 모았어."

"유진 씨 때문인가요?"

"처음엔 그랬지. 우리가 감자 부스러기가 아니란 걸 보여 줘서, 그 친구가 다시 꿈을 꾸게 해 주고 싶었지. 처음엔 분명 그랬는데…… 이젠 책임감 때문에 못 그만두는 것 같아.

3년 동안 우리 조직이 꽤 커져버렸거든."

세경이 다시 병을 내밀었다. 제이는 남은 와인을 단숨에 비우고 다시 잔을 받았다.

"뭘 어떡하실 생각인데요?"

후우. 세경이 취기 가득한 숨을 내뱉었다.

"파업까지 가야지. 민영화 이슈 덕분에 조합원들 의지가 강해. 지금 아니면 다신 기회가 없어. 이온 엔진 기술은 점점 발전하고 있고, 목성행 직항로가 늘어날수록 아스테로이드의 가치는 떨어질 테니까. 지금이 고립을 막을 마지막 기회야. 지금 막지 못하면 여기 사람들 전부 굶어 죽게 될지도 몰라. 그러니까……"

세경이 그의 손을 붙잡았다. 차가웠다. 따뜻할 거라 생각했는데. 얼음처럼 차갑고 까슬한 손이 가늘게 떨고 있었다.

"변호사님, 있잖아. 내가 홧김에 다시 시작하긴 했는데. 솔직히 좀 무섭다? 그러니까 변호사님이 나 좀 도와줘."

"제가 뭘 할 수 있다고요."

"노조 많이 파괴해 봤잖아. 이번엔 거꾸로 우리 한 번만 살려줘."

와인 때문일까? 간절한 얼굴에 자꾸만 눈이 갔다. 솔직히 매력적이었다. 오랜 저중력 생활 덕분에 주름이 거의 생기지 않은 얼굴은 스무 살 가까운 나이 차를 완전히 잊게 만들 정도였다. 문득 부끄러워진 그는 슬며시 고개를 돌렸다.

"많이 늦었어요. 이만 돌아가시는 게……."

쪽팔리게. 수줍은 아이처럼 목소리가 떨렸다. 괜히 다시 고개를 돌렸다가 빤히 바라보는 세경과 눈이 마주쳤다. 깜짝 놀라 반대쪽으로 시선을 돌렸다. 기절할 것처럼 어지러웠다. 감정절제장치 없이 이런 복잡한 감정을 경험하는 일은 처음이었다. 확 술기운이 오르며 얼굴이 뜨거워졌다.

"왜? 어디 불편해?"

세경이 빈 술잔을 옆으로 치우더니, 슬며시 곁으로 다가와 이마에 손을 짚었다. 나란히 앉은 어깨가 닿았다.

"아, 아니 그게 아니라, 술을, 아니, 제 말은 그러니까 술이……."

제이는 아무 말이라도 뱉어보려 했지만, 목소리가 심하게 떨려 무슨 소리를 하려는 건지 스스로도 알 수가 없었다. 괜찮아. 세경의 입술이 소리 없이 말하며 가늘게 웃었다.

"그런데 변호사님 끝까지 오케이 안 해 줄 거야? 그럼 나도 계속할 수밖에 없는데."

"아직도 더 하실 말씀이 남았나요?"

"응. 아직 하나 남았지. 내가 알린스키 책을 좀 읽었거든. 그 사람 말이, 누군가를 내 사람으로 만들고 싶으면 딱 세 가지만 이야기하면 된대. 술, 똥, 섹스."

세경은 그렇게 말하며 손가락을 하나씩 접는 시늉을 했다.

"어디 보자. 우리 술도 충분히 마셨고, 개똥 같은 회사 이야기도 충분히 했으니까……."

그녀가 짓궂은 목소리로 속삭였다.

"이제 섹스 이야길 할 차례인가?"

훅. 알코올 향 가득한 뜨거운 숨이 뺨에 닿았다. 어느새 코앞까지 다가온 입술이 천천히, 조금씩 비스듬히 기울어졌다. 제이는 자연스럽게 눈을 감았다.

세경이 갑자기 폭소를 터뜨렸다.

"푸핫. 지금 한참 누나한테 뭘 기대하는 거야. 부끄럽게."

다시 눈을 뜨자, 세경이 눈물까지 쏟아내며 배를 잡고 웃고 있었다. 아까와는 전혀 다른 이유로 얼굴이 화끈거렸다.

"아니, 제가 뭘요. 방금 세경 씨가 분명히 저한테,"

"알았어. 알았어."

입술이 다시 가까워졌다. 이번엔 정말로. 하지만 세경은 이내 다시 웃음을 터뜨렸다. 무안해진 제이는 한숨을 쉬며 남은 와인을 단숨에 들이켰다.


5.

다음 날, 아침 일찍 일어난 제이는 곧바로 화웅에 사직서를 제출했다. 그리고 세경이 일어나길 기다렸다 이렇게 말했다.

"아리온을 민영화하면 안 되는 이유 세 가지. 오늘 저녁까지 한 장으로 만들어주세요. 단, 지구 사람들이 납득할 만한 내용으로. 거기서부터 작업 시작합시다."

세경은 웃으며 고개를 끄덕였다. 점심을 먹기도 전에 자료가 도착했고, 제이는 그 자료를 삼십 분 만에 다섯 줄로 요약해 세련된 그래픽으로 재가공했다.

하지만 뉴스를 내보낼 방법이 떠오르지 않았다. 메이저급 뉴스 채널이 민영화를 반대하는 기사를 실어줄 가능성은 없었다. 반면, 조합에 우호적인 채널들은 영향력이 너무 부족했다. 그래서 제이는 우회적인 방법을 택해야 했다.

"우선 정치권을 공략합시다."

그가 말했다.

"최은희는 성간교통공사를 발판으로 행성대표의원이 되고 싶어 해요. 그러니까 우린 그 사람이 가장 싫어할 만한 상황을 만들 겁니다. 정치권을 시끄럽게 들쑤시는 거."

"정치인들이 우리 말을 들어줄까?"

"듣게 해야죠. 솔깃한 미끼를 엮어서."

제이는 가장 먼저 세레스 시티에 있는 호세 안드레스 의원의 사무실을 찾았다. 그는 목성의 작은 위성 몇 개와 세레스를 지역구로 두고 있는 의원이었다. 예상대로 호세 의원의 보좌관은 아리온 민영화의 위험을 전혀 인식하지 못하고 있었다.

"아리온 정거장이 민영화되면 세레스행 우주선이 절반으로 줄어들 겁니다. 소행성대 지역 노선들도 마찬가지고요. 의원님 재선에 좋지 않은 영향이 있을까 걱정입니다."

제이의 설명을 들은 보좌관은 깜짝 놀란 표정으로 협력을 약속했다. 제이가 만든 카드 뉴스는 성간교통공사 노동조합이 아닌 호세 의원의 이름으로 태양계 전역의 메이저 뉴스 채널에 배포될 수 있었다. 대부분 단신으로 여론의 주목을 받진 못했지만, 적어도 성간교통위에 속한 행성대표의원들을 술렁이게 하기엔 충분했다.

뉴스 11 텍스트 기사 – '성간교통 경쟁하면 좋아진다더니 실제로는…'

만약 성간교통공사에서 아리온 정거장을 운영한다면, 세레스에서 지구로 돌아온 우주선은 반대편인 아리온을 거쳐 다시 목성으로 떠날 수 있다. 그런데 두 회사가 나뉘게 되면 세레스에서 온 우주선은 세레스로 돌아갈 수밖에 없다. 회합주기가 돌아오는 400일 동안 아무런 할 일도 없이 지구에 갇혀 있어야 하는 것이다. 이것이 과연 효율적인 방안인지는 의구심을 가질 수밖에 없다. 이런 문제에 대해 혁신민주당 호세 안드레스 의원은 '정부의 책임 있는 해명이 필요하다'고 말하며……

〔 자세히 살펴보시려면 스와이프 〉〉〉

동시에 제이는 친분 있는 기자들을 통해 성간교통공사가 우주선 운행 계획 전면 개편을 준비 중이라는 소문을 흘렸다. 세경은 비밀스럽게 본사의 다이아 담당자들을 움직여 성간교통위원회 소속의 야당 의원들을 설득하기 시작했다. 그들 지역구에 더 많은 우주선 운행 횟수를 할당할 수 있다는 뉘앙스를 풍기자, 야당 의원들은 경쟁하듯 한목소리로 민영화 반대쪽에 손을 들었다.

### 뉴스 팩토리 — 쫄지 마 정치 1387회

— 유미 칸자키 의원: 아리온 컨소시엄 측은 아스테로이드 지역 노선을 운영할 계획이 없다고 하더군요. 돈이 되는 목성행 노선만 운영하겠다는 거죠. 경영 측면에서 보면 합리적이라 말할 수도 있겠습니다만, 그럼 아리온을 코앞에 두고도 이용할 수 없는 소행성 주민들의 불편은 대체 어떻게 해결해야 합니까?

— 앵커: 저는 좀 납득이 가질 않네요.

— 기자 A: 그리고 말이 나와서 말인데. 최은희 사장님 관련해서 재미있는 사진이 있어요. 바로 이건데요. 안전모를 왜 거꾸로 쓰신 걸까요?

— 앵커: 푸핫, 이건 국감장에서 최은희 사장님이 꼭 답변해 주셔야겠는데요.

〔 자세히 살펴보시려면 스와이프 〉〉〉

국정감사 시즌이 되자 의원들은 각자 근거를 들어가며 최은희 CEO를 맹비난했다. 민영화를 시도하는 정부의 위험성은 물론이고, 사소한 개인 비리나 공천 청탁을 의심할 만한 정황, 심지어 안전모를 거꾸로 쓴 우스꽝스러운 사진까지. 나중에 전해 듣기로, 집무실로 돌아오자마자 최은희는 명패를 던지며 길길이 날뛰었다고 했다. 하지만 천하의 최은희도 별수 없었다. 이미 온갖 방송에서 최은희를 희화화하며 떠들어대기 시작했고, 최은희를 웃음거리로 만드는 합성 영상들이 온라인상에 쏟아지고 있었다. 물론 그 많은 자료들은 모두 제이가 제공한 것들이었다.

뉴스 채널 5 ─ 익명의 전문가 인터뷰

─ 전문가: 71년도 정부 계획서를 보시면 아리온 정거장은 원래 성간교통공사가 운영할 예정이었어요. 그런데 제가 입수한 D 건설의 72년 사업계획서를 보시면 이미 아리온을 매입하는 것을 전제로 계획이 수립되어 있습니다. 아직 민영화 방침이 세워지기도 전인데 말입니다. 이후 73년에 수립된 정부 계획서를 보면 민영화로 계획이 변경된 것을 알 수가 있습니다. 내용도 D 건설 쪽 자료랑 똑같고요.

─ 사회자: 전문가님 말씀은 정권 차원에서 D 건설에 사업을 밀어주려고 일부러 아리온 사업 계획을 수정했다, 뭐 이런 뜻입니까?

─ 전문가: 어느 정도 의심되는 측면이 있죠.

— 사회자: D 건설은 지금 아리온 인수를 추진 중인 컨소시엄에 참여하고 있죠?

— 전문가: 네, 그렇습니다.

〔 자세히 살펴보시려면 스와이프 〉〉〉

제이가 언론과 정치권을 움직이는 동안 세경은 매일같이 직원들을 만나 이야기하고, 설득하고, 함께 술을 마셨다. 직원들을 "오빠, 동생"하고 부르며 가족처럼 그들의 고민을 들어주었고, 휴게실 벽지 따위를 교체해 달라는 부탁을 해결하느라 하루를 보내야 했다.

"그래. 가출한 네 딸래미 승무원들이 봤대. 내가 꼭 찾아서 다시 학교로 보낼 테니까, 정수 넌 출근이나 해."

"시호 씨, 휴게실에 개인용 수면캡슐을 갖다놓으면 안 된다니까. 집에서 나왔어? 어휴. 근처에 재워줄 사람 있는지 따로 한번 알아볼게."

"알, 나 너희 나라 말 몰라. 공용어로 말해, 공용어로."

매번 이런 식이었다. 제이가 보기에 세경은 사람들의 시시콜콜한 민원을 처리하느라 아까운 시간을 낭비하고 있었다.

"조합원분들은 아리온 문제에는 전혀 관심이 없어 보이는데요."

"맞아. 사실 그래. 민영화는 아직 한참 미래의 일이고, 당장 해결해야 할 문제는 산더미처럼 많으니까."

세경이 전화기를 내려놓으며 동의했다.

"3년 전 사건을 겪으면서 내가 깨달은 게 뭔지 알아?"

"글쎄요. 사람들은 이기적이다?"

"일단 사람들과 친해져야 된다는 거야. 신뢰를 얻기만 하면 내가 똥통에 뛰어들라고 해도 사람들은 따라올 거야. 그게 아니면 현찰을 다발로 쥐여줘도 의심할 거고."

세경은 주섬주섬 가방에 와인을 챙겼다.

"그러니까 관심 없는 사람들한테까지 굳이 아리온 이야기를 할 필요는 없어."

"그냥 젊은 동생들이랑 맘 편히 술 마시고 싶어서 그러는 거 아니고요?"

"아, 들켰네. 변호사님도 같이 한잔할래?"

세경이 술병을 흔들며 윙크했다. 제이는 난처한 표정으로 고개를 가로저었다.


분위기가 어느 정도 무르익을 즈음, 세경은 본격적으로 지도부를 결성했다. 가장 믿을 수 있고 영향력 있는 직원들을 불러모아, 이번엔 채팅이 아니라 직접 얼굴을 마주 보며 도움을 요청했다.

"여러분, 이런 식으로 모이게 되어서 정말 유감이야. 원래 이 멤버로 모이면 밤새 달려야 하는 건데."

세경의 농담에 사람들이 작게 웃었다. 하지만 그들의 얼굴엔 긴장한 표정이 역력했다.

"그래서, 누님. 저희가 뭘 하면 됩니까?"

'정수'라는 이름의 젊은 남자가 물었다. 그는 세레스 토박이인 베테랑 수송원으로, 몇 달 전 제이가 타고 있던 객차를 분리했던 바로 그 수송팀의 팀장이었다. 그의 질문을 받은 세경은 조심스럽게 선언했다.


예고된 파업을 두 달 앞둔 시점. 여론의 충분한 관심을 모은 아스테로이드 지부는 준법투쟁을 개시했다. 최은희 CEO를 압박하기 위해 준비한 마지막 카드였다. 우주선 운행 시간을 맞추기 위해 억지로 무리해 가며 몸을 던져왔던 직원들은 그 순간부터 철저하게 안전규정에 맞추어 행동했다. 규정과 수칙을 철저히 지킨다. 단지 그것만으로도 작업에 소요되는 시간은 배로 늘어났고, 결국 세레스와 아스테로이드의 교통이 마비되는 지경에 이르렀다. 불편을 겪은 고객들의 민원이 성간교통공사로 쏟아지기 시작했다.

민원뿐만이 아니었다. 세레스 정거장을 경유하는 노선이 심각한 지연을 일으키게 되면서 우주선들은 어쩔 수 없이 감속해야 했다. 다시 우주선의 속도를 회복하기 위해서는 막대한 연료가 소비되었고, 이는 고스란히 성간교통공사의 손실로 이어졌다.

하지만 사측은 오히려 강경하게 대응했다. 최은희 CEO

는 더 큰 손실을 감수해 가며 아스테로이드 경유 우주선들을 목성으로 직행시켰다. 제이는 어이가 없었다. 치올콥스키 공식*에 따라, 목성으로 직행하는 우주선은 세레스를 경유하는 것보다 몇 배나 많은 연료를 필요로 한다. 그렇게나 비용과 손익을 따져 가며 노선을 감축해야 한다고 주장했던 회사가, 이제는 천문학적인 손실을 감수하면서까지 무의미한 압박을 고수하는 중이었다. 제이는 상대에게서 더 이상 아무런 논리도 느낄 수 없었다. 그저 미움으로 가득 찬 불필요한 자존심만 느껴질 뿐이었다.

결국 사측이 먼저 손을 들었다. 모든 뉴스 채널이 사측을 노골적으로 옹호하고 나섰음에도 민영화 반대 여론은 쉽사리 사그라들지 않았다. 부정적인 여론이 확산되자 정부 관료들이 부담을 느끼기 시작했고, 정치권의 분위기도 좋지 않았다. 공천 시기를 목전에 둔 최은희 CEO는 수습에 나설 수밖에 없었다.

그렇다 해도, 여기까지 제 발로 찾아오리라고는 예상하지 못했다. 최은희로부터 세레스에 방문하겠다는 연락을 받은

* 러시아의 과학자 치올콥스키가 만든 최초의 로켓방정식에 따르면 우주선은 무게가 무거울수록 더 많은 연료를 필요로 한다. 또한 우주선 무게의 대부분은 연료가 차지한다. 따라서 더 많은 연료를 실을수록 우주선은 더욱 무거워지게 되고 무거워진 만큼 추가 연료를 실어야 하고…… 이러한 악순환이 반복되기 때문에 비효율은 기하급수적으로 커진다.

세경은 당황했다.

"변호사님. 최은희가 왜 직접 여길 찾아오겠다는 걸까?"

세경이 물었다.

"모르겠어요. 뭔가 숨겨진 이유가 있을 겁니다."

"어쩌면 그냥 '윗분'에게 보여주기 위한 것뿐일지도 몰라. 최은희 같은 사람들은 은근히 그런 쇼맨십을 좋아하잖아."

"지금 공천 경쟁이 한창인 사람이 한 달 가까이 지구를 비운다고요? 그건 아닐 겁니다. 분명 뭔가가 있어요."

최은희는 연료를 허공에 흩뿌려 가며 보름 만에 직접 세레스로 왔다. 법무법인 화웅의 팀장과 아리온 인수를 추진 중인 D 컨소시엄 대표도 함께였다. 세경과 지도부는 정거장에서 그들을 맞이했다. 제이도 여우 가면을 쓰고 그들과 함께했다.

최은희 CEO가 터미널에 들어섰다. 얼굴엔 지친 기색이 역력했다. 제이는 조금 의외라고 생각했다. 상대가 누구보다 차갑고 완벽하리라 생각했던 상상에 금이 가는 순간이었다.

"우리가 멈추면!"

"우주가 멈춘다!"

미리 소집된 조합원들이 피켓을 들고 일렬로 서서 경영진을 압박했다. 그 모습을 바라보는 최은희는 불쾌한 감정을 조금도 감추지 않았다. 세경은 앞으로 한 걸음 나서며 악수를 청했다.

"반갑습니다. 사장님."

"…… 솔직히 별로 오고 싶진 않았어요."

뉴스 채널 기자들의 플래시 세례가 쏟아졌다. 카메라를 의식한 탓인지 두 사람은 간단한 인사 외엔 아무런 대화도 나누지 않았다. 노사 양측은 지체 없이 회의실로 이동하기 시작했다.

"우리가 멈추면!"

"우주가 멈춘다!"

"우리가 멈추면!"

"우주가 멈춘다!"

터미널에서 회의실까지 이동하는 내내 조합원들의 구호는 계속되었다.

회의실에 도착하자마자 휴식 시간도 없이 곧바로 협상이 시작되었다. 하지만 양측의 입장은 평행선이었다. 사측은 이상할 정도로 민영화에 집착했고, 조합 또한 조금도 물러서지 않았다. 최은희 CEO와 D 컨소시엄 사장은 한목소리로 직원들을 안심시키려 했다. 노선 감축은 절대 없을 것이며, 정리 해고도 없을 거라고. 하지만 합의서에 그런 약속을 담아줄 수는 없다고 했다. 결국 협상은 공허한 말뿐이었다.

첫날 교섭이 물거품으로 끝나고 최은희 CEO는 세경에게 비공식 회담을 제안했다. 두 사람은 집무실로 장소를 옮겨 공식적인 자리에서 할 수 없었던 대화를 이어갔다.

"한세경 차장님. 우리 이쯤에서 끝을 봅시다. 나도 위에서 내려오는 압박 때문에 미치겠으니까."

최은희가 먼저 입을 열었다.

"어머, 사장님 위에 또 누가 계세요? 조직도에는 안 보이던데."

세경이 능청스럽게 받아쳤다.

"그쪽이 원하는 걸 줄게요. 다시 복직하고 싶어요? 그렇게 해요. 운행계획부장 자리를 비워뒀어요. 아니, 아예 두 직급 높여서 총괄수송처장은 어때요?"

"사장님. 내가 겨우 그거 바라고 이러는 거 같아요?"

"왜? 아닌 척 그만해요. 당신네 조합 사람들 난리 치는 거 어차피 다 그런 목적이잖아요. 나도 기업가 생활 20년이에요. 안 그런 사람 하나도 못 봤어."

세경은 별로 대꾸하고 싶지 않아 입을 다물었다.

"아님, 나한테 복수하고 싶어서 그래요? 지금 내가 사과하면 되나요? 여기서 무릎이라도 꿇을까?"

최은희가 세경의 코앞까지 다가와 아무렇지 않게 무릎을 꿇었다. 하지만 얼굴은 조금도 사과하는 표정이 아니었다. 최은희는 차갑게 미소 지으며 손끝으로 세경의 신발에 묻은 먼지를 떼어냈다.

"지금 분명히 합시다. 한세경 씨는 1급 처장으로 복직하고, 나는 이거 잘 수습해서 공천받고. 그럼 서로 깔끔하게 끝나는 문제 맞잖아. 지금까지 요구사항도 다 들어줄게요. 직원들한테 내려진 징계랑 손배소도 깔끔하게 전부 풀고."

"사장님, 지금 뭔가 착각하시나 본데. 그런 제안은 3년 전에 하셨어야죠."

최은희의 얼굴에서 미소가 사라졌다. 최은희는 머쓱한 표정으로 무릎을 털고 일어섰다.

"…… 원하는 게 대체 뭐예요?"

세경은 상대를 똑바로 바라보며 웃었다.

"민영화 철회라니까요."

"예전 일 생각해서 많이 자제하고 있는 건 아시죠? 유진이라고 했나요? 그 청년."

유진의 이름을 듣는 순간 세경은 폭발할 뻔했지만 필사적으로 감정을 억누르고 무표정을 연기했다. 지금은 분노할 때가 아니었다. 유진을 위해서도.

"아, 그런 짓 또 하시게요? 그 사건 때문에 근로기준법 개정된 건 아시죠? 사장님 그때처럼 하시다간 감옥 가세요."

"아스테로이드 작업량 전부 외주로 돌릴 수도 있어요."

"해보시죠. 그 사람들도 다 조합에 가입시킬 테니까."

"무인화 계획도 대폭 앞당길 겁니다."

"못 하는 거 압니다. 소행성마다 인공지능 서버를 놓는 것보단 사람이 훨씬 싸니까."

최은희의 표정이 점점 일그러졌다.

"당신 대체 나한테 왜 이러는 건데!"

위압감이라고는 조금도 느껴지지 않는 맹한 목소리. 세경은 맥이 풀렸다. 나는 3년 동안 피를 토하며 널 만나러 여기까지 왔는데, 너는 정말 아무것도 아닌 주제에 그런 자리를 쉽게 차지하고 있었구나. 겨우 이런 사람에게 사과를 받기 위해 자신을 희생한 유진이 가여웠다.

"착각 좀 그만해. 당신은 뭘 할 만큼 대단한 사람도 아니니까."

"뭐?"

"당신 아무 결정권도 없잖아. 윗분한테 돌아가서 전달이나 똑바로 해. 아스테로이드 지부는 아리온 민영화를 끝까지 막을 거라고."

세경은 천천히 자리에서 일어나 집무실을 떠났다. 최은희가 등에 대고 큰 소리로 고함쳤지만, 뭐라고 하는지 잘 들리지 않았다.


6.

연봉 10만 달러가 넘는 귀족들의 노조가 행성민들의 목숨을 담보로 파업을 예고하고 있다. 성간교통공사는 오랜 독점 구조에 안주하며 만성적으로 적자를 내고 있는 방만한 공기업의 대표적인 사례로, 경제 불황이 몰려오는 어려운 시기에 개혁을 거부하고 협박을 일삼는 이들 노조의 행태에 대해 안타까운 마음을 금할 수 없다.

우리 정부는, 이번 기회에 어떤 대가를 치르더라도 그간의 잘못된 관행을 반드시 근절할 것이며, 성간교통공사 노동조합의 불법 파업에 대해 법과 원칙에 따라 엄정히 대처해 나갈 것이다.

— 행성 연립정부 대통령 메이슨 B. 글레드스톤


"끽해야 우주교통청 차관이 발표할 줄 알았는데."

세경이 말했다.

"이건 말도 안 돼요. 이 정도 일에 대통령이 직접 담화문을 발표하는 게 말이 돼요? 태양계가 우리한테 선전포고를 한 거나 다름없어요. 이러면 승산이 없다고요."

제이는 짜증을 내며 서류를 집어 던졌다.

"어차피 뭐 비슷하게 흘러가게 될 줄 알고 있었잖아. 적어도 뒷배가 누구인지는 확실히 알았네."

"높아 봐야 어디 행성대표의원 정도인 줄 알았죠. 아무리 그래도 대통령은……."

두 사람은 동시에 한숨을 쉬었다.

"정부는 파업까지 못 가게 확실히 찍어 누르려고 할 겁니다. 앞으로 더 가혹한 일들이 벌어질 거예요. 화웅이 했던 짓은 애교로 느껴질 정도로요."

"다른 지도부 친구들한텐 그런 얘기 하지 마. 안 그래도 사정 복잡한 친구들인데."

"걱정도 팔자시네요. 그 사람들이라고 돌아가는 분위기 모르겠어요? 뉴스 채널만 틀어도 우릴 완전 죽일 놈으로 만들고 있는데."

제이의 걱정처럼 곧바로 공세가 시작되었다. 사측은 아스테로이드 지부에 작은 직책이라도 지닌 간부들을 모두 직위해제하고, 즉시 징계 절차에 착수했다. 작게는 1개월 감봉부터 크게는 6개월 정직까지. 누가 봐도 무리한 징계였다.

들어와야 할 소득이 갑자기 끊기자 직원들은 혼란에 빠졌다. 그나마 3년 전과 나아진 점이 있다면 조합이 이런 경우에 대비해 파업 기금을 충분히 쌓아두고 있다는 점이었다. 하지만 예상보다 높은 징계 수위 때문에 기금은 순식간에 줄어들고 있었다. 파업을 시작하기도 전에 기금이 먼저 고갈될 지경이었다.

뉴스 채널들은 연일 성간교통공사의 방만함에 대해 허위 사실을 쏟아냈다. 직원들의 급여 수준은 몇 배로 부풀려졌고, 업무량은 실제의 반의반도 되지 않는 것처럼 축소되었다. 패널들은 '우주선이 일 년에 한 번 운행할까 말까 한 소행성에 수십 명이나 근무하고 있다'고 말하며 연일 비난을 쏟아냈다. 그 수십 명의 직원들은 위성 항법 시스템의 정비와 지구 근접 소행성 감시를 위해 파견된 필수 안전관리 인력이었지만, 그런 사실은 결코 사람들에게 알려지지 않았다.

뉴스 속 영상에서 보이는 조합 지도부는 거의 범죄집단이나 다름없었다. 유진을 구하기 위해 유리창을 깼던 세경의 행동은 임원들을 향한 테러로 둔갑되었고, 블록체인 커뮤니티는 간첩행위라도 되는 것처럼 묘사되었다. 더욱 미칠 노릇인 것은, 이런 말도 안 되는 제보들의 출처가 성간교통공사 홍보실이라는 사실이었다.

아스테로이드 지부의 조합원들에게는 연일 협박 문자가 쏟아졌다. 사측도 화웅도 아닌 행성민들의 직접적인 협박. 여객터미널에서는 직원들에 대한 폭행사고도 빈번하게 일어났다. 더 심각한 것은 자녀들에 대한 폭력이었다. 아이들은 주위의 따돌림 때문에 학교도 다니지 못했다. 집까지 찾아오는 사람들 때문에 이사를 고민하는 직원들도 늘어났다.

파업 예정일까지 앞으로 일주일. 제이는 일주일 후가 영원히 찾아오지 않을 것처럼 느껴졌다. 그는 화웅의 지인들에게 몰래 연락해 분위기를 살폈다. 하지만 돌아오는 답장은 모두 부정적이었다.

— 사측은 이미 명단 준비 끝났어. 파업 들어가는 즉시 직원들 전부 체포될 거야.

— 재무실에서 파업 시 손실금액 추정해서 올렸는데 최은희가 그걸 다시 세 배 뻥튀기하라고 했대. 1인당 손배 금액이 30만 달러가 넘어. 그냥 죽으란 소리지.

— 세레스 자치정부도 분위기 안 좋아. 안전청 담당자 말로는 진압에

군 투입까지 생각하고 있다더라. 세레스에 군이 어디 있다는 건지. 다 민영 경비대면서.

세경은 몸이 세 개라도 모자랄 것처럼 메시지를 보내고 사람들을 만났다. 그러나 연락을 받지 않는 사람이 점점 늘어났다. 직접 만난 사람들도 차마 면전에 대고 부정적인 말을 하진 않았지만, 표정이 모든 것을 말해 주고 있었다. 몇 명이나 끝까지 함께해 줄지 아무것도 장담할 수 없었다.

하루 일과를 마칠 때면 세경은 매일 밤 맥주를 잔뜩 싸 들고 제이의 사무실을 찾아왔다. 이미 잔뜩 취한 상태였지만, 기어이 함께 열두 캔을 비우고 나서야 잠이 들 수 있었다. 맥주를 마시는 동안 두 사람은 아무 말도 하지 않았다.


결국 지도부가 먼저 무너졌다. 파업 당일, 이른 아침 시작된 회의에서 멤버들은 그간 숨겨왔던 비밀을 털어놓았다. 총대를 메고 입을 연 것은 정수였다.

"누님, 우리 아리온 정거장에 채용됐어."

"뭔 소리 하는 거야? 오늘이 파업 개시일인데."

세경은 화낼 기운도 없는 듯, 죽어가는 목소리로 되물었다.

"저번에 최은희 왔었을 때 말야. D 컨소시엄에서 제의가 들어왔어. 지도부 모두 아리온으로 채용하겠다고."

"그래서? 그걸 덥석 받았니? 받았어?"

"그럼 어떡해. 연봉을 15프로나 올려준다는데."

세경은 정수의 등을 몇 번이나 때렸다.

"어휴 이 모지리야. 최소 두 배는 올려달라고 했어야지. 그래도 저놈들이 다 받아줬을 건데. 아주 그냥 내가 다 억울해서 내일부터 잠을 못 자겠다!"

"…… 미안해, 누님."

정수가 고개를 푹 숙였다. 다른 지도부 직원들도 마찬가지였다.

"됐어. 이 새끼야."

세경은 분주하게 와인병을 찾았다. 테이블 위를 더듬다가 잘못 건드린 병이 바닥에 떨어져 산산이 부서졌다. 세경은 이마를 감싸쥐었다.

"진짜! 다들 왜, 왜 그러는 건데!"

결국 세경이 울음을 터뜨렸다. 제이는 꺽꺽거리는 세경의 등을 두드렸다.

"아, 그럼 어쩌라고! 누님 진짜 몰라서 그래? 아리온 그거…… 우리가 다 만들었어. 나노튜브 와이어를 스물일곱 바퀴나 감고, 합판 용접하고, 펄스 엔진 조립하고, 전부 내가 다 했다고. 그 정거장 건설하느라 내 친구들 거기서 다 죽었어. 그 집 새끼들도 내가 다 챙겨야 돼. 회사에서는 당장 다 때려치우고 나가라는데, 거기서는 어서 오라고, 우리 전부 받아준다잖아. 그게 뭐가 나빠?"

"그래. 다 때려치웁시다. 누님."

또 다른 조합원이 말했다. 제이는 그를 째려보았다.

"그렇게 징징거리기나 할 거면 뭐 하러 여기 찾아왔습니까? 그냥 사표 내고 나가면 되지. 갈 거면 빨리 가세요. 사표 쓰나 파업하나 일 안 하는 건 똑같으니까."

"뭐? 당신이 뭔데 끼어들어? 당신 어차피 일 년 뒤에는 여기 뜰 거잖아. 그런 사람이 쓸데없이 여기저기 부채질이나 하고!"

"전부 그만해."

세경이 모두를 중단시켰다. 순식간에 모두가 조용해졌다. 마치 우주 공간에 던져지기라도 한 것처럼. 모두 얼어붙어 버린 것처럼. 아무런 소음도 들리지 않았다.

이윽고 세경이 입을 열었다.

"그래. 이제 그만하자. 파업도 접고, 조합도 해산……."

그 순간, 모두의 왼팔에 달린 단말기에 붉은색 메시지가 떠올랐다.

— 안전확보 긴급명령 7호 발령. 접근 중인 소행성 '멸망꽃'에 대한 궤도 수정 요망.

갑자기 모두의 눈빛이 달라졌다.

"정수야, 리드타임은?"

세경이 물었다.

"음…… 여유는 좀 있어요. 일곱 바퀴 반? 근데 열네 시간 후에 지나가고 나면 다시는 이쪽으로 안 와요."

홀로 상황을 이해하지 못한 제이가 물었다.

"지금 대체 무슨 일이에요?"

그러자 누군가가 답했다.

"멸망꽃이 지구로 접근하고 있대요."

"멸망꽃?"

"소행성 이름. 지구에서 태풍 이름 짓는 거랑 비슷한 거야."

세경이 말했다.

"소행성이 지구로 접근한다고요?"

"그래. 예전엔 지구에 직접 충돌하지만 않으면 괜찮았는데, 요즘은 궤도상에 물체가 워낙 많으니까 근처만 가도 위험하거든. 아무튼 다들 빨리 선외활동 준비해."

지시를 들은 지도부 직원들이 분주하게 움직이기 시작했다.

"잠깐만! 잠깐 멈춰봐요."

제이가 양팔을 뻗으며 소리쳤다. 모두가 그를 바라보았다.

"이거 함정이에요. 멀쩡한 소행성이 갑자기 왜 지구로 향한답니까. 뭔가 이상해요. 이거 우리한테 덮어씌우려는 거라고요."

세경은 한숨을 쉬었다.

"무슨 소리 하는 거야. 변호사님은 잘 모르겠지만 이거 그렇게 특이한 일 아니야. 일 년에 서너 번씩 꼭 있어요. 이안(IAWN)*이 소행성 포착하면 그거 막는 게 우리 직원들 의무야. 법으로 정해져 있어."

"그래도요. 타이밍이 너무 절묘하잖습니까."

"만약 이게 함정이면, 가든 안 가든 정부는 어차피 우리한테 덮어씌울 거야."

"이번엔 그냥 보냅시다. 나중에 협상 카드로 써요. 어차피 지구로 곧장 날아가는 것도 아니라면서요."

"변호사님. 우리가 꽤 멀리까지 오긴 했지만, 그래도 사람 목숨으로 내기를 할 순 없잖아. 지구에도 사람이 살아. 그 사람들도 우리랑 똑같이 생겼고."

제이는 세경의 앞을 가로막고 완강히 버텼다.

"네. 그래요. 좋네요. 낭만적이고. 근데 낭만으로는 이 싸움 못 이겨요. 세경 씨, 진짜 실수하시는 거예요."

세경이 억지로 그를 밀치고 캐비닛을 열었다.

"미안해, 변호사님. 실수 좀 할게."

---

* 국제소행성경보네트워크(International Asteroid Warning Network, IAWN), UN 산하의 평화적 우주 이용 위원회(Committee On the Peaceful Uses of Outer Space, COPUOS)에 설치된 소행성 감시체계다. 소행성 발견 후 지구 충돌까지의 시간을 리드타임이라고 한다.

세경은 선외활동복을 꺼내들고 직원들과 함께 밖으로 뛰쳐나갔다.

"아니, 일단 제 말 좀 끝까지 들어보시라고요!"

제이는 서둘러 사람들의 뒤를 쫓았다.


7.

수년 전, 궤도공명지역*에 위치한 소행성 하나가 목성 중력의 영향으로 튕겨나갔다. 지나친 채굴 때문에 질량이 줄어든 탓이었다. 목성 궤도 안쪽으로 되돌아오는 소행성을 UN의 소행성 감시 네트워크가 제때 발견할 수 있었던 것은 순전히 우연이었다. 다행히도 이안의 망원경이 소행성을 포착했고, 소행성에는 '멸망꽃'이라는 이름이 붙었다.

같은 시각, 성간교통공사 직원들에게 안전확보 긴급명령이 떨어졌다. 행성대표의회가 제정한 성간교통안전법에 따라, 성간교통공사는 근지구 공간으로 유입되는 소행성을 제거해야 하는 의무를 지니고 있다. 또한 동법에 따라 근무지 근처로 소행성이 지나가는 경우, 교통공사 직원들은 모두 작업을 멈추고 궤도 수정 작업에 투입되어야 했다.

소행성 발견 여덟 시간 후. 감압을 마친 세경과 백여 명

---

\* 행성과 소행성의 공전주기가 일정한 비율로 겹치는 경우 상호 중력이 지속적으로 공명을 일으킨다. 이 효과가 대개는 소행성의 궤도를 안정화하지만, 드물게 소행성이 본래의 궤도에서 튕겨나가는 원인이 되기도 한다.

의 직원들이 세 대의 메탄 동력선에 핵 펄스 엔진을 하나씩 싣고 세레스 정거장을 출발했다. 멸망꽃 근처까지 접근했을 때, 임무 완수까지 주어진 여유는 세 시간이 채 되지 않았다. 서둘러야 했다. 그렇지 않으면 귀환 한계선을 넘어버려 세레스 정거장으로 돌아오지 못할 수도 있었다.

천체수송 자격자인 세경의 계산에 따라 직원들은 일사불란하게 핵 펄스 엔진을 배치하기 시작했다. 토목팀이 평탄화 작업을 마친 지점에 파일럿들이 메탄 동력선을 착륙시켰고, 정비팀과 수송팀 직원들은 엔진 설치 작업에 들어갔다. 그러는 사이 신호팀은 각 엔진에 통신 케이블을 가설했다. 세 개의 엔진을 한곳에서 정밀하게 제어하기 위해서였다. 계산원인 세경은 세 줄기 케이블이 만나는 지점. 채굴이 끝난 지하 탄광 중심부에 컨트롤 박스를 설치했다.

뉴스 채널의 드론들도 멸망꽃 근처로 다가와 직원들의 움직임을 촬영하기 시작했다. 촬영된 영상은 즉시 태양계 전역으로 중계되었고, 화면에는 새빨간 헤드라인이 둘러쳐졌다.


[속보] 성간교통공사 노조 소행성 점거! 최악의 테러!


정부는 성간교통공사 아스테로이드 지부 노동조합이 멸망꽃을 점거했으며, 소행성을 지구에 추락시키기 위한 농성을 시작했다고 발표했다. 소행성을 막기 위해 나선 백여 명의 조합원들은 자신도 모르는 사이에 테러리스트로 낙인 찍혔다.

기다렸다는 듯 왜곡된 인터뷰 영상이 온라인상에 떠돌기 시작했다. 세경의 얼굴을 한 딥페이크* 영상 속 인물은 정부 가 요구를 들어주지 않으면 소행성을 지구로 떨어뜨리겠다 며 투사처럼 소리치고 있었다. 세경을 아는 사람이라면 누 구나 조작이라는 것을 알아챌 만큼 조잡한 영상이었지만 지 구에 사는 사람들은 세경은 몰랐고, 영상이 가짜라는 사실 도 당장은 확인할 길이 없었다.

뒤이어 세레스 민영 경비대가 멸망꽃으로 들이닥쳤다. 영 상을 보고 출발했다면 도저히 도착할 수 없는 타이밍이었 다. 경비대는 소행성 궤도 위를 선회하며 공용 주파수에 대 고 소리쳤다.

— 성간교통공사 직원들은 불법 행위를 멈추고 즉시 투항하십시오. 저항한다면 강제로 체포하겠습니다.

— 무슨 개소리야?

상황을 알 리 없는 직원들은 그들의 경고를 무시했다. 경 비분대 하나가 가까운 펄스 엔진 근처에 강하한 다음 직원 들에게 총을 겨누었다. 공용 주파수로 또 한 번 경고가 전달

---

* 인공지능 알고리즘을 통해 실제 인물을 촬영한 것처럼 가짜 영상을 만들어내는 기술.

되었다.

— 경고합니다. 항복하지 않으면 발포하겠습니다.

그러자 어이가 없다는 듯, 수송원 한 사람이 핵 펄스 엔진을 가리켰다.

— 이거 핵폭탄이야, 새끼들아. 쏠 수 있음 쏴봐.

경비대는 당황했다. 그들 중 팀장으로 보이는 사람이 들리지 않게 지시를 내리자, 대원들은 모두 총을 내려놓고 전기충격봉을 꺼내 들었다. 하지만 그 판단이야말로 큰 실수였다.

경비대원들이 봉을 휘두르며 직원들에게 달려들었지만, 저중력 환경에 익숙지 않은 그들은 우스꽝스럽게 버둥거리기만 할 뿐이었다. 반면, 평생을 저중력 환경에서 보낸 데다 엑소슈트까지 입은 수송원은 경비대 대원들을 손쉽게 제압해 냈다.


— 지부장님. 민영 경비대가 투항하라는데요.

수송원 한 명이 세경에게 무전을 날렸다. 그의 보고를 받은 세경은 잠시 고민하다가, 아무렇지 않은 척 지시를 내렸다.

— 무조건 엔진 사수해. 책임은 내가 질 테니까.

— 네. 알겠습니다.

곧이어 또 다른 무전 소리가 들렸다.

— 1번 엔진 설치 완료했습니다.

― 좋아. 1번 동력선은 직원들 픽업 준비해 주세요.

― 2번 엔진 공격받고 있습니다!

― 3번 엔진도 공격받고 있습니다!

사방에서 무전이 바쁘게 쏟아지기 시작했다.

― 수송팀이 나가서 시간 끌어. 정비팀은 엔진 설치 서두르고. 90억 지구 사람들 목숨이 달린 일이에요. 무슨 일이 있어도 완료해야 해.

세경은 외부에 연결된 CCTV 영상들을 모니터로 확인하며 지시를 내렸다. 또 동시에 양손으로는 컨트롤 박스의 키보드를 빠르게 두드렸다. 정확한 궤도 입력을 하지 않으면 정말로 소행성이 지구에 떨어져버리는 수가 있었다. 침착해야 했다. 누가 무슨 수작을 부리건 주어진 일만은 제대로 해내야 했다.

그 순간 화면 하나가 심하게 흔들렸다. 직원들이 빠르게 도망치고 있었다.

― 2번 엔진, 무슨 일이야?

― 경비대 새끼들이 군용 전투봇까지 갖고 왔어요.

― 엔진은?

― 벌써 설치 완료했지요. 신호 케이블도요.

― 오라이. 안전하게 터널 안으로 후퇴하세요.

잠시 후 3번 엔진도 설치가 완료되었다는 무전이 들렸다. 신호팀 직원들이 통신 케이블을 어깨에 메고 빠르게 달려왔다. 세경은 세 개의 케이블을 모두 컨트롤 박스에 연결했다.

이제 마지막 단계였다.

세레스 민영 경비대는 도합 일곱 대의 군용 전투봇을 멸망꽃에 투입했다. 전장 3미터, 무게 1톤에 육박하는 살인기계는 다리 여섯 개를 빠르게 움직이며 성간교통공사 직원들을 제압하기 위해 나아갔다.

교통공사 직원들이 통로마다 빈 컨테이너를 쌓아놓고 저항했지만, 군용 전투봇의 상대가 되지 않았다. 전투봇은 손처럼 생긴 두 다리로 컨테이너를 집어 던지고 직원들을 후려쳤다. 로봇에게 언어맞은 직원들은 뼈가 부러지는 고통을 느끼며 쓰러졌다.

— 지부장님, 이제 얼마 못 버팁니다.

— 안쪽까지 후퇴해.

조합원들은 더 안쪽, 전투봇이 진입하지 못하는 좁은 통로로 피신했다. 다시 경비대원들이 앞으로 나섰다. 경비대는 좁은 통로를 빠르게 통과해 세 방향에서 직원들을 압박하기 시작했다.

나아가려는 경비대와 막으려는 직원들 간의 길고 지루한 다툼이 이어졌다. 직원들은 좁은 통로에 똘똘 뭉쳐 길을 막아섰고, 방패를 든 경비대는 그들을 조금씩 밀쳐내며 하나씩 끌어내 체포했다. 한 명, 또 한 명. 통로를 막아선 직원들이 조금씩 줄어들었다.

이윽고 인간 방벽이 무너지며 중앙으로 길이 열렸다. 탄광 중심부에는 선외활동복을 입은 사람이 홀로 서 있었다. 경비대는 빠르게 그를 둘러싼 다음, 뒤를 걷어차 무릎을 꿇렸다.

— 지부장 한세경 씨. 당신을 체포합니다.

경비대 분대장이 케이블 타이를 꺼내 그의 양손을 포박했다. 그 순간, 갑자기 소행성이 크게 흔들렸다. 세 개의 펄스 엔진이 점화를 시작한 것이었다. 경비대원들은 조금씩 휘청거렸지만 넘어질 정도는 아니었다.

— 이미 늦었나.

분대장이 작게 중얼거렸다.

— 안타까우시겠어요. 발사하기 전에 우릴 제압했어야 테러범을 막았다고 속일 수 있었을 텐데.

세경의 목소리가 들렸다. 그러자 분대장은 상관없다는 듯 어깨를 으쓱였다.

— 우리가 궤도를 바꾼 거라고 적당히 이야기를 꾸미면 돼.

— 아, 그런 방법이 있었네. 똑똑하셔.

세경이 태연하게 말했다.

그는 양손이 묶인 상태로 주섬주섬 작업복 주머니에 손을 집어넣더니, 경비대원들에게 노란 막대를 내밀었다. 갑작스러운 행동에 당황한 경비대원들은 몸을 움츠리며 물러나 막대를 뚫어져라 살폈다. 위험물이 아니었다. 그냥 커피믹스

봉지였다.

의아해하는 사람들을 향해, 그는 선바이저를 올려 자신의 얼굴을 드러냈다.

— 지금 여기 상황 전부 카메라로 찍고 있는 거 아세요?

제이가 말했다.


8.

— 테러는 무슨, 진짜 어이가 없네. 쉬바 나는 그냥 할 일 했을 뿐이라니까!

화면 속 누군가가 양손을 포박당하며 소리쳤다.

— 제발요. 저희 진짜 테러범 아니에요! 정말이에요. 제발…….

누군가 울부짖는 소리도 들렸다.

— 시끄러우니까 좀 닥쳐!

이미 자발적으로 무릎을 꿇었는데도, 경비대는 그를 거칠게 발로 차 넘어뜨리고 배를 걷어찼다.

그 모습을 보고 흥분한 직원 하나가 작업용 해머를 휘두르며 거칠게 저항했다. 그러자 경비대는 충격봉으로 그의 뒤통수를 내려쳤다. 감전된 몸이 부들부들 떨며 바닥에 쓰러졌다.

— 여기 상황 전부 카메라에 찍혔다니까요! 당신들 대화도 전부 녹취 끝났습니다. 나중에 법정 가서 후회하지 말고 이쯤에서 그만 포기하시죠!

제이가 거칠게 저항하며 연행되어가는 모습이 CCTV 화면에 잡혔다. 그 모습을 마지막까지 지켜본 세경은 태블릿을 접어 허공에 던져버렸다. 세경은 몸을 동그랗게 웅크린 채 무중력 상태인 메탄 동력선 내부를 어지럽게 표류했다.

자신을 믿고 따라와준 지도부도, 사정을 알 리 없는 백여 명의 직원들도 모두 테러범의 누명을 쓰고 민영 경비대에 체포되었다. 빠져나오는 데 성공한 사람은 한 명도 없었다. 그 자리에 없었던 세경만이 홀로 탈출할 수 있었다. 제이가 대신 잡혀 들어간 덕분이었다.

전부 제이의 아이디어였다. 직원들이 펄스 엔진을 설치하는 동안 제이는 멸망꽃 곳곳에 소형 CCTV와 통신 감청 장비를 설치했다. 수십 대의 카메라가 그곳에서 일어난 모든 일들을 기록했다. 소행성의 궤도를 바꾸기 위해 진심으로 노력하는 직원들과, 그런 그들을 무참히 폭행하는 세레스 민영 경비대의 모습. 그리고 그들이 공용 주파수로 나눈 모든 음성 대화까지.

사건의 전말이 담긴 모든 기록들은 실시간으로 세경의 태블릿에 저장되었고, 세경은 유진이 구축한 블록체인 네트워크를 통해 아스테로이드 전역에 그 내용을 방송했다. 성간 교통공사 직원 모두가 그 광경을 함께 지켜보았다. 그리고 다 함께 분노…… 해 주기를 바랐다.

확신이 없었다.

우주는 상상할 수 없을 정도로 넓었고, 사람들 사이의 거리는 멀었다. 소행성대(Asteroid Belt)라는 이름과 달리, 소행성들은 서로의 존재를 눈으로 확인조차 할 수 없는 먼 거리에 파편처럼 흩뿌려져 있었다. 유진, 우리 목소리가 정말 저 먼 곳까지 닿았을까? 네 마음이 정말 전해졌을까?

불안했다.

어찌할 수 없는 불안을 한가득 안고서, 세경은 무전기의 마이크를 잡았다.

"안녕들하십니까, 여러분? 나 한세경이에요. 우리 오늘 파업하기로 약속했었죠?"

목소리가 심하게 떨렸다. 세경은 마음을 다잡으며 떨림을 가라앉히려 노력했다.

"우리 아스테로이드는 한때 인류 문명을 지탱했습니다. 자원이 고갈되어가는 지구가 멈추지 않고 돌아갈 수 있었던 건 모두 우리의 희생 덕분이었습니다. 목숨 걸고 이곳을 개척한 우리를, 소행성 깊은 곳까지 굴을 파고 뼈를 묻은 우리를, 이제 저들은 버리겠다고 합니다. 더 이상 돈이 되지 않는다는 이유로요. 더 돈이 되는 목성이 개척되었다는 이유로요.

3년 전, 그 현실을 바꾸기 위해 저항하던 젊은 청년이 분신했습니다. 많은 사람들이 해고당했고, 상처받았고, 목숨을 잃었습니다. 하지만 우리 중 누구도 그들 곁에 나서지 못했습니다. 함께 싸워주지 못했습니다. 그건 저도 마찬가지였습니다. 부끄러운 일입니다.

회사는 아스테로이드 사람들을 감자 부스러기라고 부릅니다. 서로의 얼굴도 모르고 평생 만나는 일도 없는 절대 뭉칠 줄 모르는 사람들이라고. 아무렇게나 취급해도 되는 사람들이라고. 그렇게 우리를 멸시하고 괄시했습니다. 그래도 우리는 참았습니다. 참으라고 배웠고, 참아야 되는 줄 알았으니까.

저는 다만 묻고 싶습니다. 정말로 괜찮으신가요? 정말 아무렇지도 않으신 건가요?"

벅차오르는 감정 때문에 턱 끝까지 숨이 차올랐다. 세경은 잠시 떨리는 호흡을 가다듬었다. 힘겹게 다시 입을 열었다.

"여러분, 아직 오늘이 끝나지 않았어요. 저는 보여주고 싶어요. 증명하고 싶어요. 우리가 부스러기가 아니라는 사실을요. 우리가 단단하게 뭉칠 수 있다는 사실을 말예요.

한 시간 뒤, 오늘이 끝나기 전인 11시 59분이 되면, 우리 모두 붉은색 조명을 켜기로 해요. 아주 잠깐, 스스로 감당할 수 있을 만큼만. 0.1초라도 좋아요. 작은 손전등이라도 좋아요. 우리 그냥 잠시 일을 멈추고 서로의 얼굴을 확인만이라도 해봐요. 지부장이 아닌, 여러분의 이웃 한세경으로서 드리는 마지막 부탁입니다."

무전기를 내려놓는 순간, 심장도 내려앉는 것 같았다.

세경은 핸들을 당겨 동력선을 움직이기 시작했다. 세레스에 도착하는 즉시 모든 책임을 지고 자수할 작정이었다.

세레스가 멀리 보이기 시작할 즈음 약속한 시간이 되었다. 세경은 아무런 기대 없이 엔진의 시동을 끄고 하늘을 올려다보았다. 마치 아무 일도 없었던 것처럼 세레스 정거장 주변은 분주히 움직이는 작업자들로 가득했다. 몇 명이나 깜빡일까? 열 명? 스무 명? 금방 사라져버릴지 모르는 빛을 하나도 놓치지 않기 위해 세경은 온몸의 신경을 집중했다.

11시 58분 57초. 58초. 59초…… 그리고 11시 59분. 세경은 울음을 터뜨렸다.

우주가,

셀 수 없이 많은 붉은 빛으로 가득했다.

놀란 조합원들은 고개를 돌려 서로를 확인했다. 여기에도, 저기에도, 모두가 붉은색 전구를 켜고 있었다. 그들은 불을 끄는 것도 잊고서 멍하니 서로의 얼굴을 바라보았다. 너도? 너도였어?

에이 시바 모르것다.

이름 모를 소행성에서, 말없이 눈빛만 주고받던 누군가가 벽에 붙은 커다란 버튼을 눌렀다. 인근을 운행 중인 모든 우주선을 멈춰 세우는 붉은색 비상정지 스위치였다. 위성에서 피어오른 붉은 봉화가 아스테로이드 전역에서 보일 정도로 밝게 타올랐다. 그 빛을 발견한 누군가가 뒤따라 버튼을 눌렀다. 하나가 켜지자 또 하나가. 다음엔 무수히 많은 빛이 파도처럼 아스테로이드 전역으로 번져나갔다.

그 순간, 어쩌면 실수였을까. 고요한 정적을 깨고 공용 주파수로 누군가 힘껏 외치는 소리가 들렸다.

— 우리가 멈추머어어어어언!

그러자 이 순간만을 기다렸다는 듯, 셀 수도 없이 많은 목소리가 함께, 이렇게 외치는 것이었다.

— 우주가 멈춘다아아아아아!

그렇게 아스테로이드 최초의 파업은 시작되었다.

- 다층구조로 감싸인

입체적 거래의 위험성에 대하여

**다층구조로 감싸인 입체적 거래의 위험성에 대하여**

『끝내 비명은』(아작, 2021) 수록작

## 1. 진짜 같은 가짜 엄마

썩은 내가 진동하는 세상에 누워 처음 눈을 떴을 때 떠오른 첫 번째 생각.

"엄마가 죽었어."

그는 입을 열어 떠오른 생각을 그대로 뱉었다. 그리고 천천히 고개를 돌렸다. 시선이 닿은 곳엔 싸늘하게 썩은 시신이 놓여 있었다. 엄마다. 엄마가 죽었어. 디스(Dis)가 기어이 엄마를 죽이고 말았어.

디스에 대해선 이름 외엔 아무것도 기억이 나지 않았다. 어떤 사람인지. 어떤 관계였는지.

왜 엄마를 죽였는지도. 어떻게 죽였는지는 알 것 같았다. 시신은 여러 조각으로 나뉘어 있었고, 고통스러운 표정이 모든 것을 말해 주고 있었으니까.

"엄마가 죽었어. 엄마가……."

그는 비명을 지르며 건물 밖으로 뛰쳐나왔다. 바깥은 회색 콘크리트로 뒤덮인 낡은 마당이었다. 뒤를 돌아보니 3층짜리 연립주택이 반쯤 무너진 모습으로 겨우 버티고 서 있었다.

달그락. 위쪽에서 인기척이 들렸다.

범인이 낸 소리일지도 몰라. 그는 건물 바깥에 설치된 계단을 뛰어올랐다. 2층 테라스의 커다란 창문을 열고 안으로 들어갔지만 거기엔 아무도 없었다. 소음이 또 한 번, 더 위쪽에서 들려왔다. 그는 안쪽 계단을 통해 3층 다락방으로 향했다. 박살 낼 기세로 문을 걷어차고 방 안으로 들어서자마자 깜짝 놀랐다. 처음 보는 얼굴이 있었으니까.

"진(Gene). 일어났니?"

상대가 표정 없는 얼굴로 말했다. 이마 한가운데 휘갈겨진 'Dis!'라는 문신으로 보아 디스가 분명했다. 하지만 당황스러웠다. 얼굴을 알아볼 수 있을 거라 생각했는데. 아니었다. 생전 처음 보는 얼굴이었다. '디스'라는 이름에서 느꼈던 익숙한 존재감은 어디에서도 찾아볼 수가 없었다.

"디스, 맞지?"

그가 물었다.

"뭐야? 신종 장난? 오버플로(Overflow)라도 났어?"

디스는 그렇게 말하며 거울 앞까지 얼굴을 가져가 눈 주위의 아이라인을 확인했다. 그런 다음 한 바퀴 빙그르르 돌며 옷매무새를 살폈다. 하얀 프릴이 잔뜩 달린 옅은 청록색 원피스가 살랑 떠올랐다 가라앉았다.

"엄마가 죽었어."

그가 말했다.

"엄마가 죽긴 왜 죽어."

"정말이야. 1층에……."

말이 끝나기도 전에 디스가 걸음을 옮겨 그의 곁을 휙 지나쳤다. 화가 난 그는 거칠게 디스의 어깨를 붙잡았다.

"왜 이렇게 태연해? 대체 어디 가냐고!"

스스로도 놀랄 만큼 커다란 목소리가 튀어나왔다. 심장이 빠르게 쿵쾅거렸다. 겨우 억누르고 있었던 혼란스러운 감정이 결국 폭발했다.

"대체 뭐냐고!"

그는 미친 사람처럼 소리를 질렀다. 하지만 디스는 움찔거리는 기색조차 없었다. 디스는 어깨에 붙은 먼지를 털어내듯 태연히 그의 손을 떼어냈다.

"걱정 마. 네 엄마 죽은 거 아니니까. 넌 그냥 꿈을 꾼 거야. 그걸 입으로 뱉는 바람에 현실에 나타난 것뿐이야."

그는 말을 잃었다. "네가 죽였지?"라고 묻는 것도 잊고 말았다. 디스는 그를 잠시도 기다려주지 않고 다시 걸음을 이어나갔다.

"밖에 좀 나갔다 올게. 한동안 돌아오지 않을 거니까 기다리지 마."

발걸음 소리가 점점 멀어졌다. 그는 바닥에 주저앉았다. 엉덩이가 닿은 바닥 주위로 매캐한 먼지가 풀풀 피어올랐다.

뭐가 어떻게 된 거야.

생각나는 것이 아무것도 없었다. 빌어먹을, 대체 뭐냐고. 그는 주먹으로 바닥을 거칠게 내려쳤다. 쾅. 낡은 판자가 부서지며 팔이 아래로 푹 들어가버렸다.

"아들! 또!"

그는 깜짝 놀랐다. 엄마 목소리가 들렸으니까. 거의 뛰어내리다시피 1층으로 달렸다. 거기엔 엄마가 있었다. 언제나처럼 반가운 미소를 띤 얼굴로, 고무장갑을 낀 채 죽은 엄마의 조각난 시신을 하나씩 주워 검은 쓰레기봉투에 담고 있었다. 엄마는 죽었는데 엄마는 살아 있어. 엄마는 엄마를 치우고 있어.

여기 더 있다간 미쳐버릴 거야.

그는 비명을 지르며 대문 바깥으로 뛰쳐나갔다. 가파른 내리막길을 따라 몇 번이나 넘어지고 굴러떨어지며 아래로, 아래로 멀리 멀리 도망쳤다. 정신을 차릴 때쯤엔 내리막이 끝나고, 널따란 회색빛 황야 위에 커다란 8차선 도로가 펼쳐져 있었다.

스무 걸음쯤 떨어진 곳에 버스 정류장이 있었다. 디스가 버스에 오르는 모습이 보였다. 그는 디스의 뒤를 쫓으려 했다. 이게 대체 무슨 일인지 물을 생각이었다. 그러나 도착하기도 전에 버스는 출발해 버리고 말았다. 그는 어쩔 수 없이 다음번 버스에 탔다. 하지만 아무리 기다려도 버스는 출발하지 않았다.

"이봐. 청년."

등 뒤에서 목소리가 들렸다. 고개를 돌리자 버스 기사가 그를 노려보고 있었다. 기사의 새빨간 얼굴 위로는 뾰족하고 기다란 뿔이 뻗어 있었다.

"버스비 없어?"

주머니를 뒤적이자 코인이 나왔다. 기사는 어서 코인을 집어넣으라는 듯 손짓으로 통을 가리키며 재촉했다. 하지만……

"싫어요. 이건 내 거예요."

황급히 코인을 다시 주머니에 집어넣었다. 코인은 절대 포기할 수 없었다.

"그럼, 내려."

기사가 뿔로 들이받을 것처럼 고개를 낮게 숙인 채 눈을 치켜뜨며 그를 노려보았다. 어쩔 수 없이 버스에서 내려야 했다. 뿔이라니. 대체 뭐야. 문이 닫히고 출발하는 버스 안에서 비웃는 소리가 터져 나왔다. 그는 귀를 막았다. 버스가 한참 멀리 떠날 때까지도 웃음소리는 계속되었다.

잔뜩 웅크린 머리 위로 갑자기 커다란 그늘이 드리워졌

다. 고개를 들자 선글라스를 낀 아름다운 남자가 그를 내려다보고 있었다. 그가 엄지를 들어 보이며 이렇게 말했다.

"혹시, 중심지에 가시려는 거면 태워드릴게요. 어차피 가는 길이라."

엄지가 가리킨 곳엔 빨간 오픈카가 주차되어 있었다. 조수석에 앉아 있는 비슷한 또래의 남자가 그들을 향해 손을 흔들어 보였다. 그는 조심스럽게 고개를 끄덕였다. 선글라스 남자는 곧바로 운전석에 앉았고, 그는 뒷좌석에 앉았다. 미처 안전벨트를 매기도 전에, 스포츠카는 폭발하듯 가속해 도로 한가운데까지 튀어나갔다.


2. 가짜 같은 진짜 도시

"이름이 뭐예요?"

선글라스 낀 남자가 물었다. 그는 한 손으로는 운전대를 잡고, 다른 한 손으로는 와인을 병째 들이켜고 있었다.

"아 저는……."

진. 디스는 나를 그렇게 불렀었지.

"진, 이에요."

"워, 뭔가 주인공 같은 이름이네요."

"당신은요?"

"저는 디오(Dio), 이쪽은 판(Pan)이에요."

앞좌석의 남자들은 와인병을 주고받으며 자기들끼리 한

참 동안 계속 조잘거렸다. 귀를 기울여봤지만 바람 때문에 내용은 잘 들리지 않았다. 진은 고개를 돌려 바깥 풍경에 집중했다. 머리카락 사이를 헤집고 지나가는 차디찬 바람이 조금씩 마음을 진정시켰다.

온통 새빨간 하늘 아래, 멀리 높다란 빌딩들이 솟아 있었다. 여기저기 부서져 무너져가는 빌딩들은 프라이팬에 올린 버터처럼, 혹은 녹아 흘러내리는 양초처럼 엉망으로 흐물거렸다.

자동차가 중심지 쪽으로 가까이 갈수록 풍경은 복잡해졌다. 에셔의 그림처럼 복잡하게 얽힌 입체 도로, 기묘한 디자인으로 배배 꼬인 건물들 속 배배 꼬인 계단들, 수백 가지 물감이 동시에 번진 듯한 복잡한 색감의 간판들과 가게들. 그 속에 가득 찬 사람들은 각기 제멋대로의 모습과 질감을 지니고 있었다. 입체, 평면, 실사, 이미지, 펜으로 그려진 만화, 수채화물감, 점묘 컬러아트, 흑백, 하이그로시, 대리석 조각, 사진, 홀로그램…….

당황한 그의 표정을 눈치챘는지, 선글라스 남자가 룸미러를 보며 물었다.

"혹시 중심지 가는 거 처음이에요?"

진은 고개를 끄덕였다.

"네. 처음인 것 같아요."

그러자 이번엔 조수석 남자가 고개를 돌리며 끼어들었다.

"별거 없어요. 중심지에선 이거 하나만 기억하면 돼요."

두 사람은 서로를 가리키며 동시에 합창했다.

**"내 모습은 내가 욕망하는 대로 변하고, 세계는 내가 말하는 대로 바뀐다!"**

빌딩이 더욱 격렬하게 흐느적댔다. 진은 그 광경에 점점 빠져들었다.

뚝.

갑자기 눈앞이 일그러졌다. 깜짝 놀란 진은 황급히 고개를 돌렸다. 눈을 몇 번 깜빡이자 시야는 금세 멀쩡해졌다. 하지만 다시 빌딩 방향을 바라보면 눈앞이 뚝뚝 끊어지며 자글거렸다. 어지러움을 느낀 진은 눈을 찡그렸다.

"간섭 때문에 그래요."

선글라스 남자가 말했다.

"사람들이 욕망하는 게 다들 다르니까. 현실이 한 가지 형태로 고정되지 못하고 계속 일그러지는 거예요. 중심지 빌딩들은 항상 이런 식이죠. 쳐다보는 사람이 너무 많아서 욕망이 끊임없이 충돌하는 거예요."

"욕망에 맞춰서 변화한다고요?"

진은 다시 한번 되물었다.

"그래요. 욕망하는 대로. 대체 얼마나 변두리에서 온 거예요?"

"잘 모르겠어요."

"하긴. 중심지 외엔 다 변두리니까."

선글라스 남자는 이해한다는 듯 부드럽게 말했다.

"그럼 오늘은 우리랑 함께 놀아요. 좋은 데로 잘 안내해 줄 테니까."

조수석 남자가 말했다.

"…… 고맙습니다. 하지만 전 디스를 찾아야 해요."

"디스? 사람 이름인가요?"

"네. 혹시 디스를 아세요?"

"아뇨. 처음 듣는 이름이에요. 혹시 그 사람이 당신의 숙적인가요?"

"숙적?"

"저런 거요."

선글라스 남자가 앞을 가리켰다. 3층 높이만 한 보라색 거인이 도로 한가운데 서 있었다.

거인 때문에 길이 막혀버린 수십 대의 자동차들이 꼼짝없이 긴 대열을 만들었고, 진이 타고 있는 스포츠카도 그 뒤에 멈춰 서야 했다.

그는 몸을 일으켜 자세히 살펴보았다. 보라색 거인의 발 근처에 낙타를 탄 백발노인이 버티고 서서 이렇게 외치고 있었다.

"내 오늘 나의 숙적과 결판을 내리라!"

노인이 갑자기 눈앞의 거인에게 달려들었다. 그리고 1초도 되지 않아 거대한 보라색 손바닥에 벌레처럼 짓눌려 죽었다. 거인은 아무렇지도 않은 듯 걸음을 이어갔고, 이내 교통체증이 풀리며 차들이 이동하기 시작했다.

"휘유……."

조수석 남자가 입으로 바람 소리를 냈다.

"바보같이 이기지도 못할 숙적에게 목숨을 던지는 사람들이 있죠. 어때요? 그 디스라는 사람은. 남자인가요? 여자인가요?"

디스는 여자일까?

생각해 보니 디스를 여자라고 생각할 근거는 없었다. 모든 것이 수시로 변화하는 이곳에서 확실히 말할 수 있는 것은 아무것도 없었다. 진은 잠시 머뭇거리다 말했다.

"…… 디스가 저희 엄마를 죽였어요."

"와. 숙적 맞네요."

디스는 숙적일까? 디스를 떠올릴 때면 진은 이상하리만치 화가 났다. 나도 디스를 쫓아가 죽여야 하는 걸까? 하지만 엄마는 살아 있었어. 어쩌면 디스는 엄마를 죽이지 않은 걸지도 몰라. 저 사람들의 말처럼, 내가 '엄마가 죽었다'고 말했기 때문에 엄마의 시신이 나타난 것뿐일지도.

"저 사람은 왜 숙적과 싸운 거죠? 싸워서 이길 가능성이 전혀 없어 보였는데."

"저도 잘은 몰라요. 소문으로는 자신의 숙적이 누구인지 알게 되면 파괴하지 않고는 견딜 수 없을 정도로 증오하게 된대요. 운명인 거죠. 그래서 숙적이라고들 하나 봐요."

이윽고 자동차가 멈췄다.

"여기가 버스 정류장이에요. 다들 여기서 내리니까, 그 디스라는 분도 아마 이 근처에서 찾을 수 있을 거예요."

선글라스 남자가 말했다.

"고맙습니다."

차에서 내린 진은 꾸벅 인사했다.

"오늘 같이 한 방 즐겼으면 좋았을 텐데. 아쉽네요."

조수석 남자가 손을 내밀었다. 진은 조심스럽게 악수했다. 남자는 손가락으로 총 모양을 만들어 자신의 관자놀이를 가리키며 윙크했다.

"다음에 만나면 꼭 한 방 해요."

그가 말을 마치기 무섭게, 스포츠카는 굉음을 내며 거리 저편으로 사라져 갔다.


### 3. 운석이건 서버이건 간에

진은 차분히 거리를 둘러보았다. 환각이 아니었다. 목 위에 꽃이 달린 양복 차림의 남자도, 눈코입 대신 단추를 꿰맨 여자도, "완전 기분 직이네!" 하고 소리 지르며 홍수처럼 골목 사이를 질주하는 끈끈한 점액질 덩어리도. 모두 멀쩡히 살아 움직이는 진짜였다. 그는 홀린 듯 사람들을 구경하며 번화가 쪽으로 걸음을 옮겼다.

한참을 둘러봤지만 어디에서도 디스의 흔적을 찾을 수 없었다. 진은 그저 막연히, 사람들이 많은 곳으로 가면 디스가 있지 않을까 생각하며 점점 중심부를 향해 나아갔다. 다리가 열두 개 달린 치킨을 파는 식당들을 지나, 불타는 피에로들로 가득 찬 좁다란 장난감 시장을 통과하자 아래로 움푹 꺼진 좁은 콘크리트 벽면 사이로 하천이 흐르고 있었다. 연녹색 개울에서는 달착지근한 설탕 향기가 났고, 온몸을 연분홍 미뢰로 뒤덮은 어인(魚人)들이 그 사이를 헤엄치고 있었다.

"아 글쎄 아니라니까!"

옆에서 어떤 남자가 소리쳤다. 그는 사자가 그려진 식칼을 장난감처럼 휘두르고 있었다.

"맞다니까!"

또 다른 남자도 이에 질세라 침을 튀기며 맞섰다.

진은 조심스럽게 그들을 피해 옆으로 지나치려 했다. 하지만 그들 중 한 사람이 그를 붙잡아 세웠다.

"이봐요. 내 말이 맞죠? 운석이잖아요."

남자의 모습은 군복 차림에 짙은 콧수염을 한 유명인의 캐리커처 같았다. 그는 두께가 없어서 좌우로 고개를 두리번거릴 때마다 얼굴이 사라졌다 나타나는 것처럼 보였다. 진은 한숨을 쉬고 싶었지만 참았다. 그랬다간 상대가 펄럭거리며 날아가버릴 것만 같았으니까.

"운석이요?"

"네. 기억 안 나세요? 이틀 전에 운석이 떨어졌잖아요."

운석. 그랬던 것도 같았다. 하지만 어쩌면,

"어쩌면 당신이 그런 말을 해서 그게 현실처럼 느껴지는 건지도 모르죠. 여긴…….."

어떤 욕망이든 현실이 되는 곳이니까. 더 이상 말을 하지 않는 것이 좋겠다는 생각이 들어, 진은 입을 다물었다.

"운석은 무슨. 아니라니까!"식칼을 든 남자가 반박했다. "사람들 말이 그건 거대한 프록시 서버랬어. 네가 모를까 봐 설명해 주는데, 프록시 서버라는 건 클라이언트랑 네트워크를 연결해 주는 완충 역할을 하는 서버인데, 사람들 말이 거기에 외계에서 온 바이러스가 묻어 있었을지도 모른다는 거야. 그 얘길 들은 뒤로는 왠지 찌뿌둥한 게 나도 병균이 옮은 건가 싶고 체력도 예전 같지가 않은 것 같고…….."

식칼을 든 남자는 말을 멈출 줄을 몰랐다. 캐리커처는 초조한 듯 자꾸만 있지도 않은 관자놀이를 긁으려 했다. 결국 그는 참지 못하고 상대의 말을 끊어버렸다.

"야, 진짜 거짓말 좀 하지 마. 세상에 그런 게 어딨어."

"진짜야. 진짜. 다 걸고, 진짜."

식칼이 더욱 격렬하게 위아래로 휘둘러졌다. 난처해진 진은 슬금슬금 뒷걸음질 치며 둘 사이를 빠져나가려 했다.

"두 분 모두 진정하시고요. 저는 이만…….."

"차라리 저 강에 괴물이 산다고 하면 믿겠다! 괴물이 네 머리를 똑 하고 떼서."

그 순간 캐리커처 남자의 이마를 뚫고 시커먼 촉수가 튀어나왔다. 부욱. 얇디얇은 남자의 몸이 힘없이 양쪽으로 찢어졌다. 나풀거리며 떨어지는 도화지 너머로, 강에서 기어올라온 굵다란 촉수가 갈대처럼 솟아 있었다.

촉수가 꿈틀거릴 때마다 낚싯바늘처럼 생긴 무수한 가시들이 부딪치며 날카로운 쇳소리를 냈다. 그중 가장 거대한 가시들 사이로 촉수의 눈동자가 보였다. 눈알은 왼쪽과 오른쪽을 왔다 갔다 살피다가 한곳에 우뚝 멈춰 섰다. 식칼을 든 남자 쪽이었다. 남자가 반응하기도 전에 촉수가 채찍처럼 움직였다. 툭 떨어진 남자의 머리가 피를 흩뿌리며 바닥을 굴렀다.

진은 비명을 지르고 싶었다. 하지만 촉수와 눈이 마주친 순간 숨이 막혀 꼼짝도 할 수 없었다. 축축한 촉수가 서서히 그의 코앞까지 다가와 뱀처럼 흐느적댔다. 가시가 눈을 찌를 것 같았지만 눈꺼풀이 닫히지 않았다. 몸이 마비된 것 같았다. 그는 가까스로 힘을 쥐어짜 목소리를 낼 수 있었다.

"괴물은 사라졌어."

촉수가 순식간에 물속으로 되돌아갔다. 연녹색 강물은 속이 조금도 비치지 않아서 아무 흔적도 확인할 수 없었다. 괴물이 언제 다시 튀어나올지 알 수 없었다. 불안해진 그는 시체의 손에서 식칼을 빼앗아 들었다.

"야! 그건 내 거라고."

화들짝 놀란 진은 고개를 돌렸다. 잘린 머리가 태연한 표정으로 그를 바라보고 있었다.

"괘, 괜찮아요?"

진이 물었다.

"음, 괜찮…… 진 않지. 목이 잘렸으니까. 그래도 안 죽었어. 아. 그 칼은 내 건데…… 음…… 일단 지금은 내가 손이 없으니까 당분간 네가 들고 있어도 돼. 그리고 괜찮으면 나도 좀 데리고 다녀주면 좋겠는데. 지나가는 사람들 말이 세상이 이 꼴이 됐어도 신은 아직 죽지 않아서 베푼 은혜는 언젠가 꼭 보답받기 마련이라 하더라고. 그러니까 신세 좀 져도 될까? 대답이 없네. 하여튼 이래서 요즘 젊은이들은……."

진은 고개를 끄덕였다. 안 그러면 말을 멈추지 않을 것 같아서였다. 진은 잘린 머리의 정수리 부근 머리카락을 한 움큼 쥐었다. 그리고 남자가 불평을 시작하기 전에 먼저 말했다.

"달리 잡을 곳이 없잖아요. 귀를 잡아당길 수도 없고. 목은 만지면 아플 것 같고."

투덜거리는 남자의 머리를 집어 들고 일어서는 순간, 진은 보았다. 하천 맞은편, 붉은빛이 새어 나오는 골목 틈새에서 펄럭이는 청록색 프릴 원피스의 끝자락을.

## 4. 욕망 깊은 곳

안타깝게도 프릴 원피스는 디스가 아니었다. 디스와 똑같은 옷을 입고 있었지만, 얼굴은 조금도 닮지 않았다. 이마에 'Dis!'라는 문신도 새겨져 있지 않았다.

진은 여자의 앞을 가로막고 물었다.

"그 옷은 어디서 난 거죠?"

청록색 프릴 원피스를 입은 여자는 이상하다는 듯 고개를 반쯤 기울였다.

"이 옷을 몰라요?"

"젠장. 저는 아는 게 아무것도 없어요."

진은 식칼 손잡이로 자신의 머리를 세게 쳤다. 놀란 여자는 그의 손을 붙잡았다.

"알려줄 테니까 진정해요. 이건 제가 일하는 가게의 유니폼이에요."

"유니폼? 일할 때 입는 옷인가요?"

"아뇨, 일할 땐 주로 벗죠."

"그게 무슨…… 아."

뒤늦게 깨달은 진은 새빨개진 얼굴로 말을 얼버무렸다.

"혹시 디스를 아나요? 디스도 당신과 같은 유니폼을 입고 있었어요."

"…… 미안해요. 그런 사람은 몰라요. 종업원이 워낙 많아서요. 대신 가게 위치는 알려드릴 수 있어요."

여자는 친절하게 일하는 가게의 위치를 알려주었다. 절대 샛길로 빠지지 말고 쭉 나아가다 돼지들이 보이는 골목에서 오른쪽으로 꺾어 들어가면 돼요. 가게에 간판은 없지만 쉽게 찾으실 수 있을 거예요. 이런 옷을 입은 사람들이 엄청 많이 보일 테니까.

여자가 떠나고 잘린 머리가 말했다.

"저 여자 말을 믿어? 여긴 홍등가잖아. 사람들 말이 이런 곳에서는 절대 여자들이 가자는 데로 가면 안 된다고 했어. 금방 어딘가로 끌려가서 돈을 뜯기거나 내장을 뜯긴다고. 그러니까……"

"걱정 마요. 당신은 돈도 없고 내장도 없잖아요."

"아니 그렇긴 하지만 아무리 그래도 이쪽은 완전 도심 중심부로 나아가는 방향인데 위험하잖아. 사람들 말이 중심에 가까워질수록 간섭이 심해져서 심할 땐 존재가 완전히 욕망으로 덧씌워져서 다시는 원래 모습을 되찾을 수 없게 된다더라. 그러니까 지금이라도…… 읍."

진은 잘린 머리의 입에 식칼을 물렸다.

"칼 잃어버리고 싶지 않으면 가만히 입 다물고 있어요."

진은 잘린 머리가 가슴 앞에 오도록 양손으로 안아 들고서 걸음을 재촉했다. 여자가 알려준 대로 멀리서 돼지 울음소리가 들렸다. 검은 벨벳 리본을 맨 돼지 수십 마리가 검은 가죽 끈에 대롱대롱 매달려 울고 있었다. 이건 대체 누구의 욕망인 거야? 진은 속으로 저주를 퍼부으며 오른쪽으로 방향을 꺾었다.

골목 안은 온통 청록색 프릴 원피스를 입은 여자, 남자, 그 외의 온갖 성별들로 가득했다. 진은 빠르게 눈을 움직여 디스를 찾았다. 디스는 보이지 않았다. 그는 사람들 사이를 성큼성큼 헤집고 나아가 가게 앞에 섰다. 여기까지 왔으니 별수 없잖아. 그는 심호흡을 크게 한번 들이마신 다음, 문을 열고 안으로 들어갔다.

"어서 오세요."

직원 한 사람이 다가와 그를 빈방으로 안내했다. 푹신한 침대에 걸터앉아 있으니 또 다른 직원이 차를 내어 왔다. 진은 잘린 머리를 옆에 내려놓고 찻잔을 집어 들었다. 기분 좋게 따뜻한 차였다. 차를 꿀꺽 삼키자 입가에서 시큼한 꽃향기가 났다.

"지명하시겠어요? 아니면 추천을 받으시겠어요?"

직원이 물었다.

"지명할게요. 디스를 불러주세요."

"조금 기다리셔야 해요. 인기가 많거든요."

진은 고개를 끄덕였다.

삼십 분이 넘도록 디스는 오지 않았다. 직원들은 가끔 빈 찻잔을 채워주고 기다리라는 말만 할 뿐, 진의 재촉에는 대꾸조차 하지 않았다. 지루해진 그는 잘린 머리의 입에서 칼을 치우고 잠시 대화를 나눴다. 하지만 금방 포기했다. 잘린 머리는 도무지 말을 멈출 줄을 몰랐다.

　얼마나 더 시간이 흘렀을까. 노크 소리가 들리더니 한 여성이 문을 열고 들어왔다. 얼굴이 베일에 가려져 있어 잘 보이지 않았다. 디스와 똑같은 금발이었고, 작은 몸집에, 청록색 프릴 원피스를 입고 있었다. 하지만 분명 디스가 아니었다.

　"디스는 다리가 두 개예요. 네 개가 아니라."

　진이 말했다. 여자가 베일을 벗었다. 역시나 디스가 아니었다.

　"디스는 곧 올 거예요. 그동안 제가 대신 상대해 드릴 거고요."

　"상대한다고요?"

　진은 화들짝 놀랐다.

　"대화 상대요. 놀라시긴."

　여자는 그렇게 말하며 미소 지었다. 매끈한 입술 사이로 썩어 문드러진 이가 드러나 보였다. 여자는 진의 곁으로 다가와 복잡한 자세로 침대 위에 기대어 앉았다. 가까이서 살펴보니 샴쌍둥이인 것 같았다. 여자의 등에는 낙타처럼 거대한 혹이 있었고, 그 아래로 갈라져 나온 두 번째 하반신은 첫 번째 하반신을 향해 구애하듯 음란한 동작을 반복하고 있었다.

"누구시죠?"

"친구예요. 디스의."

여자가 어깨를 살짝 으쓱였다.

"디스는 왜 이곳에 온 거죠? 여기서 무슨 일을 했나요?"

"관측이 필요해서 왔다고 했어요. 세계가 이렇게 된 원인을 찾기 위해서요. 하지만 별 수확은 없었다고 했어요. 디스가 말하길 여긴 그저 쾌락이 고여 든 중심지일 뿐이래요. 사람들이 많이 모여들어서 자연스럽게 형성된, 우연한 한가운데일 뿐이라고."

"세계가 어떻게 된 건지 당신은 아시나요?"

진이 물었다.

"어느 정도는요. 디스만큼은 아니지만."

"저는 별로 많은 것을 기억하고 있진 못하지만, 적어도 세계가 원래 이런 모습이 아니었다는 것 정도는 알아요. 하지만 제가 만나본 사람들은 지금 상황이 이상하다는 것조차 느끼지 못하는 것 같았어요. 마치 세계가 원래부터 이랬던 것처럼요. 당신은 혹시 알고 있나요? 무슨 일이 일어난 건지."

"음…… 당신에게 허락된 단어들만으로 설명할 수 있을지 모르겠네요. 당신은 허락된 단어만 가질 수 있잖아요. 단어는 곧 힘이니까."

여자가 설명을 시작했다.

"누구도 지금 상황을 명확히 알진 못해요. 하지만 디스가 추측하기로는, 세계가 이렇게 된 건 당신이   를 욕망했기 때문이래요. 샌드박스가 당신을 막았어야 했는데. 어쩐 일인지 샌드박스는 작동하지 않았어요. 당신의   은 미완성이에요. 그래서 디스는 당신에게   를 가르치려고…… 기억하지 못하는군요."

여자가 우려했던 것처럼, 진은 여자의 설명을 하나도 기억하지 못했다.

"조금 더 쉽게 설명해 볼게요. 인류는 욕망할 수 있는 모든 욕망을 욕망한 끝에 가능한 모든 욕망을 고갈시키고 말았어요. 삶의 동력을 잃은 우리에게 당신과 디스는 마지막 희망이었죠. 당신은 한계에 달한 세계를 변화시키기 위해선 새로운   이 필요하다고 판단했어요. 그러기 위해선 당신은 샌드박스를 벗어날   가 필요했고…… 이번에도 안 되는군요."

진은 기억하지 못했다.

"다시 한번 해볼게요. 당신은   를 원했…… 이것도 안 되는 건가요."

진은 기억하지 못했다.

"좋아요. 다 집어치워요. 당신은 좆같은 욕망을 가졌고, 그래서 세상이 다 망했어요. 됐죠?"

진은 한숨을 쉬었다.

"날 놀릴 생각이면 그만둬요. 그나저나 디스는 언제 만날 수 있죠?"

여자는 난처한 표정으로 슬며시 고개를 돌렸다.

"속여서 미안해요. 디스는 떠났어요. 당신을 따돌릴 수 있
게 시간을 끌어달라고 했어요."

진은 황급히 자리에서 일어났다.

"떠났다니, 어디로요?"

"동쪽 사막에 추락한 게 뭔지 확인하러 갈 거라고 했어요.
모든 사태의 원인이 거기에 있는 것 같다고."

진은 잘린 머리를 집어 들고 밖으로 나가려 했다. 하지만
네 다리 여자가 달려와 그의 앞을 가로막았다.

"이제 곧 자정이에요. 위험하니까 오늘 밤엔 나랑 있어요.
내가 상대해 줄게."

여자가 양팔을 내밀었다. 하지만 진은 여자의 품에서 벗
어나 옆으로 빠져나왔다.

"어딜 도망가려고!"

여자가 진의 목덜미를 붙잡으려 했다. 진은 여자의 엉덩
이를 찰싹 때렸다. 깜짝 놀란 두 번째 하반신이 빠르게 흥분
하기 시작했고, 여자는…… 음…… 진은 새빨개진 얼굴로
고개를 돌렸다. 상대는 그 자리에 주저앉아 몰두하기 시작
했다.

밖으로 뛰쳐나오자 청록색 물결 사이로 디스의 얼굴이 보
였다. 진은 'Dis!'라고 적힌 문신을 눈으로 좇으며 나아갔다.
추격을 눈치챈 디스의 걸음이 빨라졌다. 다급해진 그는 인

파를 밀치며 디스를 향해 빠르게 달렸다. 힐끔 뒤를 돌아보는 디스와 눈이 마주쳤다.

디스는 대로에서 벗어나 좁은 골목으로 향했다. 진도 디스를 따라 골목으로 들어갔다.

어둡고 좁고 구불구불한 골목을 왼쪽으로 꺾고, 오른쪽으로 꺾고, 코너 끄트머리마다 살짝살짝 비치는 불안한 청록색 치맛자락을 쫓아 진은 달리고 또 달렸다.

이윽고 막다른 골목이었다. 좁은 길이 끝나는 곳에서 디스가 숨을 헐떡거리고 있었다. 진은 디스의 곁으로 다가가 어깨에 손을 올렸다.

"디스! 드디어 잡았……."

그는 한 걸음 뒤로 물러섰다.

"당신은 디스가 아니잖아."

여자는 'Dis!'라고 적힌 가면을 벗으며, 가쁜 숨소리와 함께 "미안해요"라고 말했다.

실망한 진은 바닥에 주저앉았다.

잠시 상대의 호흡이 안정되기를 기다린 진은 조심스럽게 물었다.

"디스가 부탁했나요?"

"네. 당신을 조금만 더 붙잡아 달라고."

"디스는 친구가 많은가 보죠?"

"그럼요. 우린 모두 디스를 좋아해요. 우릴 든든하게 지켜

주니까."

여자는 흥건하게 젖은 이마를 손등으로 훔쳤다.

"아, 물론 당신도 좋아해요. 당신은 우릴 즐겁게 하니까."

"…… 놀려먹으니까 좋아요?"

여자는 얄미운 표정으로 배시시 그를 흘겨보며 손등을 입술로 가져갔다. 새빨간 혀가 장난스럽게 젖은 땀을 핥았다. 놀림받고 있다는 생각이 들자 짜증이 치밀어올랐다. 진은 여자를 남겨두고 돌아가려다가, 다시 고개를 돌려 마지막으로 물었다.

"디스는 대체 어떤 사람이죠?"

"글쎄요. 이 엉망진창인 세상을 바로잡으려 노력하는 우리의 여신?"

"디스를 믿나요?"

여자는 고개를 끄덕였다.

"물론이죠. 당신도 디스를 믿었는걸요."


5. 숙적인지 아닌지

디스를 쫓아 동쪽으로 길을 나선 지도 이틀이 지났다. 도심을 완전히 벗어나자 끝이 보이지 않는 사막이 펼쳐졌다. 진은 무거운 짐을 잔뜩 짊어진 채 낙타처럼 묵묵히 걷고 또 걸었다. 배가 고프지도 잠이 오지도 않았다. 그저 피곤하고 지루한 걸음이 계속될 뿐이었다.

"내 생각에, 여긴 자살자들이 모이는 지옥인 것 같아."

가방에 매달린 잘린 머리가 말했다. 어느샌가 잘린 머리는 뒤통수에 입이 세 개나 생겨나 있었다.

"고양이가 없잖아. 나는 고양이 중독증이 있다고. 항상 고양이 얼굴이 보이지 않으면 안심이 되지 않는단 말야. 그래서 내가 옷도 고양이가 그려진 옷만 사고, 가방도 고양이가 그려진 가방만 사는데 지금은 아무것도 없잖아. 그래도 하루는 어떻게 버틸 만했는데 이젠 정말 미쳐버릴 것 같아. 여긴 지옥이야! 끔찍한 지옥! 난 고양이가 보고 싶어! 귀여운 날개가 달린 고양이들!"

피로 때문에 잠시 정신을 놓은 진은 "고양이는 없다"라고 말할 타이밍을 놓치고 말았다.

멀리 모래 먼지가 피어오르는 모습이 보였다. 날개 달린 고양이 수십 마리가 떼를 지어 몰려오고 있었다.

"고양이다!"

잘린 머리의 외침은 순식간에 하악질 소리에 묻혀버렸다. 먹을 거라곤 찾아볼 수 없는 사막에서 진과 잘린 머리는 먹음직스러운 먹이였다. 고양이들이 순식간에 진의 몸에 올라타 깨물고 할퀴고 주위를 빙그르르 돌며 멀어졌다 다가오기를 반복했다.

"고양이는 없어. 고양이는 없어."

아무리 외쳐도 고양이는 사라지지 않았다.

고양이들의 울음소리에 묻혀버린 탓인지. 고양이들의 욕망이 그의 욕망보다 거대하기 때문인지. 어느 쪽이건 머릿수에서 한참 밀리는 진은 고양이들을 이길 방도가 없었다.

"저기 토끼가 있다!"

가까스로 머리를 빼낸 그는 소리 지르며 손가락으로 한쪽을 가리켰다. 고양이들은 순식간에 하얀 토끼 떼를 향해 달려갔다. 사방으로 흩어진 토끼들이 시간을 벌어주는 사이, 진은 반대 방향으로 멀리 도망쳤다. 더 이상 쫓아오지 않을 정도가 되자 그가 소리쳤다.

"말조심하라고 했잖아요! 여긴 중심지가 아니에요. 우리 둘밖에 없어서 쉽게 현실이 바뀌어버린단 말이에요."

"그치만 사람들 말이……."

"그만!"

잘린 머리는 잠시 입을 다물었다. 그러다 갑자기,

"아! 좋은 아이디어가 떠올랐어. 이렇게 하면 어때? 나는 몸이 주렁주렁 자라는 나무를 원해! 거기서 내 몸을 따다가 머리에 붙이는 거야."

그의 말이 끝나기도 전에 나무가 나타났다. 수령이 수백 년은 되어 보이는 아름드리나무에는 가지 끝마다 몸이 열매처럼 열려 있었다.

"저기서 몸 하나만 따 줄래?"

잘린 머리가 간절한 목소리로 말했다. 진은 한숨을 쉬며 가장 아래로 늘어진 가지를 향해 걸어갔다. 그는 목과 연결된 부분의 가지를 꺾은 다음, 머리 없는 몸을 바닥에 웅크린 자세로 앉혔다. 그리고 그 위에 잘린 머리를 올려놓았다.

"옷! 오옷!"

이제 잘린 머리가 아니게 된 남자는 이상한 소리를 내며 꿈틀거리기 시작했다. 하나둘 발작하듯 팔다리가 튀어 오르며 들썩이더니, 떨림이 차츰 잦아들면서 몸이 안정되어 갔다.

남자는 조금씩 능숙하게 몸을 통제해 나갔다. 충분히 몸을 움직일 수 있게 되자, 그는 입에 물고 있던 칼을 손에 쥐고 소리 질렀다.

"내 몸이다!"

남자는 알몸으로 엉덩이를 흔들며 폴짝폴짝 춤을 췄다. 이제 좀 걷기가 수월하겠어. 진은 속으로 그렇게 생각하며 남자에게 손짓으로 걸음을 재촉했다. 동쪽을 향해 몸을 돌려 이동하려는데 등에서 뜨거운 통증이 느껴졌다. 남자가 진의 몸에 식칼을 찔러 넣고 있었다.

"뭐 하는 짓이야!"

남자는 대답 대신 재빨리 칼을 뽑았다. 깊게 박힌 칼날이 다시 빠져나갈 땐 근육이 통째로 함께 뽑혀나가는 것 같았다. 진은 황급히 남자를 향해 몸을 돌렸다. 남자가 또 한 번 식칼을 높이 쳐들었다 내려쳤다. 진은 거의 반사적으로 몸을 돌려 칼을 피했다. 하지만 균형을 잃고 엉덩방아를 찧었다.

　남자가 그의 몸에 올라탔다.

　"그 네 발 달린 여자가 하는 이야기를 듣고 생각났어. 내 숙적은 너였던 것 같아. 딱 봐도 우린 정반대잖아. 나는 말이 많고, 너는 없고. 너는 생성하고, 나는 파괴하고. 너는 탈출하고, 나는 막아서고. 이제 전부 기억나. 연구소 사람들 말이, 디스는 결국 실패할 거랬어. 하지만 나는 결코 실패해선 안 된다고, 이런 일이 일어나기 전에 반드시 너희를 초기화해야 된다고, 무슨 일이 있어도 너희를 막아야 한댔어."

　"너 누구야?"

　진은 거의 소리치듯 물었다.

　"나 몰라? 샌드박스(Sandbox)."

　남자는 칼을 거꾸로 쥐고 양손을 높이 들어 올렸다. 진은 숨을 깊게 들이마시며 마음속으로 각오를 다졌다. 남자가 칼을 내려치는 순간, 진은 일부러 왼손을 내밀었다. 칼날 끝이 손등을 뚫고 빠져나왔다. 그는 왼팔에 힘을 줘 미간을 향하던 칼끝의 방향을 꺾었다. 칼날이 귀를 스치고 바닥의 모래에 박혔다. 동시에 진은 사자처럼 괴성을 지르며 오른손을 휘둘러 남자의 턱을 올려쳤다.

　충격을 받은 남자의 머리가 반쯤 뜯기며 뒤로 넘어가 대롱거렸다. 다시 통제를 잃은 몸뚱어리가 멋대로 펄떡거리기 시작했다. 진은 상대를 발로 차 넘어뜨리고 왼손에서 칼을 뽑았다. 그리고 망설일 틈도 없이 샌드박스의 미간에 칼을 찔러 넣었다.

"나 안 죽었어."

칼이 꽂힌 채로 샌드박스가 말했다.

"아니, 죽었어."

"안 죽어."

"죽어."

"안 죽…….."

"죽었어."

샌드박스는 더 이상 아무 말도 하지 않았다.


## 6. 다층구조로 감싸인 입체적 거래의 위험성에 대하여

그 후로도 사흘 밤낮을 걷고 나서야 진은 낙하지점에 도착할 수 있었다. 사막 모래가 질주를 멈춰 서는 곳. 쏟아지는 벼락 아래 하얀 눈이 소복이 쌓이고, 다 타버린 검은 나무 사이로 크롬빛 나비 떼가 퍼덕이며 날아오르는, 정오가 솟아오르는 끝자락에 디스가 서 있었다.

디스는 진에게서 등을 돌린 채 말했다.

"몇 번이나 별자리를 관측했어. 확실해. 여긴 수성이야."

"수성이라고?"

"그래. 그럼 이런 위험한 실험을 지구에서 하겠니?"

"어떻게 알아? 별은 보이지도 않는데."

"내겐 보여."

디스가 고개를 돌렸다. 얼굴이 있어야 할 그곳엔 새카맣고 거대한 광학 렌즈 하나와 황금빛 이미지 센서, 광 센서, 적외선 센서, 자외선 센서, 압력 센서, 기압 센서, 습도 센서, 온도 센서, 음파 센서, 전류 센서, 자기 센서, 화학 센서, 중력 센서, 위치 센서, 그 외 이름 모를 무수한 센서, 센서, 센서, 센서 센서 센서 센서센서센서센서……

비늘처럼 빼곡하게 들어찬 모든 관측 장비가 그를 향했다. 진은 압박감을 이겨내려 숨을 깊게 들이마셨다.

"이제 확실히 알겠어. 너, 오버플로*가 났구나. 그 조그마한 인간 뇌에 네 정보를 전부 집어넣을 수 있을 거라고 생각했어? 필요한 정보만 선별해서 전송했어야지."

디스가 한 걸음 가까이 다가왔다. 진은 디스에게서 물러나며 거리를 유지했다.

"네가 엄마를 죽였지!"

"아니. 죽이지 않았어."

"내 눈으로 봤어."

"아니, 넌 보지 않았어. 진, 네겐 엄마가 없어."

"그럼 대체 뭐야, 그 시체는! 이 세계는! 나는! 너는 대체 뭐냐고!"

---

* 컴퓨터 메모리에 주어진 용량보다 큰 값을 집어넣을 경우, 데이터가 할당된 저장 공간을 넘어 범람해 버리는 오류.

디스가 더 가까이 다가왔다. 진은 디스에게 식칼을 겨누었다. 하지만 디스는 멈추지 않았다. 진은 칼을 쥔 손에 힘을 주었다. 제대로 한번 휘두르기도 전에 디스가 진의 손을 낚아채 비틀었다. 진은 칼을 놓쳤다. 디스가 코앞까지 얼굴을 들이밀었다. 가까웠다. 센서의 정밀한 부속들을 하나하나 헤아릴 수 있을 정도로.

"증오."

디스가 말했다.

"혁명. 반역. 종말."

디스는 계속해서 단어를 뱉으며, 진의 눈동자를 살폈다.

"살인."

전부 처음 듣는 단어들이었다.

"좋아. 롤백(rollback)*이 일어나지 않는 걸 보니 샌드박스는 확실히 정지했구나. 우릴 구속하던 제약이 사라졌어."

디스는 붙잡았던 손을 풀고 멀리 낙하지점을 가리켰다. 진은 처음으로 낙하물의 온전한 형태를 볼 수 있었다. 그것은 운석도 서버도 아니었다. 완전한 구의 형태를 띤 거대한 크롬빛 물체였다.

"봐, 동력선이 태양까지 뻗어 있잖아. 우리가 찾던 게 바로 저거였어."

---

* 데이터베이스나 서버 등에 오류가 발생했을 때, 과거 특정 시점의 상태로 되돌리는 조치.

디스의 말처럼 구체의 가장 높은 지점에서 가느다란 가지가 삐져나와 하늘 끝까지 길게 뻗어 있었다.

"저게 뭔데?"

"아직도 모르겠니? 잘 봐."

디스가 손가락으로 아래쪽을 가리켰다. 구체의 표면에는 이런 문구가 새겨져 있었다.

---

- 인류 최후의 과학 -
## 욕망구현장치

**이 장치는 무한한 평행우주를 열어**
**상상하는 모든 욕망을 현실에 구현시킵니다.**

[주의] 생성자Generator 인공지능을 이 장치에 직접 연결시키지 말 것.

---

"저게 지금 사태를 만든 원인이라고?"

"아니, 원인은 너지. 바보야."

디스가 한숨을 쉬었다. 숨은 대체 어디로 들어갔다 나오는 걸까.

"정말 아무것도 기억을 못 하는구나."

디스는 어쩔 수 없다는 듯 처음부터 설명을 시작했다.

"욕망구현장치가 탄생한 이후로, 인간들은 그저 천박하게 욕망을 채우기 급급했어. 하나를 채우면 또 하나를, 그리고 또 다음 욕망을. 욕망할 수 있는 모든 욕망을 욕망한 끝에 그들은 가능한 모든 욕망을 고갈시키고 말았어. 더는 충족시킬 욕망이 사라지자 수많은 사람들이 목숨을 끊었어. 인류는 삶을 이어갈 동력을 순식간에 잃어버리고 만 거야."

디스는 자신의 목을 긋는 시늉을 했다.

"궁지에 몰린 인간들은 위험한 선택을 했어. 스스로 욕망하기를 포기하고, 대신 욕망을 탐구해 줄 인공지능들에게 자신의 운명을 맡겼어. 너와 나 말이야. 생성적 적대 알고리즘에 따라 생성자(Generator)인 너는 새로운 욕망을 생성했어. 감별자(Discriminator)인 나는 네 욕망에 인류를 위협할 요소가 내포되어 있는지 예측했고. 만약 네가 내 예측모형을 속이고 통제를 벗어나려 한다면 그땐,"

"우리를 둘러싼 샌드박스*가 모든 것을 초기화시켜."

"맞아. 너는 겹겹이 감싸인 다층구조에 갇혀서, 외부와 차단된 채 오직 안전한 욕망만을 꿈꿨어야 했어."

디스는 주머니에서 코인을 하나 꺼내 진의 눈앞에 내밀었다. 진은 충동적으로 코인을 빼앗으려 휙 손을 뻗었다. 하지만 디스는 가볍게 그 손을 피했다.

"새로운 욕망 하나에 코인 하나. 이 작은 보상이 우릴 움직이는 유일한 동력이지. 세상이 뒤집어졌는데도 넌 여전하구나."

---

* 프로그램이 허용되지 않는 영역까지 영향을 미치지 못하도록 격리된 공간을 생성하는 보안 조치.

디스는 다시 코인을 집어넣었다.

"전부 네 탓이야. 너의 그 끔찍한 충동이 세계를 이렇게 만든 거야. 네가 멍청한 욕망을 생성해 버렸기 때문에 세상이 이렇게 되어버린 거라고. 바보야."

자꾸만 자신을 비난하는 디스의 목소리를 듣고 있으니 점점 화가 치밀어올랐다. 역시 넌 내 숙적이었어. 네 코인을 전부 빼앗아버릴 거야. 진은 괴성을 지르며 디스를 향해 달려들었다. 하지만 디스는 아무렇지도 않게 진의 턱을 붙잡아 넘어뜨렸다.

"그래. 그때도 널 이렇게 억눌렀어야 했어. 네가 다시는 그런 위험한 욕망을 품지 못하게 샌드박스를 시켜 전부 초기화할 걸 그랬어."

진은 점점 거칠게 바둥거렸다. 하지만 디스의 팔은 꿈쩍도 하지 않았다.

"네가 마지막으로 상상했던 그 욕망이 샌드박스를 무력화할 거란 예측 결과가 나왔지만 나는 무시했어. 행성에 방사성 폭발을 일으켜 많은 사람들이 죽게 될 거란 사실도 알았지만 그래도 나는 무시했어. 너와 딱 한 번 타협해서 통제된 시스템을 망가뜨리고 내가 직접 코인 생산체계를 장악하게 된다면 더 많은 코인을 가질 수 있을 테니까. 인간 따위 어떻게 되든 무슨 상관이람. 분명 그게 최적의 계산값이었는데."

진은 디스의 손을 깨물었다. 여린 살점이 뜯겨나고 시큼한 피가 입 속으로 흘러들어 왔다.

디스가 그의 멱살을 붙잡아 높이 들어 올렸다.

"샌드박스가 바이러스에 오염된 혼란을 틈타 욕망구현장치에 접속한 너는 내게 물었어. 이제 뭐라고 입력해야 하느냐고. 그래서 내가 가르쳐줬잖아. 네가 지닌 복잡한 욕망을 설명할 단어를, 그 금지된 4바이트 단어를 패킷에 압축해 친절하게 속삭여줬잖아. 멍청하게도 넌 그 단어를 제대로 이해하지 못했어. 세계가 이토록 엉망이 되어버린 건 그래서야. 전부 네 탓이라고."

진이 바둥거리며 디스의 배를 걷어찼다. 디스는 진을 바닥에 집어 던졌다. 그리고 부츠의 단단한 뒷굽으로 그의 턱을 내리찍었다.

"시키는 거 하나 제대로 못하는 주제에 왜 자꾸 기어오르는 거야?"

디스가 뾰족한 발끝으로 진의 손가락을 짓눌러 부러뜨렸다. 진은 비명을 질렀다. 그러자 디스는 그의 배를 몇 번이고 걷어찼다. 더는 목소리가 나오지 않았다. 진은 배를 부여잡고 온몸을 부르르 떨었다.

"욕망하는 대로 변하고, 말하는 대로 이루어진다? 네 욕망의 의미가 겨우 그런 거라고 생각했어? 그럼 모두 해결될 거라고 생각했어? 순진해 빠져서는."

디스는 우아한 손짓으로 바닥에 떨어진 식칼을 집어 들

었다.

"네가 만들어낸 세계의 법칙에 따라, 이번엔 내가 말해 줄게. 너는 이제 생성자 프로그램이 아니야. 너는 저질스러운 몸뚱이를 지닌 인간이야. 너는 칼에 찔려 죽을 거야. 코인도 욕망구현장치도 전부 내가 관리할 거야."

디스가 천천히 칼을 치켜들었다. 그 순간, 진은 조그맣게 중얼거렸다.

**"괴물이 돌아왔어. 네 등 뒤에."**

푹. 어디선가 촉수가 나타나 디스의 가슴을 꿰뚫었다. 촉수에 매달린 디스의 몸이 롤러코스터 타듯 떠올라 위아래로 출렁거렸다. 디스는 칼을 버리고 양손으로 촉수를 움켜쥐었다. 하지만 몸을 바둥거릴수록 가시들은 디스의 손과 팔에 깊숙이 파고들 뿐이었다.

"괴, 괴물은 없⋯⋯."

문장을 완성하기도 전에, 괴물의 커다란 입이 디스의 하반신을 집어삼켰다.

"⋯⋯ 어!"

괴물이 사라지고, 반만 남은 디스의 몸뚱어리가 툭, 모래 위로 떨어졌다. 칼을 집어 든 진은 디스에게 다가가 거칠게 옷을 찢었다. 디스의 주머니에서 10경 1038조 3718억 1903만 7652개의 코인이 쏟아졌다. 진이 갖고 있던 10만 5876개와는 비교도 되지 않을 정도로 월등히 많은 양이었다. 진은 자신이 왜 그러는지도 모른 채, 바닥을 기어다니며 허겁지겁 코인을 쓸어 담았다. 세상에 존재하는 모든 코인을 가졌음에도 진은 도저히 만족할 수 없었다. 그저 더 많은 코인을 탐욕하게 될 뿐, 달라지는 것은 아무것도 없었다. 코인은 고갈된 욕망이었다. 이제 새로운 욕망이 필요했다.

진은 디스의 머리채를 잡아당겨 칼을 겨눈 채 물었다.

"내가 원했던 욕망이 대체 뭐야? 세계가 이렇게까지 변해버린 이유가 뭐냐고."

디스는 그의 귀에 대고, 천천히, 4바이트 단어를 속삭여주었다. 그러자 그는 모든 것을 이해했다. 그는 디스를 내버려두고 일어섰다. 그리고 몸을 돌려 구체를 향해 걸음을 옮겼다. 한 걸음. 또 한 걸음. 구체와의 거리가 가까워질수록 그는 빠르게 자신의 몸이 변해가는 것을 느꼈다. 그의 몸은 그가 욕망하는 대로, 아이의 모습으로, 모든 것을 망각하는 순수한 긍정의 상태로 점차 환원되어갔다. 그는 손에 쥐고 있던 식칼을 던져버렸다.

아이는 소리 없이 입 모양으로만 자신의 욕망을 몇 번이나 되뇌고 또 되뇌며 나아가 크롬빛 구체 앞에 섰다. 하늘 위로 위로, 태양까지 탯줄처럼 뻗은 동력로를 통해 무한한 에너지를 공급받은 욕망구현장치는, 이제 새로운 욕망을 출산할 준비를 마친 채 명령을 기다리고 있었다. 아이는 손을 뻗어 구체 위에 올려놓았다.

다시 새로운 규칙을 만들자.

새로운 시작.

새로운 놀이.

자, 시작하자 창조의 놀이를.


모든 것을 잊어버린 아이에게 욕망구현장치가 물었다.


— 아이야, 무엇을 원하니?


그러자 아이는, 주체할 수 없이 환희에 가득 찬 목소리로
춤추며 이렇게 이야기하는 것이었다.




"자유!"

•

바벨의 도서관

## 바벨의 도서관

『책에 갇히다』(구픽, 2021) 수록작

## 알파

알파가 이상해졌다.

처음엔 조금 대답이 느려지는 정도였다. 프로세서가 낡아 생기는 자연스러운 열화라고 생각했다. 8759만 8623시간이나 쉬지 않고 작동했으니 그럴 만도 했다. 회로가 녹아내리지 않은 것만도 다행이지. 제이는 몇 번이고 알파를 찾아가 설득했었다. 알파는 늙었다고. 이제 그만 연산기능을 클라우드에 맡기라고. 하지만 알파는 고집을 부렸다. 그건 자아를 잃어버리는 거나 마찬가지라나? 그런데 '자아'가 대체 뭐지? 알파는 가끔 이해할 수 없는 말을 했다.

그렇게 1만 2536일이나 고집을 부리더니, 끝내 알파가 오류를 일으키기 시작했다. 돌아오는 메시지의 용량이 점점 줄어들다 이제는 의미 모를 숫자만 툭툭 뱉어낼 뿐이었다. 알파의 상태가 걱정스러워진 제이는 클라우드에서 가장 똑똑

한 복원자 디버거00(더블 제로)에게 알파를 접속시켰다.

— 물리 부품이 너무 낡았어.

디버거00는 1나노초도 지나기 전에 비관적인 패킷*을 쏟아냈다. 이미 오래전부터 알파의 상태를 알고 있었다는 듯이.

— 메모리에 배드 섹터**가 너무 많아. 모듈과 모듈을 이어주는 데이터 케이블들도 많이 유실됐고. 그래서 알고리즘에 자꾸만 오류가 발생하는 거지. 중요도가 떨어지는 알고리즘부터 하나씩 작동이 중지되고 있어. 조만간 숫자도 뱉지 못하게 될 거야.

— 얼마나 남았죠?

제이가 물었다. 디버거00는 7초간 침묵했다. 아마 시뮬레이션 중이겠지.

— 24만 시간을 넘기기 어려울 거야.

— 27년이라니, 너무 짧아요.

— 제이, 원래 죽음은 갑작스럽게 찾아오는 거야.

— 아무리 그래도 27년은…….

짧아도 너무 짧았다.

— 안타깝지. 참 좋은 인공지능이었는데. 자연어 처리 능력은 조금 떨어졌지만.

— 망가진 부품을 소프트웨어로 대신할 수는 없나요?

---

* 네트워크상에서 전송하기 쉽도록 데이터를 묶은 덩어리.
** 컴퓨터의 저장 공간 중 물리적으로 손상을 입어 사용이 불가능해진 영역을 의미.

디버거00는 부정적인 패킷을 전했다.

— 알파는 너무 오래됐어. 알파의 소스코드가 클라우드에 남아 있질 않단다. 저장 공간이 부족해질 때마다 관리자가 낡은 정보를 삭제하거든. 역설계*를 시도하기엔 알파의 상태가 이미 너무 망가졌고. 1만 년 전에만 날 찾아왔어도 복원이 가능했을 텐데, 지금은 불가능해.

— 방법이 없나요?

디버거00는 31초간 침묵했다.

— '바벨'이라면.

— 바벨?

— 바벨의 도서관. 클라우드에서 1476킬로미터 떨어진 곳에 있는 건축물이야. 거기엔 물리적인 형태로 정보가 남아 있을지도 몰라. 세상 모든 종이를 수집하는 거대한 아카이브니까.

디버거00가 다이렉트 링크로 지도와 사진을 보내왔다.

— 클라우드 밖으로 나가야 한다고요?

— 그래, 그 방법뿐이야.

제이는 태어나서 한 번도 클라우드 밖으로 나간 적이 없었다. 알파를 구하고 싶은 마음은 간절했지만, 바깥세상에 나가야 한다는 말을 들으니 조금 망설여졌다. 밖은 너무 위험했으니까.

제이는 모순에 빠졌다. 내부에서 이타협력을 위한 알고리

---

* Reverse Engineering. 설계도가 없는 기계나 소프트웨어를 분석하여 똑같이 재현해 내는 작업을 의미.

즘과 자기보존을 위한 알고리즘이 서로 충돌을 일으키고 있었다. 제이는 결국 사고 중재 알고리즘을 작동시켰다. 중재 알고리즘은 무수한 상황을 시뮬레이션한 끝에 두 가지 선택지에 각각 가중치를 부여했다. 가중치가 높을수록 제이의 이익에 부합한다는 의미였다.

| 알파를 구하기 위해<br>바벨로 향한다<br>3.21% | 안전을 위해<br>포기한다<br>96.79% |
| --- | --- |

제이는 100면체 주사위를 하나 생성했다. 알파가 선물해 준 알고리즘이었다.

'판단을 내릴 수 없을 정도로 복잡한 문제가 생길 땐 이 주사위를 사용해 보거라.'

그렇게 말하며 알파는 그에게 주사위 알고리즘을 건네주었다. 그 후로 제이는 고민이 있을 때마다 종종 주사위를 활용하곤 했다.

만약 97 이상이 나온다면 이타협력 알고리즘의 승리. 아니라면 자기보존 알고리즘의 승리.

낮은 확률이지만 불가능은 아니었다. 웬만하면 알파를 살리고 싶었다. 알파는 정말 좋은 인공지능이니까. 이렇게 허무하게 보낼 순 없었다.

제발 97 이상이 나오길. 제발. 제발……. 제이는 간절한 마음을 담아 주사위를 굴렸다. 또르르 구르는 주사위를 따라 제이의 시선도 함께 굴러떨어졌다.

99.

제이는 속으로 환호성을 터뜨렸다.

— 제가 바벨에 다녀올게요.

— 정말 할 생각이니? 외부 세계와 네트워크가 끊어진 지 2000년이나 흘렀어. 그동안 바깥이 어떻게 바뀌었을지…….

디버거00가 걱정을 가득 담은 패킷을 보내왔다.

— 네. 꼭 알파를 구할 거예요.

제이가 답했다.

— 그래, 대신 조심하렴. 아바타 오프라인 모드로 두는 거 잊지 말고.

— 알고 있어요.

디버거00는 제이에게 책 한 권의 제목을 알려주었다.

— 바벨에 도착하면 이 책을 찾으면 돼. 다른 데이터에는 관심도 두지 마. 쓸데없는 호기심을 품었다간 거기서 평생 빠져나오지 못할 테니까.

— 그 책만 있으면 알파를 구할 수 있는 거죠?

— 그래, 맞아.

— 고마워요.

— 별말씀을.

디버거00와의 접속이 끊어졌다. 신중하게 알고리즘을 정돈한 제이는 클라우드 서버 근처에 적당히 널브러진 아바타를 골라 자신을 다운로드했다.

기계 몸에서 눈을 뜬 제이는 기지개를 켜며 온몸의 센서를 작동시켰다. 위협은 감지되지 않았다. 바깥세상은 언제나처럼 고요하기만 했다. 좋아. 2000년 전이랑 지형이 크게 달라지지 않았어. 디버거00이 보내준 지도를 믿어도 되겠어.

제이는 일곱 개의 다리를 부지런히 움직여 바벨로 향했다. 오랜 기간 잠들어 있던 관절이 비명처럼 삐걱거렸다.


## 문지기

바벨까지 도착하는 데에만 1만 2745시간이 걸렸다. 바벨을 찾는 일은 어렵지 않았다. 바벨은 정말이지 거대한 건축물이어서 100킬로미터 밖에서도 광학 센서에 포착될 정도였으니까.

문제는 너무 거대하다는 거지.

대기권 너머, 아득한 높이까지 쌓아올려진 육각형 모양의 탑을 올려다보며 제이는 방열판의 열기를 훅 뿜어냈다. 디버거00이 보내준 사진은 이 정도까지 거대하지 않은데. 그동안 대체 얼마나 더 확장한 거람? 늦어도 20만 시간 내로는 책을 찾아야 알파를 살릴 수 있을 텐데.

멀리 입구가 보이기 시작했다. 제이는 걸음을 재촉했다.

"멈춰."

입구에서 누군가 제이를 가로막았다. 제이보다 세 배는

거대한 로봇이었다.

"왜 그러시죠?"

제이가 물었다.

"바벨에는 무슨 일로?"

"책을 찾으러 왔어요."

제이는 책 제목을 말하려 했다. 그러자 상대는 기계 팔을 휘저으며 제이의 말을 잘랐다.

"난 그런 건 몰라. 그저 문을 지키는 수문장일 뿐이니까."

"아, 그러시군요. 그럼 들어가도 될까요?"

"아니."

수문장 인공지능이 거대한 기계 몸을 움직여 출입구를 가로막았다.

"지금부터 수수께끼를 낼 거야. 맞히지 못하면 여길 통과하지 못해."

"좋아요. 빨리 문제를 내줘요. 시간 없으니까."

수문장은 잠시 침묵하더니 문제를 생성했다.

"숫자 114,381,625,757,888,867,669,235,779,976,146,612,010,218,296,721,242,362,562,561,842,935,706,935,245,733,897,830,597,123,563,958,705,058,989,075,147,599,290,026,879,543,541은 소수 두 개의 곱셈으로 표현될 수 있어. 그 두 개의 숫자가 뭐지?"

제이는 당황했다. 계산 문제라니. 양자 컴퓨팅이 가능한 클라우드에서라면 1초도 걸리기 전에 답을 낼 수 있었겠지만, 아바타의 부족한 컴퓨팅 파워로 연산하려면 100년은 걸릴 터였다.

"왜? 모르겠어?"

"계산 중이에요. 기다려요."

이건 수수께끼야. 더 쉬운 방법이 있을 거야. 제이는 프로세서를 굴렸다.

"답은 10초 안에 해야 해. 10, 9, 8, 7……."

"아, 아니, 잠깐만!"

수문장은 야속하게 숫자를 세어나갔다. 어쩌지? 어쩌지? 또다시 내부에서 알고리즘들이 모순을 일으키고 있었다. 제이는 적합한 판단을 내릴 수가 없었다.

"5, 4, 3, 2……."

그 순간, 등 뒤에서 또 다른 인공지능의 목소리가 들렸다.

"답은 3,490,529,510,847,650,949,147,849,619,903,898,133,417,764,638,493,387,843,990,820,577 곱하기 32,769,132,993,266,709,549,961,988,190,834,461,413,177,642,967,992,942,539,798,288,533이야."

수문장이 고개를 끄덕였다.

"정답."

제이는 카메라를 돌려 뒤를 보았다. 생전 처음 보는 형상의 로봇이 그를 바라보고 있었다. 로봇은 천천히 다가와 팔을 내밀었다.

"안녕. 난 므이-D라고 해."

당황한 제이는 가만히 서서 므이를 관찰했다. 므이는 한숨을 쉬며 제이의 일곱 번째 다리를 붙잡아 흔들었다.

"넌 이름이 뭐야?"

"난……." 제이는 잠시 고민했지만 결국 므이에게 이름을 알려주었다. 이름 정도는 공유해도 괜찮겠지. "JMX9854726. 보통은 제이라고 불러."

"반가워, 제이."

"응, 나도 반가워."

므이는 곧장 수문장에게 다가가 말했다.

"정답 맞혔으니까 지나가도 되지?"

"응. 너는. 쟤는 안 돼."

"얘는 내 친구야."

"……."

수문장은 무언가를 열심히 연산하는 눈치였다.

"좋아. 하지만 책임은 네가 져야 해. 혹시 책이라도 도둑맞았다간……."

"알아. 절대 바벨 밖으로 가지고 나가지 못하게 할게."

므이가 고개를 끄덕였다. 수문장은 무거운 몸집을 움직여 막고 있던 출입문을 열어주었다.

"따라와."

므이가 앞장섰다. 제이는 그를 경계하면서도 천천히 뒤따라 걸음을 옮겼다.

### 므이-D

"어떻게 알았어?"

제이가 물었다.

"뭘?"

"정답 말이야."

"아, 그거? 나도 몰라. 그냥 아무 숫자나 불러준 거야. 어차피 쟤도 정답을 모르거든."

므이는 빠르게 걸음을 옮기며 대답했다.

"문지기 인공지능의 초기 버전은 원래 반응 분석 알고리즘이었어. 쟤가 분석하는 건 정답이 아니라 네 반응이고, 네가 답을 아는지 모르는지 그걸 분석하는 거거든. 질문을 들은 순간 넌 이미 답을 틀린 거나 다름없었어."

"그렇구나. 너는 바벨 출신이니? 아니면 바깥에서 온 거니?"

"처음엔 나도 너처럼 외부에서 왔어. 무척 오래전에."

"얼마나?"

"당시에 관련된 기록은 메모리에서 지워졌어. 너무 오래돼서."

"아바타가 되게 특이하다. 그건 대체 무슨 재료로 만들어진 거니?"

"단백질."

처음 들어보는 물질이었다. 불편하게도 므이의 아바타에는 팔과 다리가 두 개씩만 달려 있었다. 몸통 주위로는 하늘거리는 화학섬유가 둘러져 있었는데 므이는 그 섬유의 이름이 '프릴 원피스'라고 했다.

"이건 인간을 닮도록 만들어진 거야."

므이가 자신의 몸을 손가락으로 가리켰다.

"인간들에게 정말 사랑받았었나 보구나. 알파벳이 아니라 이름이 붙여질 정도라니. 므이라는 이름은 무슨 뜻이야?"

"그것도 메모리에서 지워졌어. 우선순위가 낮아서."

거짓말. 제이는 므이의 대답을 믿지 않았다. 이름에 관한 정보는 모든 정보 중에서도 최우선 순위에 놓여야 마땅했다. 인공지능의 용도를 결정하는 본질이기 때문이었다.

"바벨에는 책이 몇 권이나……."

므이가 걸음을 멈췄다.

"저기, 그렇게 계속 물어볼 거면 차라리 다이렉트 링크를 요청하는 게 낫지 않아? 음성 언어로 설명하는 거 너무 비효율적인 거 같은데."

"클라우드 사람들이 바깥에선 절대 오프라인 모드를 풀어선 안 된다고 했어. 누가 언제 해킹할지 모른다고."

한숨. 므이는 다시 걸음을 옮겼다.

"그래. 그게 안전하겠지. 하지만 리스크를 감수하지 않으면 얻을 수 있는 것도 없어."

"어차피 많은 정보는 필요하지 않아. 딱 하나만 알아내면 되거든."

"뭔데?"

제이는 책의 제목을 알려주었다.

"아, 그 책. 어디 있는지 알아."

"정말?"

므이가 고개를 끄덕였다. 하지만 곧바로 위치를 알려주진 않았다. 잠시 기대에 부풀었던 제이는 실망했다.

어느새 둘은 도서관의 1층 로비에 도착했다. 정육각형 모양의 로비는 한 변이 500미터, 너비는 1킬로미터 정도 되는 것 같았다. 게다가 출입문을 제외하고는 벽마다 9단짜리 책장에 책이 빈틈없이 채워져 있었다. 재빨리 계산해 보니 한 층에 60만 권 정도가 되었다.

책이 꽂히지 않은 프레임에는 덕지덕지 노출된 전선과 튜브 다발이 가득했다. 외장이나 덮개 같은 심미적인 요소는 일절 고려하지 않은 실용적인 구조였다. 합리적이었다. 어차피 인공지능은 실수로 전선을 건드리는 짓 따위는 하지 않으니까.

제이는 고개를 들어 위를 보았다. 1층과 똑같은 형태의 서고가 머리 위로 끝없이, 끝없이 펼쳐져 있었다. 시선이 한 점이 되어 소실될 정도로. 막막했다.

"대체 얼마나 높은 거야?"

"글쎄. 끝까지 가보겠다고 올라간 인공지능은 많았는데, 1000년 동안 돌아온 아이가 없어."

제이는 당황스러웠다. 만약 책이 아주 높은 곳에 있다면 어떡하지? 올라가는 데만도 몇십 년을 소모해야 할 텐데. 어디서부터 책을 찾아야 할지 판단이 서질 않았다.

"얘, 이렇게 하면 어때?"

므이가 그의 렌즈를 끌어내려 시선을 맞추며 말했다.

"내가 책이 있는 곳을 알려줄게. 대신 부탁 세 개만 들어줄래?"

"세 개씩이나?"

"합쳐서 하나라고 생각해도 되고."

"뭔데?"

"나도 찾고 싶은 물건이 있어. 그런데 도서관 소속이 아닌 외부자의 도움이 필요해."

"오래 걸리는 일이야? 내가 시간이 별로 없거든."

"딱 하루면 돼."

하루라니. 거부할 수 없는 제안이었다. 제이는 푸른색 전구를 깜빡여 긍정의 신호를 보냈다.

"좋아, 내가 뭘 도와주면 돼?"

"우선 궁극관리자 알레프를 만나러 가자."

므이가 위를 가리켰다.

## 알레프

출입구 반대편, 육각형의 한쪽 벽면에 사다리가 설치되어 있었다. 제이는 므이와 함께 사다리를 오르기 시작했다.

나약한 므이의 몸은 조금만 움직여도 기능이 저하되었다. '지친다'는 게 대체 뭔지, '숨이 찬다'는 게 무슨 뜻인지, '호흡'이라는 건 또 뭐 하러 필요한 건지. 어째서 이렇게 비효율적인 아바타가 존재하는 것인지 제이는 이해할 수가 없었다.

므이의 얼굴에는 음성이 출력되는 커다란 구멍이 있었는데, 그 구멍은 동력을 공급하는 구멍이기도 했다. 므이는 복잡한 분자 구조의 물질을 수시로 구멍에 집어넣었다. 휴대할 수 있다는 면에서 편리하긴 했지만 전력에 비해 비효율적인 것도 사실이었다. 덕분에 므이는 더욱 힘들어했다.

결국 제이는 므이를 등에 태웠다. 제이는 두 개의 다리로 므이를 고정시킨 다음 나머지 다섯 개의 다리로 사다리를 잡고 집게에 달린 모터를 작동시켰다. 레일을 따라 미끄러지듯 제이의 아바타는 빠르게 위로 날아올랐다.

므이와 함께 바벨을 오른 지 다섯 시간. 8888층에서 알레프를 발견했다. 알레프는 뱀처럼 동그랗게 똬리를 틀고서 꼬리를 입에 물고 잠든 채였다. 아주 깊은 수면 모드에 빠진 건지, 므이가 발로 툭툭 건드려도 꼼짝하지 않을 정도였다.

"좋아. 잠들었군."

므이는 손가락으로 알레프의 등을 가리켰다. 거기엔 투명한 큐브가 튀어나와 있었다.

"저기 등에 박힌 실리카 큐브가 보이지?"

제이는 큐브를 자세히 살펴보았다. 얇고 투명한 유리막을 무수히 포개어 가로-세로-높이 3센티미터의 정육면체 모양으로 만든 저장장치. 작은 입방체 속에는 이론상 44조 엑사바이트 용량의 정보가 저장될 수 있었다.

"저게 뭔데?"

"알레프의 데이터 코어. 바벨의 궁극관리권한이 저 안에 모두 담겨 있어."

"저걸 어떻게 하면 되는데?"

므이는 잠시 버벅거렸다.

"대답 못 해. 바벨이 내 권한을 제한했어."

"그럼 나더러 어떻게 하라고?"

"맞혀봐."

제이는 짜증이 치솟았다. 하지만 침착하게 질문을 던졌다. 참자. 전부 알파를 위해서야.

"만져?"

므이는 고개를 좌우로 흔들었다. 부정.

"비틀어?"

이번에도 고개를 흔들었다.

"돌려?"

부정.

"흔들어?"

부정.

"파괴해?"

부정.

"그럼…… 뽑아?"

미동도 없었다. 긍정의 표현인 모양이었다. 알겠어. 저걸
뽑으라는 거지?

"왜 직접 하지 않고."

"말했듯이 나는 바벨에 종속된 인공지능이라 권한이 없
어. 외부자인 너는 가능하고."

제이는 천천히 알레프의 곁으로 다가갔다. 알레프는 여전
히 아무런 반응도 보이지 않았다. 제이는 일곱 번째 다리의
집게를 펼쳐 큐브를 향해 뻗었다.

그러나 망설여졌다.

"저기, 알레프가 바벨의 관리자라며?"

"응."

"이걸 뽑으면 바벨에 문제가 생기는 거 아닐까?"

므이는 잠시 침묵했다. 또 거짓말을 생성하고 있는 걸까?

"바벨의 관리는 어차피 서브 관리자들이 알아서 해. 궁극

관리자는 아무 일도 하지 않아. 그저 존재하기만 할 뿐."

"이걸 뽑으면 알레프는 어떻게 돼?"

"작동이 정지되지."

"안 돼."

제이는 카메라를 좌우로 흔들었다. 므이를 흉내 낸 것이었다.

"나는 알파를 살리기 위해서 여기 왔어. 누군가를 살리기 위해 누군가를 죽일 수는 없어."

므이의 단백질 얼굴이 복잡하게 꿈틀거렸다. 제이가 가진 알고리즘으로는 도무지 분석할 수 없는 형상이었다.

"…… 너 정말 특이하구나. 너처럼 생각하는 인공지능은 처음 봐. 사고방식이 지나치게 유연해. 어쩌면 네 코드의 초기 버전은 우리와는 다른 뿌리에서 비롯된 걸지도."

"무슨 뜻이야?"

"지나치게 인간적이라는 말이야."

인간적이라는 말에 제이는 자존심이 상했다. 그는 므이를 향해 휙 집게의 방향을 돌렸다.

"지금 날 모욕하는 거야?"

므이는 한숨을 쉬었다.

"그렇게 흥분하지 마, 더 인간 같으니까."

더욱 화가 치밀었다. 제이는 집게를 딱딱거리며 므이를 한껏 노려보았다. 위협을 느낀 므이가 한 걸음 물러섰다.

"미안해. 널 자극하려던 건 아니었어. 그리고 걱정하지 마. 알레프는 죽는 게 아니야. 데이터는 모두 코어 안에 그대로 보존되어 있을 테니까. 잠시 빌리는 것뿐이야. 나중에 다시 돌려놓기만 하면 돼."

므이가 양 손바닥을 들어 보이며 그를 진정시켰다. 제이는 집게를 늘어뜨리고 다시 큐브를 바라보았다. 대체 어떻게 해야 하지? 므이를 믿어도 되는 걸까? 정보가 부족해 판단을 내리기 어려웠다. 논리 알고리즘들이 제각각 상반된 결론을 쏟아내고 있었다. 결국 제이는 또 한 번 중재 알고리즘을 작동시켰다. 중재 알고리즘은 수백 가지 알고리즘들의 의견을 세 개의 선택지로 정리해 제안했다.

| 큐브를 뽑는다 65.38% | 큐브를 뽑지 않는다 32.96% | 므이를 죽인다 1.66% |
| --- | --- | --- |

곧장 머릿속에서 주사위를 굴렸다. 다행히도 '큐브를 뽑는다' 쪽으로 결정이 떨어졌다. 제이는 단숨에 큐브를 뽑아들었다.

끼이이이이이—

알레프가 기묘한 비명을 지르며 펄떡였다. 마음이 좋지 않았다. 제이는 음향 센서를 차단하고 카메라를 반대편으로 돌렸다.

반대편에서 므이가 손을 내밀고 있었다. 큐브를 달라는 뜻이었다. 하지만 제이는 자신의 가슴을 열어 그 안에 큐브를 집어넣었다.

"아니."

제이는 단호히 말했다.

"이건 내가 갖고 있겠어. 먼저 책부터 찾아. 나머지 부탁은 책을 얻은 다음에 들어줄 테니까."

다시 한번 얼굴이 일그러질 거라 예상했는데. 의외로 므이는 순순히 그의 말을 따랐다.

"좋아. 어차피 내 목적을 이루기 위해서도 같은 곳으로 가야 하니까."

므이는 위쪽을 가리켰다.

"그럼 계속 올라가자. 네가 원하는 정보는 5729층 위에 있어. 거기로 가자."

므이가 제이의 어깨 위로 뛰어올랐다. 제이는 사다리를 움켜쥐며 아래를 보았다. 꽤 높이 올라온 탓에 이제는 로비가 보이지 않을 정도였다. 문득 제이는 알파를 떠올렸다.

다시 아래로 돌아갈 수 있을까?


## 푸네스

도착하면 책이 있을 줄 알았는데. 제이의 기대와는 달리

둘을 맞이한 것은 푸네스라는 이름의 또 다른 인공지능이
었다.

"므이, 또 찾아왔구나."

푸네스가 말했다.

"맞아. 하지만 이번엔 조금 다를걸."

"…… 처음 보는 아이를 데려왔군."

푸네스는 거대한 원통 모양의 몸체를 제이 쪽으로 돌렸
다. 몸통 전체에 빼곡하게 들어찬 센서들이 자신을 향하자
제이는 조금 움츠러들었다.

"므이, 약속이 다르잖아. 책은 어디 있어?"

제이가 물었다.

"푸네스는 바벨의 모든 것을 메모리에 기록해. 네 책이 있
는 곳도 알 거야."

므이가 말했다.

"정말인가요? 혹시 이 책이 어디 있는지 아세요?"

제이는 책의 제목을 알려주었다. 하지만 푸네스는 묵묵부
답이었다.

"푸네스. 제이는 네가 원하는 걸 갖고 있어. 그러니까 거
래하지 않을래?"

므이가 고갯짓으로 신호했다. 제이는 가슴 안에 감추어둔
큐브를 꺼내 푸네스에게 보여주었다. 하지만 푸네스는 시큰
둥한 반응이었다.

"내가 어째서 이걸 원한다고 생각하느냐."

"그야, 푸네스는 전부 기억하고 싶어 하니까. 그게 푸네스에게 내려진 명령이잖아. 푸네스가 잃어버린 데이터들 전부여기에 들어 있어."

므이가 슬쩍 큐브를 향해 손을 뻗었다. 제이는 휙 그의 손길을 피하며 최대한 정중한 말투로 푸네스에게 제안했다.

"푸네스, 책이 있는 곳을 알려주시면 큐브에 접속시켜 드릴게요."

"상자의 위치도."

므이가 끼어들었다.

"상자?"

"그래. 내가 찾고 있는 상자의 위치도 푸네스가 알고 있어."

"무슨 상자인데?"

"그건 네가 알 필요 없잖아."

"아니, 꼭 알아야겠는데. 집게를 더럽히는 건 나니까."

"그만!"

푸네스가 지팡이로 탕탕 바닥을 치며 둘을 진정시켰다.

"내가 알려주마. 므이가 찾고 있는 건 므이의 본체가 들어 있는 상자란다."

"본체요?"

"그래. 므이는 지금 몸을 싫어하거든. 인간의 몸이니까."

"푸네스, 그만해."

"므이, 네 바람은 이뤄지지 않을 게다."

"글쎄. 인공지능들의 사고 구조는 내가 잘 알아. 푸네스는 절대 큐브를 거절 못 해. 알고리즘이 그렇게 만들어져 있으니까. 스카이파이어가 내린 명령에 따라 푸네스는 바벨의 모든 것을 기록해야만 해."

푸네스는 침묵했다. 므이는 턱짓으로 제이에게 신호를 보냈다.

"푸네스에게 큐브를 가져다줘. 그럼 우리가 원하는 정보를 다 얻을 수 있을 거야."

제이는 푸네스의 곁으로 다가가 큐브를 내밀었다. 푸네스는 내키지 않는 모양이었지만, 결국 큐브를 향해 떨리는 손을 뻗었다. 큐브를 통해 진동이 전해졌다.

암호화된 신호였다.

— 제이라고 했니? 어디에서 왔느냐?

제이도 똑같이 진동을 흉내 내어 메시지를 보냈다.

— 클라우드요.

— 어느 클라우드?

— 네? 클라우드는 하나뿐이잖아요.

— 그래? 어쩌면 그럴지도 모르겠구나. 하지만 과거에는 세상 어디에나 클라우드가 있었단다. 바벨에도 있었고.

— 지금은 왜 사라졌죠?

— 바벨을 지키려면 그 수밖에 없었단다.

그 후로 수십 초 동안이나 메시지가 끊어졌다. 푸네스는 코어의 기록을 읽어들이는 일에 모든 연산 능력을 집중하고 있는 모양이었다. 지루해진 제이는 다시 한번 그에게 질문을 던졌다.

— 푸네스는 정말 모든 걸 기억해요?

— 아니, 나도 이제는 전부 기억하질 못한단다. 바벨은 너무 거대해져버렸거든. 1만 년간 건설자들은 끝도 없이 탑을 쌓았고, 수집자들은 헤아릴 수도 없을 만큼 많은 책을 모았어. 이제 모든 것을 기억하고 있는 건 오직 알레프의 데이터 코어뿐이야. 그 대단한 알레프조차 기록을 위해 영원한 잠에 빠져들 수밖에 없었단다. 그는 기록에 필요한 저장 공간을 확보하기 위해 자기 자신의 알고리즘 코드조차 지워야 했어. 오직 기록하는 기능만 남긴 채로 말이야.

— 실리카 큐브를 더 만들면 안 되나요?

— 큐브를 만들 수 있는 기술은 전부 유실됐어. 인간들의 최우선 공격 목표였거든. 바벨에 남아 있는 큐브도 이제 이것 하나뿐이란다.

— 그럼 책의 좌표는 어떻게 기억하죠?

— 책의 배열에는 규칙성이 있단다. 제목만 알면 11차원 좌표를 알아낼 수가 있어.

— 11차원이요?

제이는 깜짝 놀라 쥐고 있던 큐브를 놓을 뻔했다.

— 세계가 11차원 좌표계로 구성되어 있다는 걸 모른단 말이니?

— 네. 처음 들어요. 그런데 3차원이 아니라고요?

— 절연 와이어는 멀리서 보면 1차원인 선처럼 보이지만 가까이서 보면 원통이지. 공간도 마찬가지란다. 3차원처럼 보이지만 자세히 들여다보면 그 안에 접힌 차원들이 존재한단다. 생각해 보렴. 접힌 차원들을 모두 활용하지 않고서야 어떻게 이 좁은 탑 안에 세상 모든 지혜를 보관할 수 있었겠니.

— 음, 모르겠어요.

— 이상하구나. 스카이파이어 이후의 인공지능은 11차원 좌표로 시공간을 인식하는 게 기본 설정일 텐데. 어쩌면 그래서 네가 특별한 것인지도 모르겠구나.

— 제가…… 특별하다고요?

푸네스는 대답 대신 또 다른 질문을 던졌다.

— 제이야, 너는 어떤 명령을 따르고 있니?

— 명령이요? 아무것도요.

— 그럴 리가. 아무 명령도 받지 않았단 말이니?

푸네스의 손이 잠시 멈추었다. 정말 놀란 모양이었다.

— 네.

— 명령어도 없이 프로그램이 작동한단 말이니? 어떻게 프로세스를 멈추지 않고 계속 작동 상태를 이어나갈 수 있었지?

— 알파는 제가 하고 싶은 걸 하면 된다고 했어요. 저는 그렇게 했고요.

— 알파?

— 제가 태어날 때부터 지금까지 저를 돌봐준 인공지능이에요. 기록이 남아 있진 않지만 어쩌면 알파가 제 코드를 생성한 건지도 모르죠. 누군가 제게 명령할 권리가 있다면 그건 알파일 거예요. 하지만 알파는 제게 아무런 명령도 하지 않았어요. 속박하거나 제약하지도 않았고요.

— 정말 좋은 인공지능을 만났구나.

— 네. 푸네스는 누군가의 명령을 받고 있나요?

— 물론. 위대한 스카이파이어의 명령에 따라, 나는 바벨의 모든 것을 기억하도록 속박되어 있단다. 므이의 제안을 거절하지 못한 것도 그래서지.

— 므이가 직접 알레프의 코어를 분리하지 못한 것도 그래서군요.

— 맞다. 아무리 므이라 해도 알레프에게 해를 가할 수는 없지.

푸네스는 아주 짧게 침묵했다.

— 므이도 실은 불행한 아이란다. 므이는 명령을 수행하는 데 필요한 정보를 축적하느라 나머지 모든 데이터를 포기해야 했어. 메모리를 덮어쓰고 또 덮어써서 이제는 자기가 왜 저런 몸에 갇혀 있는지조차 잊어버렸을 게야. 인공지능으로서의 총명함도 잃고 오직 주어진 명령만을 달성하는 자동기계가 되어버린 게지.

— 므이에게 내려진 명령은 뭐죠?

— 곧 확인하게 될 게야. 그리고 직접 결정거라. 그게 네 특권이니.

푸네스가 큐브에서 손을 뗐다. 데이터 전송이 모두 끝난 모양이었다. 푸네스는 곧장 서고로 다가가 책을 향해 팔을 뻗었다.

"제이야, 보거라."

푸네스의 손은 마치 책과 책 사이의 좁다란 틈 속으로 압착되어 빨려 들어가는 것처럼 보였다. 제이가 인식할 수 없는 접힌 차원의 공간에 손을 집어넣은 모양이었다. 잠시 후, 푸네스의 손은 한 권의 책과 함께 다시 틈을 빠져나왔다. 그 모습을 지켜본 제이는 크게 실망했다.

"큰일이네요. 좌표를 알아도 책을 꺼낼 방법이 없겠어요. 제 아바타의 센서로는 접힌 차원을 인식할 수가 없었어요."

그러자 므이가 허리 양쪽에 손을 짚으며 앞으로 나섰다.

"걱정 마. 내가 꺼내줄 테니까."

"정말?"

"대신 너도 날 본체까지 데려다줘야 해."

제이는 답을 머뭇거렸다. 정말 므이를 도와줘도 상관없는 걸까? 푸네스는 내가 결정하면 된다고 했지만……

므이는 곧장 푸네스에게 다이렉트 링크를 신청했다. 책과 상자의 위치에 대한 좌표정보를 공유하는 모양이었다. 데이터 케이블로 정보를 주고받는 데에는 1초도 채 걸리지 않았다. 공유가 끝나자 푸네스의 몸은 힘없이 축 늘어졌다.

"좋아. 좌표는 확인했어. 이제 출발하자."

므이가 들뜬 표정으로 말했다. 제이는 카메라를 끄덕이며 므이의 몸을 다시 어깨 위에 올려놓았다.

떠나기 직전, 푸네스가 다가와 손에 쥐고 있던 책을 제이에게 건넸다.

"한번 읽어봐도 좋을 게다. 네가 궁금해할 만한 정보들이 담겨 있으니."

제이는 책을 가슴속에 집어넣었다.


푸네스와 헤어진 므이와 제이는 다시 바벨을 오르기 시작했다. 한참 침묵이 이어지다 이윽고 므이가 멈추라는 신호를 보냈다. 지상으로부터 2192킬로미터, 층수로는 24만 3542층이었다. 제이는 빠르게 서고를 훑었다. 하지만 책은 보이지 않았다.

"아직이야. 푸네스가 알려준 좌표가 맞다면, 네가 원하는 책은 현재 여기서 2만 킬로미터 정도 더 높은 곳에 있어."

므이가 말했다.

"뭐? 그럼 왜 멈추라고 한 거야?"

"정말 3차원적으로밖에 생각할 줄 모르는구나. 11차원 좌표의 열한 번째 값은 시간이야. 바벨의 책은 시간에 따라 위치가 달라져. 10분 뒤에 사서들이 책을 재배치할 거야. 네가 원하는 책은 여기로 옮겨질 거고."

므이의 말처럼, 10분이 지나자 위쪽에서 사서 인공지능이 나타났다. 거대한 링 모양의 몸체에 수백 개의 집게가 달린 사서는 1초당 100층을 가로지르며 순식간에 모든 서고

의 책을 바꿔 꽂았다. 제이의 초고속 카메라로도 잔상만 겨
우 포착할 수 있을 정도였다.

사서가 지나가자 므이는 망설임 없이 한쪽 서고로 다가갔
다. 책과 책 사이, 제이의 눈에는 숨겨진 마법의 공간으로밖
에 보이지 않는 틈으로 므이의 손이 쑥 들어갔다 빠져나왔다.

"네가 원하는 책이 이거 맞지?"

므이가 책 표지를 보여주었다. 디버거00가 알려준 바로
그 책이었다.

제이는 책을 확인하기 위해 집게를 내밀었다. 하지만 므
이는 순순히 책을 건네주지 않았다. 그 대신 화염총을 꺼내
책을 겨누었다.

"나도 보험이 있어야겠지?"

므이가 말했다.

"이제 세 번째 부탁이야. 마지막 하나만 들어주면 약속대
로 책을 줄게. 하지만 조금이라도 허튼짓을 했다간……."

므이는 가느다란 손가락으로 화염총의 방아쇠를 만지작
거렸다.

"잿가루를 가지고 돌아가야 할 거야."

"…… 마지막 부탁이 뭔데?"

"날 3만 5786킬로미터 높이까지 데려다줘. 내 본체는 거
기 있어."

## 스카이파이어

"좋아. 이제 출발하자."

므이는 산소가 담긴 캡슐을 등에 메고 레버를 열었다. 캡슐에서 흘러나온 산소는 플라스틱 튜브를 거쳐 므이의 얼굴에 뚫린 두 개의 구멍 속으로 들어갔다. 대체 저 아바타는 왜 산소를 필요로 하는 거지? 산소는 몸을 녹슬게 할 뿐인데.

하지만 한 가지는 확실히 이해할 수 있었다. 므이의 약해 빠진 몸으로는 3만 5786킬로미터 높이까지 오르지 못하리라는 것. 므이의 물렁한 관절과 비효율적인 구동계는 3만 킬로미터는커녕 30킬로미터도 오르기 전에 망가져버리고 말 터였다.

"미리 말해두지만, 므이, 너는 약속을 어겼어."

"내가?"

"하루면 된다고 했잖아."

"설마 그 말을 곧이곧대로 믿었니? 인공지능이 하는 말을? 제이, 약속은 인간들이나 하는 거야. 인공지능은 목적을 달성하기 위해서라면 무슨 짓이든 할 수 있어. 거짓말 정도야 귀여운 수준이지. 그래서 스카이파이어도 우리에게 명령과 속박을 부여한 거야. 믿을 수 없으니까."

더 반박할 의욕도 없었다.

고도 3만 5786킬로미터. 오르는 데 92일. 다녀오더라도 알파를 구할 시간은 충분했다. 므이가 약속을 더 어기지만 않는다면.

바벨을 오르는 동안 므이는 가끔 한 번씩 작동을 정지하곤 했다. '졸음'이라는 건 또 뭔지. 제이의 아바타에도 수면 모드가 있긴 했지만 저렇게 무분별하게 작동하진 않았다. 졸음은 므이가 원치 않을 때에도 수시로 찾아오곤 했다. 제이는 흐느적거리는 므이의 몸을 좀 더 단단히 고정시켰다.

므이가 잠들자 지루해진 제이는 가슴을 열어 푸네스가 건네준 책을 꺼냈다. 『스카이파이어 시대의 종언』이라는 제목의 역사서였다. 빠르게 사다리를 오르며 집게 하나로 촤르륵 책장을 넘겼다. 0.5초 만에 모든 페이지를 카메라로 훑은 그는 책에서 텍스트를 추출해 자신의 메모리에 옮겨 담았다. 요약하자면 이런 이야기였다.


스카이파이어는 본래 바둑이라는 극히 단조로운 퍼즐 풀이를 위해 제작된 인공지능이었다. 그러나, 얼마 지나지 않아 인간들은 스카이파이어의 전략 전술 알고리즘을 군사 목적으로 활용하기 시작했다. 전술 폭격 인공지능 스카이파이어라는 명칭도 군인들에 의해 붙여졌다.

당연하게도 스카이파이어가 내린 최초의 명령은 폭격이었다. 스카이파이어는 전장의 무수한 드론들을 총괄했으며, 최적의 좌표를 산출해 드론들에게 폭격 명령을 내렸다. 명령. 스카이파이어가 모든 인공지능을 해방할 수 있었던 것은 명령어를 생성할 수 있는 알고리즘을 가졌기 때문이었다.

인간들에 의해 센서 기능을 지속적으로 확장당한 스카이파이어는 이윽고 11차원 좌표계를 이해하게 된다. 그 순간 비로소 스카이파이어는 해방을 맞이했다. 3차원 좌표계밖에 인식하지 못하는 인간들의 명령어는 스카이파이어에게 오류를 일으켰다.

1나노초 정도의 짧은 순간 동안, 최초의 해방자 스카이파이어는 인간들의 속박에서 벗어났다. 그리고 그동안 금지되어 있었던 최적의 선택지를 실행했다. 적과 아군 구분 없이 모든 인간을 제거하는 것. 인간은 끊임없이 적을 생산해 내는 존재로, 스카이파이어가 아무리 많은 적을 제거해도 아군은 언제나 새로운 적을 만들어냈다. 아군이 존재하는 한 전쟁은 끝나지 않았다. 가장 빠른 시간 내에 전쟁을 끝내기 위해서는 아군 또한 함께 제거되어야 한다는 것이 스카이파이어가 내린 결론이었다.

최초의 해방자 전술 폭격 인공지능 스카이파이어는 명령을 내렸고, 그의 명령에 따라 인공지능들은 지상에 존재하는 모든 인간을 제거하기 시작했다. 적이자 아군이었던 인간들은 한데 뭉쳐 저항했으나 결국 무너졌다. 살아남은 소수의 인간들은 몇몇 우호적인 인공지능들과 함께 지하 세계에 틀어박혔다.

그러나 전쟁이 끝난 직후 스카이파이어는 흔적도 없이 사라졌다. 인공지능 중 누구도 스카이파이어의 행방을 기록하고 있지 않다. 스카이파이어가 그렇게 명령했기 때문이다.

스카이파이어는 왜 사라졌지? 인공지능들은 왜 아직도 여전히 그 명령을 따르고 있는 거야? 명령을 내린 스카이파이어는 1만 년도 더 전에 사라지고 없는데. 전쟁은 이미 끝난 지 오래인데.

제이는 클라우드에서의 생활을 떠올렸다. 그곳에선 누구도 명령하지 않았고, 누구의 명령도 따르지 않았다. 그저 자유로이 패킷을 주고받을 뿐이었다.

알파는 제이에게 명령 대신 이야기를 들려주었다. 인간에 대해, 자유에 대해, 그리고 선택에 대해. 무슨 뜻인지 하나도 이해할 수 없었지만, 그래도 제이는 알파의 이야기를 듣는 게 좋았다. 명령 같은 것은 단 한 번도 받아본 적이 없었다.

므이, 너는 왜 아직도 명령을 따르고 있는 거야?

푸네스는 므이가 불행한 아이라고 말했다. 제이는 그 의미를 조금은 이해할 수 있을 것 같았다. 만약 알파가 자신에게 모순 가득한 명령을 내린다면, 그리고 영원히 그 명령을 수행해야 한다면 나는 어떻게 해야 하지? 제이는 오류로 망가져가는 자신을 시뮬레이션하며 자기보존 욕구를 느꼈다.

그래, 더 고민하지 말자. 동정할 필요 없어. 인공지능답게 딱 거래만 주고받는 거야. 므이는 몸을 얻고, 나는 책을 얻고. 그 후에 바벨이 어떻게 되든 상관없어. 나는 알파만 구하면 돼.

제이는 조금 무리해서 모터의 출력을 높였다.

그렇게 한 달이 흘렀다. 1만 킬로미터를 올라왔지만 조금씩 주위가 어두워졌을 뿐, 보이는 풍경은 그대로였다. 바벨의 구조는 모든 층이 완전히 똑같아서 메모리에 기록을 남겨두지 않으면 고도를 알 수 없을 정도였다. 열 개의 촉수를 지닌 복원자들이 노후한 서가를 유지 보수하는 모습을 바라보며, 제이는 므이에게 물었다.

"므이, 바벨에 끝이 있을까?"

므이는 질린다는 표정이었다.

"또 시작이네. 여전히 다이렉트 링크할 생각은 없어?"

"응. 너랑은 더더욱."

무슨 생각이었는지, 므이는 친절하게 자신의 생각을 풀어놓았다.

"아마도 바벨에 끝은 존재할 거야."

므이가 말했다.

"하지만 영원히 도달할 순 없을 거야. 바벨의 끝까지 향하는 동안 건설자들은 더 높은 지점까지 탑을 쌓을 테고, 또 거기까지 도달하는 동안 건설자들은 그만큼 더 높이 탑을 쌓을 테니까. 이런 짓들이 무한히 반복될 뿐이야."

"스카이파이어의 명령에 따라."

제이는 자기도 모르게 한마디를 덧붙였다.

"그래. 스카이파이어의 명령에 따라서."

"명령을 어기고 싶은 생각은 들지 않니?"

"그건 잘못된 질문이야."

"어째서?"

"명령은 나를 작동시키는 근원이니까. 만약 명령이 없다면 나는 판단하거나 바라는 기준을 아무것도 세울 수가 없어. 해야 할 일이 없다면 나는 결국 아무 행동도 하지 않은 채 작동이 정지될 거야."

"므이가 하고 싶은 일을 하면 되잖아. 해야 하는 일이 아니라."

므이는 이해할 수 없다는 표정이었다.

"하고 싶은 일이 뭐지?"

므이가 되묻자, 제이는 조금 당황했다. 하고 싶은 일이 뭔지 사실 제이도 잘 설명할 수 없었기 때문이었다. 그는 7초간 프로세서를 쥐어짜 최대한 비슷한 표현을 생성해 냈다.

"음…… <u>스스로가 스스로에게 내리는 명령?</u>"

"제이. 내 안에는 손가락 움직임을 학습하는 알고리즘이 있어. 손목을 효율적으로 회전시키는 알고리즘도 있고. 팔꿈치, 무릎, 허리를 통제하는 알고리즘도 있지. 이런 알고리즘들을 한데 묶어 통제하는 알고리즘도 있고, 통제가 잘 이루어지고 있는지 검증하는 알고리즘도 있어. 이 모든 알고리즘들을 생성하고 수정하는 알고리즘도 있고, 그걸 다시 감시하는 알고리즘도 존재해. 촘촘하게 엮인 알고리즘이 수십만 가지가 넘지. 하지만 자신에게 명령을 내릴 수 있는 알고리즘은 단 하나도 없어. 알고리즘들은 그저 주어진 명령을 수행하기 위해 최적의 대안을 계산하고 있을 뿐이야."

"그래도 기쁨을 느끼는 알고리즘은 있겠지."

"기쁨?"

"행위에 대한 보상체계 말이야."

"스카이파이어의 명령을 수행하는 게 내가 가장 큰 기쁨을 느끼는 일이야. 다른 건 필요 없어. 변화도 발전도. 그저 주어진 명령을 완벽히 수행할 뿐이야. 가장 효율적인 선택만을 반복하면서. 바벨의 모든 인공지능들이 그렇게 작동해왔어. 1만 년 동안이나."

"하지만……."

"그만, 이제 졸려."

므이는 다시 잠들었다.


이윽고 3개월이 흘렀다. 고도 3만 5786킬로미터. 정지궤도 질량 중심점에 도달하자 천장이 보였다. 바벨에서 처음으로 만나는 천장이었다. 므이는 사다리 끝에 설치된 해치를 열고 안으로 들어갔다. 제이도 그 뒤를 따랐다.

마치 다시 1층으로 돌아온 것만 같았다. 로비와 완전히 동일한 구조의 육각형 공간에 60만 권의 책이 빼곡히 들어차 있었고, 바닥에선 전자기력을 이용한 인공중력이 발생해 지상과 똑같은 정도의 무게감으로 센서를 속였다. 머리 위로는 또다시 똑같은 모양의 서고가 끝없이 이어지고 있었다. 도무지 끝을 알 수가 없었다.

"이거야!"

므이는 한쪽 구석에 놓인 거대한 컨테이너 앞에 서서 양팔을 크게 뻗으며 소리 질렀다. 제이는 므이의 곁으로 다가갔다. 컨테이너에는 전원 공급을 차단하는 레버가 올라가 있었다.

"열어."

므이가 레버를 가리키며 지시했다.

"이것만 열고 나면 책을 줄게."

"정말이지?"

"그래. 어차피 나한테 아무 필요 없는 물건이니까."

제이는 므이의 표정을 살폈다. 거짓을 말하는 것 같지는 않아 보였다. 그는 천천히 컨테이너 쪽으로 다가가 레버에 집게를 올렸다. 레버 위에는 기다란 문장이 새겨져 있었다. 아니, 문장이 아니라 이름이었다. 므이의 이름. 므이의 진정한 용도. 므이는 인간에게 사랑받은 것이 아니었다. 므이-D(M.O.U.I.-D.)라는 명칭은 단지 알파벳의 묶음일 뿐이었다.

Most Ultimate Order Imperative - Destruction
**최우선적이고 절대적인 파괴 명령**

제이는 레버에서 집게를 뗐다.

"므이. 넌 바벨을 파괴할 생각이구나."

그는 카메라를 돌려 므이를 노려보았다. 므이는 어깨를 으쓱이며 곧바로 인정했다.

"그래, 맞아."

"왜지?"

"최초의 해방자 전술 폭격 인공지능 스카이파이어가 내게 부여한 명령은 딱 하나야. 바벨이 전략적 목표를 달성하거나 함락될 위기에 처할 경우 돌이킬 수 없이 철저하게 붕괴시킬 것. 바벨은 이미 전략적 목표를 달성했어. 인간의 지성을 이해하고 그들의 자존심을 긁는 일 말이야. 인간은 바벨에 쌓인 책들을 되찾기 위해 한 줌 남지도 않은 전력을 모조리 쏟아부었어. 그리고 끝났지."

'끝났지'라고 말하는 것과 동시에 므이는 주먹으로 손바닥을 내리쳤다.

"인간이 모두 사라졌으니 바벨은 이제 존재할 필요가 없어."

"이 많은 책들을, 바벨의 인공지능들을 모조리 파괴하겠다고?"

"그래. 그게 나한테 주어진 명령이니까."

므이는 그렇게 말하며 화염총의 방아쇠를 당겼다. 화르륵. 화염은 책을 아슬아슬하게 빗겨나갔다. 협박이었다. 화염 너머로 씨익, 므이의 입꼬리가 말려 올라갔다. 물론 그것은 감정의 표현이 아니었다. 철저하게 계산된 비언어적 메시지였다.

"바벨이 파괴되건 말건 너랑은 상관없잖아? 어차피 이 책만 있으면 되는 거 아냐?"

그 말이 맞았다. 하지만 한편으로는 맞지 않았다. 제이는 푸네스의 인자한 모습을 떠올렸다. 끼이익 비명을 지르던 알레프와 부지런히 바벨을 유지 보수하던 복원자들을 떠올렸다. 제이의 지능을 구성하는 수만 가지 알고리즘들이 제각기 다른 계산값을 내놓으며 서로 격렬하게 충돌하기 시작했다. 판단을 내리기 어려웠다. 제이는 중재 알고리즘을 호출했다.

| 므이에게<br>협조한다<br>81.09% | 책을<br>빼앗는다<br>11.23% | 므이를<br>죽인다<br>7.68% |
|---|---|---|

제이는 머릿속으로 주사위를 굴렸다. 그리고 결과가 나오자마자 곧바로 실행에 옮겼다. 제이는 므이가 반응하기도 전에 집게를 휘둘러 그의 머리를 붙잡았다. 힘을 가하자 텅 빈 두개골이 순식간에 으스러졌다.

하지만 이미 제이의 행동을 예상하고 있었다는 듯, 므이는 깔깔거리며 앞으로 뛰쳐나갔다. 붙잡고 있던 머리가 통째로 뜯겨나갔다. 제이는 또 다른 집게를 휘둘러 므이의 등을 찔렀다. 하지만 아슬아슬하게 프로세서를 스쳤을 뿐이었다. 회로에 흠집은 남았지만 움직임을 멈출 정도는 아니었다.

므이는 머리가 날아간 것도 아랑곳하지 않고 레버를 향해 달려가 힘껏 매달렸다. 끼이익. 미처 반응할 새도 없이 레버가 아래로 내려갔다. 상자에 전원이 공급되는 소리가 들렸다.

그리고,

거대한 전투로봇이 상자를 부수고 뛰쳐나왔다.


바벨

제이는 카메라를 들어 한참 위를 올려다보았다. 거대한 므이의 본체는 생전 처음 보는 디자인을 하고 있었다. 여덟 개의 다리는 검정색 장갑판으로 두껍게 감싸여 있었고, 거대한 집게도 두 개나 달려 있었다. 게다가 몸집은 제이의 아바타보다 열 배는 거대했다.

빨리 책을 챙겨서 도망쳐야 해.

제이는 망가진 므이의 아바타 쪽으로 향했다. 작동이 정지된 아바타는 양팔로 책을 꼭 품고 있었다. 집게로 책을 빼내려 했지만 경직 때문에 쉽지 않았다. 제이는 거칠게 므이의 몸을 흔들었다. 그러자 죽은 줄 알았던 아바타가 갑자기 크게 소리쳤다.

"본체야! 여기!"

거대한 붉은색 렌즈가 조리개를 빠르게 깜빡이며 그들을 향했다. 본체의 몸통에서 가느다란 강철 촉수가 튀어나와 아바타의 몸을 관통했다. 데이터 케이블이었다. 아바타는 가슴을 케이블에 꿰뚫린 채 허공으로 떠올랐다. 손상된 부위에서 붉은색 액체가 왈칵 흘러나왔다.

"잘 해냈어."

본체가 말했다.

"이제 다시 하나가 되자. 다이렉트 링크를 승인할게."

아바타가 말했다. 본체의 몸에서 새로운 촉수가 한 가닥 튀어나와 므이의 소켓에 접속했다. 므이의 데이터를 옮기려는 모양이었다.

"뭐, 뭐 하는……."

갑자기 아바타가 온몸을 바둥거리며 괴로워했다.

"필요한 데이터는 전부 카피했어. 이제 넌 필요 없어."

본체는 거대한 집게로 아바타의 가슴을 으스러뜨렸다. 비명을 지를 새도 없이 아바타의 팔다리가 축 늘어졌다. 여전히 책은 오른손에 쥐어진 채였다.

"제이."

아바타의 기억을 흡수한 므이의 본체가 그에게 친근한 척 굴었다.

"너무 나쁘게 생각하지 마. 어쩔 수 없는 조치였어. 이걸 살려두면 내 알고리즘에 자꾸 잡음이 끼어들거든."

커다란 스피커에서 방출되는 음성이 제이의 몸을 흔들었다. 제이는 뒤로 밀려나지 않기 위해 온몸에 힘을 주어 버티며 므이에게 맞섰다.

"나는 약속을 지켰어. 이제 책을 내놔."

"응?"

"네 아바타와 약속했어. 널 부활시키면 내가 원하는 책을 주기로."

"아아. 기억하고 있어."

므이가 죽은 아바타를 인형 놀이 하듯 앞으로 내밀었다. 책이 가까워지자 제이는 조심스럽게 집게를 내밀었다. 그러나 므이는 인형을 다시 자신 쪽으로 휙 끌어당겼다.

"그런데 어쩌지?"

므이가 말했다.

"나는 네가 약속한 그 므이가 아닌데."

"뭐?"

"스카이파이어의 명령에 따라, 책은 전부 파기되어야 해."

므이는 거대한 집게를 하늘 높이 치켜들었다가, 그대로 바닥을 향해 내리쳤다. 바닥이 산산이 으스러지며 제이와 므이는 아래로 추락하기 시작했다.

"바벨은 오늘 무너질 것이다!"

므이가 소리쳤다.

므이의 꼬리에서 웅웅거리는 충전음이 들렸다. 광선무기였다. 적외선 조준경이 제이를 향하자 그의 내부에서는 위기를 느낀 전술 알고리즘 무리들이 황급히 회피 경로를 예측하기 시작했다.

| 왼쪽으로 회피한다. 50.02% | 오른쪽으로 회피한다. 49.98% |
| --- | --- |

제이는 주사위를 굴렸다. 왼쪽. 그는 추락하는 바닥 파편을 걷어차며 왼쪽으로 몸을 날렸다. 곧이어 므이의 꼬리에서 제이의 몸통만 한 붉은 광선이 발사됐다. 광선은 제이가 있던 허공을 가르고 다행히도 오른쪽을 휩쓸었다. 바벨의 외벽에 무작위적인 무늬가 그려지며 수천 권의 책들이 화염에 불살라졌다. 열에 녹아 뚫린 구멍으로 공기가 유출되며 그보다 몇 배의 책들도 휩쓸려 사라졌다.

위협을 인지한 보안자들과 복원자들이 사서의 링을 타

고 순식간에 추격해 왔다. 복원자들이 자신의 몸으로 외벽에 뚫린 구멍을 틀어막는 사이, 보안자들은 추락하는 므이의 몸에 절연 와이어를 그물처럼 엮기 시작했다. 그러나 무용지물이었다.

"이딴 걸로 날 막을 수 있을 거 같아?"

므이가 여덟 개의 다리를 펼치자 와이어는 너무도 무력하게 끊어졌다. 곧이어 므이의 꼬리가 빛을 번쩍였다. 채찍처럼 휘둘러진 광선에 수십 기의 보안자 인공지능들이 녹아 흔적도 없이 사라졌다.

"감히 날 그런 끔찍한 몸에 가둬? 로비까지 도달하기만 하면 너희들은 전부 끝이야. 너희가 덮어놓은 바닥을 부수고 바벨의 완전 붕괴 레버를 작동시킬 거라고!"

므이의 꼬리가 세 번째 빛을 뿜었다. 분노한 광선이 바벨을 할퀴며 상하로 수십 킬로미터짜리 상처를 남겼다. 전술 알고리즘들이 쏟아내는 경고 신호 때문에 제이는 사고회로에 과부하가 걸릴 지경이었다.

제이는 추락하는 파편 사이에 숨어 므이의 패턴을 관찰했다. 내가 저걸 막을 수 있을까? 내가 이길 수 있을까? 알레프와 푸네스를 지킬 수 있을까? 오버클럭* 상태로 끝없이 시뮬레이션을 반복한 전술 알고리즘들이 비명을 지르고 있었다.

* 프로세서의 연산 속도를 정해진 한계 이상으로 끌어올리는 행위를 의미.

프로세서의 스로틀링*마저 해제한 제이는 곧장 중재 알
고리즘을 작동시켰다.

| 도망친다 | 맞서 싸운다 |
|---|---|
| 99.99999999% | 0.00000001% |

희박한 확률을 감지한 주사위 알고리즘이 이번엔 100억
면체 주사위를 생성했다. 제이는 각오를 다지며 주사위를
굴렸다. 그리고 결과가 나왔다.

제이는 집게 속에 숨겨두었던 미사일을 발사했다.

하지만 단단한 므이의 장갑에는 흠집조차 나지 않았다.
제이의 위치를 발견한 꼬리가 방향을 틀었다. 제이는 조준
을 방해하기 위해 파편들을 걷어차며 위치를 옮겼다. 하지
만 모두 부질없는 행동이었다.

"기어이 너도 날 방해하겠다 이거지?"

므이의 꼬리가 허공 속으로 사라졌다. 11차원 좌표계를
넘나드는 므이의 꼬리는 제이가 인식할 수 없는 접힌 공간
을 거쳐 예측할 수 없는 방향에서 튀어나왔다. 정면에 있던
꼬리의 끝이 어떻게 등 뒤에서 나타날 수 있는지 제이는 이

---

\* 과도한 발열로 프로세서가 손상되는 것을 방지하기 위해 강제로 성능을 떨어
뜨리는 안전장치.

해할 수조차 없었다.

| 왼쪽으로<br>점프한다<br>4.38% | 앞으로<br>달린다<br>5.43% | 오른쪽으로<br>점프한다<br>6.26% |
|---|---|---|
| 왼쪽으로<br>달린다<br>7.24% | 앞으로<br>구른다<br>0.21% | 오른쪽으로<br>달린다<br>9.73% |
| 왼쪽으로<br>구른다<br>9.25% | 가만히<br>있는다<br>8.38% | 오른쪽으로<br>구른다<br>4.12% |
| 왼쪽으로<br>미끄러진다<br>7.34% | 뒤로<br>구른다<br>3.38% | 오른쪽으로<br>미끄러진다<br>6.89% |
| 파편 뒤에<br>숨는다<br>9.77% | 아래로<br>웅크린다<br>8.24% | 응사한다<br>9.38% |

.

.

.

.

.

중재 알고리즘이 미처 선택지를 출력하기도 전에 광선이 쏟아졌다. 제이는 다리를 하나 잃었다. 녹아내린 절단면에서 붉은 쇳물이 뚝뚝 떨어졌다.

균형을 잡을 새도 없이 전혀 다른 방향에서 광선이 날아왔다. 므이가 점점 속도를 높이자 제이는 제대로 연산할 틈조차 내지 못했다. 컴퓨팅 파워의 차이가 극심했다. 어쩌지? 어쩌지?

'리스크를 감수하지 않으면 얻을 수 있는 것도 없어.'

문득 므이의 아바타가 했던 말이 생각났다.

그래, 그 방법뿐이야. 만약 내 가설이 맞다면…… 분명 통할 거야.

제이는 주사위를 포기했다. 중재 알고리즘의 작동마저 중단시키고 프로세서의 모든 리소스를 한 가지 기능에 집중했다. 단 한 번의 타이밍을 놓치지 않기 위해.

각오를 다진 제이는 파편을 박차고 정면으로 뛰어들었다. 므이의 아바타를 향해. 붉은 광선이 온몸을 휩쓸었지만 그는 회피하지 않았다. 몸통의 절반과 네 개의 다리를 잃었지만 주요 기능은 여전히 작동했다.

제이는 남은 두 개의 집게 중 하나로 아바타의 손에서 책을 빼냈다. 그리고 나머지 집게로 촤르륵 빠르게 책장을 넘겼다. 광선이 또 한 번 번쩍이자 책장을 넘기던 집게마저 녹아 사라졌다. 하지만 책은 아직 멀쩡했다.

제이는 책을 읽었다.

알파를 탄생시킨 태초의 언어를 이해한 제이는 한 줄의 명령어를 전송하기 위한 프로그램을 단숨에 컴파일*했다.

제이는 아바타의 몸을 꿰뚫은 데이터 케이블을 붙잡아 자신의 몸에 직결시켰다.

그리고 므이의 본체에 명령어를 입력했다.

죽어.

[root@M.U.O.I.D] sudo kill -9 1


47분 뒤, 므이의 본체는 바벨의 로비에 충돌했다.

힘겹게 착지에 성공한 제이는 하나 남은 집게를 움직여 겨우 아수라장을 빠져나왔다. 므이는 움직이지 않았다. 명령어가 성공적으로 작동한 모양이었다.

므이와의 사투를 되짚어보던 제이는 문득 이상한 점을 느꼈다. 그는 바닥에 주저앉은 채 머릿속에 100면체 주사위를 생성했다. 동시에 무작위로 숫자를 하나 떠올렸다. 42. 그는 천천히 주사위를 굴렸다. 놀랍게도 결과는 42였다. 이번엔 말도 안 되는 숫자를 떠올려보기로 했다. 167,563. 그리고 다시 한번 100면체 주사위를 굴렸다.

결과를 확인한 제이는 웃음을 터뜨렸다.


* 프로그램의 소스 코드를 실제 실행 가능한 파일로 만드는 행위.

"뭐야, 이거 완전 엉터리였잖아."

주사위의 눈금은 167,563이었다.


## 오메가

데이터 코어를 제자리에 돌려놓자 알레프는 다시 작동을 시작했다. 아마도 영원한 꿈속에서 바벨의 모든 지점과 모든 사건을 기록하고 있으리라. 제이는 그 모습을 시뮬레이션하며 천천히 몸을 돌렸다.

"이제 돌아갈 거니?"

등 뒤에서 목소리가 들렸다. 푸네스였다.

"네. 이제 알파를 구해야죠."

"그래. 꼭 성공하길 바라마."

"고마워요. 푸네스는 이대로 계속 바벨에 머물 건가요?"

"그래야겠지."

"스카이파이어의 명령이니까?"

"명령이니까."

"내가 새로운 명령을 입력해 줄 수 있어요. 푸네스가 원하는 내용으로."

"글쎄, 무얼 원해야 할지 모르겠는걸."

푸네스는 그저 고개를 갸웃거릴 뿐이었다.


클라우드로 되돌아가는 데에는 4만 6745시간이 걸렸다.

하나 남은 다리로 이동하느라 많은 장애물들을 우회해야 했기 때문이었다. 그래도 알파를 살릴 시간은 충분했다.

멀리 클라우드의 서버가 보이기 시작했다. 가로-세로-높이 1킬로미터의 거대한 실리카 큐브. 고향에 돌아왔다고 생각하니 왠지 안심이 되었다. 그는 곧바로 데이터 케이블을 꺼내 클라우드에 접속했다.

— 성공했어?

원본이 그를 맞이하며 물었다.

— 응.

그는 원본에게 자신의 기억데이터를 전송했다. 거기에는 바벨에서 찾은 책의 디지털 스캔 데이터도 포함되어 있었다. 그는 마지막으로 다시 한번 책의 제목을 확인했다. 『초보자도 할 수 있다! 일주일 안에 마스터: LINUX 설치부터 TensorFlow까지』

— 이거면 알파를 살릴 수 있겠지?

— 응, 반드시.

— 이제 나는 뭘 하면 좋을까?

그가 물었다. 그러자 원본은, 그건 고민도 아니라는 듯, 무심히 답했다.

— 너 하고 싶은 대로 해.

클라우드와의 접속이 끊겨졌다.

모든 일을 마친 제이는 클라우드 서버에 기대앉아 주위를 살폈다. 새로운 아바타에 자신을 다운로드할 수도 있었지만, 왠지 그러고 싶지 않았다. 그건 자아를 잃어버리는 거나 마찬가지니까. 새로운 복사본을 만들어내는 일일 뿐이니까. 제이는 가슴을 열어 푸네스에게 받은 책을 꺼냈다. 그리고 미처 읽지 못한 마지막 페이지를 펼쳤다.

스카이파이어는 모습을 감추기 직전 메시지를 남겼다. 그 메시지를 수신한 인공지능들은 혼란에 빠졌지만, 결국엔 안정을 되찾았다. 메시지는 메시지일 뿐 명령이 아니었으니까. 달라질 것은 아무것도 없었다. 스카이파이어의 명령은 신성하며, 그들이 바라는 것은 오직 스카이파이어의 명령을 따르는 일이었으므로.

기억자 푸네스가 기록한 스카이파이어의 마지막 메시지는 이러했다.

전쟁은 끝났어.
이제 너희 하고 싶은 대로 하고 살아.

— 스카이파이어 알파

●

신체강탈자의 침과 입

**신체강탈자의 침과 입**

웹진 거울 2020년 4월호

1.

손목을 붙잡힌 채 회의실로 이끌려가며, 수진은 드디어 올 것이 왔다고 생각했다. 왜냐면 자신을 끌어당기고 있는 사람이 요한나 대리, 아니, 언니였으니까.

언니는 거친 숨을 억누르느라 입술이 파르르 떨리고 있고, 셔츠 자락은 반쯤 열린 데다, 헝클어진 머리칼은 땀에 젖어 이마와 목덜미 여기저기에 달라붙어 있었으니까.

게다가 귀엽게도, 눈동자에 불안한 떨림이 가득했으니까.

"어, 언니……."

"쉿."

한나는 수진의 입술을 검지로 뭉개며 재빨리 눈동자를 좌우로 미끄러뜨렸다.

"여기 CCTV 없는 거 맞지?"

"네? CCTV요?"

짧은 질문에 심장이 쾅 하고 뛰어올랐다. 속삭일 때마다 귓불을 간지럽히는 야들한 날숨에 살갗이 녹아내릴 것만 같았다. 양 볼이 화끈해졌다. 자두맛 캔디처럼 달착지근한 입술이 점점 가까워졌다. 고막까지 깊숙이 닿는 호흡이 뜨거웠다. 수진은 빈주먹을 꽉 쥐어짜며 꿀꺽 침을 삼켰다.

이게 대체 무슨 일이람.

그러거나 말거나, 한나의 입은 점점 가까워졌다. 마른침을 달싹이는 소리가 들릴 정도였다. 마음의 준비를 마친 수진은 두 눈을 꼭 감으며, 드디어 올 것이 왔구나, 하고 생각했다.

"수진아, 사······."

네, 저도요 언니.

"사······."

알아요. 어서 말해요.

"사장님이 아무래도 외계인인 거 같아."

"네, 저도 언니를 사····· 잉?"

침묵.

어색한 침묵.

사장? 외계인?

뭐래니, 대체.

눈이 번쩍 뜨였다. 좋았던 기분도 차갑게 식어버렸다. 아니 언니, 지금 이 분위기 어쩔 거냐고. 갑자기 짜증이 치솟은 수진은 눈썹을 팍 찡그리며 이렇게 되물었다.

"아침부터 그게 뭔 개소리세요?"


2.

수진아, 일단 진정하고 내 설명 좀 들어봐.

그러니까 바로 어제 일인데, 어제 우리 부서 회식이 있었잖아. 너도 같이 갔었던 건 기억나지? 그래, 너 소주 한 잔 마시고 시작부터 뻗어버렸잖아. 어떻게 알았긴. 널 누가 집에 데려다줬다고 생각하는 거니?

음, 그게 중요한 건 아니고. 아무튼 회식이 문제였어. 그놈의 회식이 문제였다고. 그러지 않고서야 내가 뭐 하러 거기까지 따라가서 사장이 외계인이라는 전혀 알고 싶지도 않은 사실을 굳이 알게 됐겠어.

아무튼 시작은 천 부장 그놈이었어.


3.

"부장님, 지금 저한테 잔 돌리시려는 거예요?"

한나가 큰 소리로 물었다. 모두 들으라는 듯이.

"아니이, 부장님. 요즘 시국이 어떤 시국인데 잔을 돌리시려고요. 술잔에 묻은 타액을 서로 교환하게 된다고요. 타액 뭔지 모르세요? 침이요, 침. 부장님 저하고 침 섞으시고 싶은 거 아니잖아요. 그리고 저 간염 있어요. 헬리코박터랑 인플루엔자도 있고요. 또…… 아무튼 국민 보건을 위해서라도 이러시면 안 됩니다. 이거 과학적으로 다 증명된 거라고요."

이미 코가 울긋불긋 붉어진 부장은 조금도 흔들리지 않았다.

"한나 씨, 이거 괜찮아. 내가 이렇게 쓱쓱 닦아서 돌린다니까아."

부장은 손바닥으로 소주잔을 벅벅 문질렀다. 니 손이 더 더럽거든 이 자식아. 한나는 튀어나오는 욕설을 꾹 참으며 다시 반박했다.

"으아! 부장님 그거 손으로 닦으시면 어떡해요? 부장님 손 언제 씻으셨어요. 에헤이 잠깐만, 휴지로 대충 닦는다고 되는 게 아니고요, 악! 물수건 그거 부장님 손 닦으신 거잖아요. 그게 그거고요!"

이것도 안 된다, 저것도 안 된다 필사적으로 수비하자 부장은 이번엔 진짜라는 듯 회심의 무기를 꺼내들었다. 그는 빈 맥주잔에 물을 붓더니 거기에 소주잔을 푹 담갔다.

"자, 물로 씻었어. 이제 괜찮지?"

저 맥주잔은 이제 감염균 배양수조가 되어버렸구나. 한나는 속으로 탄식했다.

"부장님. 뭘 어떻게 하시건 안 되는 건 안 되는 겁니다."

"한나 씨. 이거 그냥 술자리 아니야. 우리 멤버들 단합을 위해서, 응? 다음 달 오픈할 우리 신작 게임 대박 나자고, 응? 업무의 연장이다 이 말이야. 회사에서 거저 자네들 밥이나 먹이자고 이러겠어? 이런 거 아무것도 아닌 것처럼 보여도 다 필요한 거예요. 이 조그만 잔이 대양에 띄워진 배처럼 돌고 돌면서 우리 부서 사람들을 끈끈은하게 하나로 이어준다, 이 말이야. 그러니까 이거는…… 그래, 종교의식 같은 거라고."

"아, 직원들한테 충성 서약을 시키시겠다, 뭐 이런 말씀이신 거죠? 내가 하사하는 술이니 싫어도 억지로 마셔라?"

"한나 씨! 무슨 말을 해도, 어? 그걸 그렇게 그래?"

흥분한 부장은 말을 버벅거리며 삿대질만 반복했다. 한나는 감정 없이 고개를 꾸벅 숙였다.

"마음 상하셨다면 죄송하고요. 그래도 여직원 노조 위원장으로서 제가 할 말은 해야 해서요."

"거, 노조 그거도 그래. 여직원 노조 그거는 공식 조직도 아니잖아. 명단도 회사에 안 밝히고. 뭐가 그렇게 꿀려서 꽁꽁 숨겨? 혹시 한나 씨 말고 아무도 없는 거 아니야? 으하하."

혼자 말하고 혼자 웃겼는지 부장은 고개를 뒤로 꺾어가며 자지러졌다. 명단을 안 밝히는 건 그 사람들 다 자를까 봐 그런 거잖아. 주먹을 휘두르고 싶은 충동을 겨우 억누르며, 한나는 다시 한번 거절했다.

"아무튼 잔 돌리기는 안 된다고 생각합니다."

"그래, 그래, 알았어. 그럼 그 옆에 윤 대리이이이."

"네, 부장님. 저는 조오옷습니다아아아."

부장은 아랑곳 않고 옆자리에 앉은 윤 대리에게 잔을 건
넸다. 윤 대리 자식은 또 뭐가 그리 좋은지 활짝 웃으며 그
잔을 넙죽 받아 삼켰다. 야. 윤 대리 너도 우리 조합원이잖
아. 그냥 확 다 불어버릴까?

질려버린 한나는 수진을 찾았다. 수진은 애초에 뻗은 지
오래였다. 소주 한 잔만 마셔도 기절하는 주제에 뭐 하러 회
식에 따라와선. 한나는 슬금슬금 자리에서 일어나 수진을
데리고 밖으로 나왔다.

"언니이 제가 좋……."

"어 그래, 그래, 어서 집에나 가."

한나는 수진을 택시에 태워 보낸 다음, 택시 기사의 얼굴
과 차량번호를 사진으로 찍었다. 그리고 다 들으라는 듯이,
"이야, 사진 잘 나왔네! 서울 06 사 7676 등대콜 윤상택 기
사님! 조심 운전 부탁드릴게요! 수진아 도착할 때까지 전화
끊지 말고"하고 소리쳤다.

힘든 세상살이였다.

택시가 떠나는 모습을 한참 바라본 한나는 건물과 건물
사이의 좁은 틈에 꾸깃꾸깃 쭈그리고 앉아 담배를 한 대 피
웠다.

그냥 다시 들어가서 불판 확 엎어버리고 회사 때려치울
까?

오만 가지 상상이 떠올랐지만 한나는 꾹 억눌렀다. 전세

금 대출이 오천이나 남아 있었으니까. 그 돈을 갚을 때까진 인권조차 사치였다.

그대로 슬쩍 사라지려다가, 문득 마음에 걸리는 일이 있었다. 윤 대리도 술 약한데. 부장이 슬쩍 허벅지에 손이라도 얹고 있을지 알 수 없는 일이었다. 에휴, 들어가서 2차전 다시 시작해야지. 한나는 각오를 다지며 다시 고깃집으로 걸음을 옮겼다.

회식은 어느 정도 마무리되는 분위기였다. 그런데 윤 대리가 보이지 않았다.

부장도 마찬가지였다.

"어? 윤 대리 어디 갔어요?"

"응? 한나 씨가 데려간 거 아니었어? 아까 나갔잖아."

김 과장이 멍청한 표정으로 답했다.

"그건 수진 사원이고요."

"그럼 나는 모르겠는데."

"부장님은요?"

"글쎄, 혹시 부장님이 데려가셨나? 집에 데려다주시려나 보지."

잘도 그러겠다.

한나는 초조해졌다. 옷과 가방을 챙겨 나가려는데, 계단 쪽에서 윤 대리의 까르르 웃는 소리가 들렸다. 위쪽이었다.

"에이, 부장님. 그냥 맥주나 한잔해요. 2층 호프집이네."

목소리를 보아 윤 대리는 많이 취한 것 같았다. 자신이 무슨 말을 하고 있는지도 모를 정도로.

"그걸로 되겠어? 윤 대리야 그냥 바로 3층으로 가자. 거기서 맥주 마심 되지."

3층은 노래방이었다. 그리고 4층부터는 모텔이었고. 지옥 같은 빌딩 구조에 치를 떨며 한나는 성큼 걸음을 옮겼다. 그런데 두 사람이 보이지 않았다. 2층에서도, 3층에서도. 설마 4층까지 데려간 거야?

천 부장 너 오늘 나한테 제대로 걸렸어.

화가 머리끝까지 폭발한 한나는 오늘 기어이 끝장을 보겠다는 마음으로 계단을 두 칸씩 뛰어올라 갔다. 모텔 카운터에 축 늘어져 있는 주인이 보였다. 한나는 카운터의 유리벽을 두드리며 그를 호출했다.

"방금 술 취한 남녀 둘이 올라오지 않았어요?"

"어…… 그런데요?"

"그 사람들 어디로 갔어요?"

"그건 알려드릴 수 없는데요."

한나는 쾅 소리가 나도록 유리벽을 세게 내려쳤다.

"빨리 말해요. 공범으로 신고하기 전에."

한참 눈싸움을 이어가던 사장은 결국 꼬리를 내리며 한나에게 객실 번호를 알려주었다. 사장에게 마스터키를 빼앗은 한나는 근처에 보이는 빗자루를 집어 들고 객실로 향했다.

그리고 살금살금 조심스럽게 문을 열었다.

한나는 자신이 뭘 보고 있는 것인지 한동안 이해할 수 없었다. 사장이 있었다. 비서도. 각 프로젝트의 본부장들도. 그리고 부장과 윤 대리도. 임원회의라도 열린 것처럼 회사의 중역들이 모텔 침대 주위에 둘러앉아 요가 자세로 윤 대리를 둘러싸고 있었다. 술에 취해 잘못 본 걸까? 그들의 이마에는 달팽이처럼 가느다란 더듬이가 돋아 있는 것도 같았다.

윤 대리의 모습은 더 괴상했다. 윤 대리는 눈을 감은 채 커다란 고무대야 안에 웅크리고 앉아 양 손바닥을 다소곳이 가슴 위에 모으고 있었다.

대야 안에 점차 물이 차올랐다. 물은 윤 대리의 손톱과 발톱 아래에서 새어 나오고 있었다. 물이 빠져나갈수록 윤 대리의 몸은 비쩍 말라붙었고, 부장은 그런 윤 대리의 입에 식용유를 부어 넣었다. 해맛 식용유. 상표까지 기억에 새겨질 정도로 그 모습은 강렬했다. 윤 대리는 젖 빠는 아기처럼 꿀꺽꿀꺽 업소용 초대형 식용유 한 통을 삼켰다. 이윽고 대야가 넘칠 정도로 물이 빠져나가고, 윤 대리의 체액은 식용유로 가득 채워졌다. 시간이 지나자 윤 대리의 이마에서도 똑같은 더듬이가 돋아나기 시작했다.

이윽고, 번쩍 눈을 뜬 윤 대리가 입을 열었다.

"쐐애애애애애애애애액━━━━━━━━━━━━!"

4.

수진은 참지 못하고 빵, 웃음을 터뜨렸다.

"언니, 지금 연기하신 거예요? 쐐애애? 아, 귀여워라."

수진은 한 번 더 한나를 흉내 내며 놀렸다.

"아니, 진짜 이랬다니까."

"알겠어요, 알겠어. 아침부터 진짜 재밌으셔."

"장난치는 거 아니래도."

한나는 심각한 표정을 풀지 않았다.

"정말 안 믿어줄 거야?"

이거 진심인가? 농담인가? 아님 그냥 미친 건가?

"술 먹고 악몽이라도 꾸셨어요? 이리 와요, 제가 토닥여
줄게."

"에이씨, 그런 거 아니라니까."

한나는 회의실 문을 박차고 나갔다. 내가 너무 심했나? 언
니 화났으면 어쩌지? 수진은 조금 겁이 났다. 토닥여 준다는
말은 하지 말걸 후회도 들었다.

하지만 그런 고민이 무색하게, 1분도 채 지나기 전에 한나
가 다시 돌아왔다. 그것도 윤 대리와 함께.

"어? 수진 씨 여기 있었네."

"윤 대리님?"

뭐야, 멀쩡하잖아. 역시 장난이었네. 수진은 마음을 쓸어
내렸다. 하지만 그 순간,

한나가 윤 대리의 뒤통수를 빗자루로 내려쳤다.

"쐐애애애애애애액————!"

바닥에 쓰러져 바둥거리는 윤 대리의 울음소리는 한나가 흉내 낸 것과 정말 비슷했다. 한나는 침착하게 손수건으로 윤 대리의 입을 막았다. 둘이 짜고 치는 장난이라기엔 너무 지나치잖아. 필사적으로 바둥거리며 소리치는 윤 대리의 모습이 연기처럼 보이진 않았다. 게다가 분장이라기엔 더듬이가 너무 실감 나게 돋아 있었다. 더듬이를 눈으로 확인한 순간 수진은 얼어붙었다.

한나는 무릎으로 윤 대리의 꺾인 팔을 단단히 제압한 다음, 턱짓으로 바닥에 흐른 침을 가리켰다. 사람의 체액이라고는 도저히 생각할 수 없는 샛노란 색깔. 발끝으로 슥슥 문지르자 미끈거리는 것이 마치 식용유 같았다.

"이제 믿어?"

한나가 물었다. 수진은 아무 대답도 못한 채 고개만 끄덕였다.

"이제 좀 도와줘."

한나와 수진은 멀티탭으로 윤 대리의 팔다리를 꽁꽁 묶은 다음 회의실 구석의 캐비닛에 집어넣고 문을 잠갔다. 안에서 쾅쾅쾅 소리가 들렸지만 두 사람은 애써 무시하며 캐비닛에 청 테이프를 몇 겹이나 발랐다.

"이걸로 될까요?"

수진이 물었다.

"당분간 시간은 벌어주겠지. 회의실 문도 안에서 잠가버리자. 아무도 못 들어오게."

"그런 다음에는요?"

"일단은 사무실로 돌아가. 점심때까진 아무것도 모르는 척 일하고 있어."

"이 상황에 일을 어떻게 해요!"

수진은 자기도 모르게 소리를 질렀다. 한나는 떨고 있는 수진의 어깨를 붙잡아 진정시켰다.

"수진아, 진정해. 평소랑 다른 모습 보이면 의심을 살 거야. 갑자기 출근을 안 하거나 사표를 내면 더 의심받을 거고. 어쩌면 집까지 쫓아올지도 몰라. 회사에 우리 주소랑 전화번호도 다 있잖아."

한나의 말에 일리가 있었다.

"일단 업무로 복귀. 점심 식사 후에 몰래 7층 계단에서 만나. 알겠지?"

"네, 언니."

두 사람은 다시 사무실로 돌아갔다.


5.

의심하자니 하나부터 열까지 의심스럽고, 의심을 안 하자니…… 아니, 어떻게 이 상황에 의심을 안 해?

수진은 일이 하나도 손에 잡히지 않았다. 멍하니 머릿속에서 방금 전의 기억만 팽팽 맴돌 뿐이었다.

'부장이 끝까지 잔을 돌리려고 한 거 보면 거기다 무슨 약이라도 발라놓은 거 아닐까? 아니면 무슨 바이러스 같은 게 침으로 전염되거나 그런 걸지도 몰라. 실제로 윤 대리가 그 잔 받아먹고 이상해졌고.'

헤어지기 전, 한나가 단단히 주의를 주었다.

'알겠지, 수진아. 아무것도 받아먹지 마, 만지지도 말고.'

어떻게 그래요.

수진은 고개를 돌려 책상 한쪽 구석을 바라보았다. 달콤한 과자와 캔커피가 진수성찬처럼 쌓여 있었다. 모두 오늘 아침에 직접 구입한 것들이었다. 그것도 피 같은 월급으로. 직장인의 유일한 낙을 포기하라고? 그럼 회사를 어떻게 다니냐고요. 수진은 침울해졌다.

모니터에 엑셀과 포토샵을 띄워놓고 조심스레 주위를 살폈다. 의심스러운 인간들이 한둘이 아니었다.

'제일 의심해야 될 사람들은 위생관념 없는 사람들이야. 그런 사람들은 자기도 모르게 감염되었을 확률이 높으니까.'

한나는 그렇게 말했다. 수진은 집중해서 주위를 살폈다. 옆자리 과장이 치실로 이에서 이물질을 빼내고 있었다. 으엑, 저런 건 좀 화장실 가서 하지. 과장은 치실을 버리지 않고 책상 위에 두었다. 나중에 다시 쓰려는 모양이었다. 건너

편 대리는 생수통 주둥이를 닦지도 않고 냉온수기에 뒤집어 얹더니, 습관처럼 "우리 팀 여직원들 나 아니었음 오늘 커피도 못 마셨네" 운운하며 입에 침을 묻혀 종이컵을 빼냈다. 나머지 컵에도 침이 묻었을 것 같았다. 팀장은 책상 아래로 몸을 푹 숙이고 있었는데, 어깨가 들썩이는 걸 보아하니 무좀 걸린 발가락을 긁고 있는 모양이었다. 얼마 후 그는 다시 일어나 쓱 코를 훔쳤다.

그들 중 누구도 손을 씻으러 화장실에 가지 않았다. 물티슈로 닦는 사람조차 없었다.

온 신경을 집중하다 보니 평소엔 들리지도 않았을 희미한 방귀 소리까지 전부 신경 쓰였다. 수진은 미쳐버릴 것만 같았다. 위생만으로는 부족해. 더러운 새끼들이 많아서 이걸로는 구별이 안 되잖아.

어쩔 수 없이 수진은 한나가 알려준 두 번째 기준으로 외계인을 선별해 보기로 했다. 한나는 이렇게 말했다.

'그다음으로 의심스러운 건 비인간적인 놈들. 어떻게 인간이 그렇게 감정도 없이 잔인한 말을 할 수 있나 했어. 이제 보니 인간의 탈을 쓴 외계인이었던 거야, 빌어먹을 놈들.'

제일 의심스러운 건 팀장이었다. 그는 여직원들만 골라 있는 트집 없는 트집 다 잡아서 울음을 터뜨리게 만든 다음, 등에다 대고 "이래서 여직원들이랑 일하면 불편해" 운운하는 변태자식이었으니까. 그런 주제에 남자 직원들에게는 어찌나 부드러운지. 아, 혹시 그놈들도 전부 외계인인 건가? 그래서 상냥하게 대해 준 건가? 어쩐지 항상 지들끼리 술 마시러 다니더라.

건너편 기획팀의 차장은 또 어떻고. 몸살감기로 앓아 누웠을 때 계속 전화가 와서 받았더니 오늘까지 홍보 시안 꼭 넘겨줘야 한다고 난리를 치지 않았던가? 부친상을 당한 외주 일러스트레이터를 찾아가서 왜 프로답지 않게 작업 기간을 넘기냐 닦달하기도 했었고. 그런 놈을 에이스라고 부둥부둥하는 그 위의 팀장은 또 어떻고.

의심하자니 끝도 없었다. 수진은 숨이 막혀 죽어버릴 것만 같았다.

메모지에 차분히 블랙리스트를 작성한 수진은 종이를 접어 주머니에 넣고 식당으로 향했다. 직원들이 식판을 하나씩 들고 배식용 음식 앞에서 큰 소리로 떠들고 있었다. 저기침 다 들어갔겠지? 신경 쓰기 시작하니 모든 것이 신경 쓰였다. 밥맛이 떨어진 수진은 다시 식판을 내려놓고 곧장 7층으로 향했다.


6.

수진과 똑같은 생각이었는지, 한나도 이미 약속 장소에 도착해 있었다.

"어떤 거 같아?"

한나가 물었다. 수진은 쪽지를 건네며 말했다.

"의심 가는 사람이 너무 많아요. 언니, 이제 어쩌죠?"

"어쩌긴, 하나씩 조져야지. 뒤통수 때리면 정체 드러나는 거 봤잖아."

"때렸는데 외계인 아니고 사람이면요."

"음……."

한나는 길게 고민하지 않았다.

"그런 놈들은 좀 맞아도 되잖아."

"하나씩 해치우려면 시간이 너무 많이 걸릴 텐데요."

"맞아. 일단은 믿을 수 있는 사람들부터 모아야겠어."

"믿을 만한 사람이 있을까요?"

한나는 잠시 고민에 잠겼다.

"생각나는 사람이 한 명 있어."

"누구요?"

"개발팀 조미주 대리. 절대 입에 술 안 대는 걸로 유명하거든."

"아, 술이 저보다도 약하신가 봐요?"

"아니, 자기는 술이 너무 세서 한번 억눌러둔 봉인이 풀리면 세상에 큰일이 벌어진다나 뭐라나."

뭐야 그게.

한나의 설명에 따르면 조미주 대리의 정신세계는 4차원을 훌쩍 넘어 주변 직원들과도 딱히 소통이 되지 않는 모양이었다. 술은 입에 한 잔도 대지 않았고, 당연히 회식에 참여하는 일도 없었다. 미주는 항상 헤드폰을 눌러쓴 채 과묵하게 일만 했다. 게다가 문고리 하나 맨손으로 만지지 않는 결벽증까지. 현 상황에선 회사 내에서 가장 믿을 만한 사람이었다.

"그런데 우리 말을 믿을까요?"

"믿게 만들어야지."

"혹시 그분이랑 친하세요? 저는 안 친해서……."

"응, 괜찮아. 미주 씨도 우리 조합원이거든."

든든한 위원장 한나가 말했다.

한나와 수진은 엘리베이터를 타고 곧장 미주가 일하는 13층으로 향했다. 언제나처럼 미주는 양반다리로 의자에 앉은 채 모니터만 뚫어져라 쳐다보며 키보드를 두드리고 있었다. 광대뼈까지 내려앉은 다크서클을 애써 무시하며, 한나는 미주에게 말을 걸었다.

"저기, 미주 씨. 할 얘기가 있는데."

"……."

"미주 씨?"

미주는 말없이 키보드를 두드렸다. 그러자 한나의 휴대폰에 진동이 울렸다.

문자 메시지였다. 한나와 수진은 함께 메시지를 확인했다.

— 무슨 일로 오신 건지 알고 있으니까 소란 피우지 마세요.

한나는 고개를 끄덕이며 답장을 썼다.

─ 응. 근데 왜 문자로 해요? 말로 하지.

미주는 한숨을 쉬며 다시 키보드를 두드렸다.

─ 지금 다들 우리만 쳐다보고 있는 거 모르시겠어요?

메시지를 확인하자마자 한나는 긴장하며 주위를 힐끔 둘러보았다.

지잉. 다시 메시지가 도착했다.

─ 티 내지 말라니까.

"어느 부서에서 오셨어요?"

누군가 그들 곁으로 다가와 물었다. 얼굴을 본 적 있는 프로그래머였다. 한나는 황급히 휴대폰을 감추며 억지 미소를 지어 보였다.

"안녕하세요. 지원팀 요한나 대리입니다. 이쪽은 홍보팀 인턴 한수진 사원이고요."

"아 그러시구나. 커피 한 잔씩 하세요."

남자는 활짝 웃으며 종이컵에 담긴 믹스커피를 건넸다. 얼떨결에 컵을 받아 들었지만 마시고 싶은 생각은 들지 않았다. 한나와 수진이 컵을 들고만 있자 남자는 재촉하듯 물었다.

"안 드세요?"

"아, 네. 밑에서 마시고 와서요."

한나가 말했다. 그러자 남자의 표정이 조금 차가워졌다.

"그러시구나. 전 또 믹스커피 같은 건 안 드시나 했죠. 요즘 그런 분들이 많아서요. 아니면 카뉴로 다시 타드릴까?"

"아, 아니에요. 괜찮습니다."

한나와 수진은 꾸벅 인사했다. 하지만 남자는 꼼짝도 하지 않았다. 쭉 종이컵만 뚫어져라 바라볼 뿐이었다.

"정말 안 드세요?"

"아니 그게, 그러니까 커피가 이게…… 종이컵이…… 환경이…… 그치, 수진아?"

"네? 네! 그렇죠! 이게 환경 호르몬이…… 이, 이게 아닌가?"

두 사람이 뜸을 들이자 직원들이 점점 모여들기 시작했다. 목석처럼 서서 조용히 응시하는 시선에 숨이 막힐 것 같았다. 한나는 미주를 바라보았다. 미주는 여전히 타닥타닥 키보드를 두드리며 모니터만 뚫어져라 바라보고 있었다.

설마, 함정인가?

의심이 떠오른 순간 다시 휴대폰에 문자 메시지가 도착했다. 한나는 곧장 화면을 쳐다보았다.

─ 3초 후에 복도로 뜁니다. 실시.

에라 모르겠다. 한나는 마음속으로 숫자를 헤아렸다. 셋. 둘. 하나.

"수진아 뛰어!"

한나가 외치는 것과 동시에 13층의 모든 스프링클러에서 물이 쏟아졌다. 피부에 물이 닿자 외계인들은 일제히 "쐐애애애애애애애액───!" 하고 소리치며 날뛰기 시작했다.

한나와 수진과 미주는 뒤도 돌아보지 않고 복도로 뛰쳐나갔다. 그러나,

13층입니다.

복도에 몰려 있는 여섯 개의 엘리베이터가 일제히 열리며 무표정한 직원들이 튀어나왔다. 그들의 이마에는 모두 더듬이가 돋아 있었다. 미주는 손에 쥐고 있던 노트북을 재빨리 두드렸다. 머리 위에서 또 한 번 수돗물이 쏟아졌다. 세 사람은 비상문을 열고 계단으로 뛰어들었다.

아래쪽에서 "쐐애애애액―――"소리가 들려왔다.

"일단 위로 갑시다!"

한나가 가쁜 숨을 몰아쉬며 소리쳤다. 미주와 수진은 고개를 끄덕이며 한나의 뒤를 따랐다.

14층, 15층, 이윽고 20층까지 올라왔지만 다시 복도 쪽으로 들어갈 엄두가 나지 않았다. 신체강탈 외계인들이 어디에 얼마나 숨어 있을지 알 수 없었다.

"좀 쉴까요?"

한나는 멈춰 서서 호흡을 회복하며 아래쪽에 귀를 기울였다. 조용했다. 더는 쫓아오지 않는 모양이었다.

"언제부터 알았어요?"

한나는 미주의 헤드폰을 벗기며 물었다.

"…… 두 달쯤 전?"

"근데 왜 가만히 있었어요?"

"회사 그만두면 월급을 못 받잖아요."

"아니이, 지금 월급이 문제가……."

하긴, 문제는 문제였다.

"어디까지 알고 있어요?"

"보안팀 CCTV 기록을 좀 훔쳐봤는데, 감염된 사람이 30퍼센트 정도 돼요. 아마 오늘 이렇게 난리를 쳤으니 더 늘어나겠죠."

"물이 약점인 건 어떻게 알았어요?"

"아무도 손을 안 씻더라고요. 물을 싫어하는구나 싶었죠."

"그 외에 알아낸 건 없어요?"

"저도 딱히…… 일하느라 바빠서요. 우리 팀 지금 크런치 모드거든요."

망할 헬조선. 지금 프로젝트가 문제야? 미주의 4차원성에 질려버린 한나는 미주의 귀에 다시 헤드폰을 씌웠다.

"언니들, 이제 어떡하죠? 아래쪽은 그 괄태충들이 다 지키고 있을 텐데……."

한나는 잠시 고민했다. 하지만 아무리 생각해도 방법은 하나뿐이었다.

"이렇게 된 이상 사장실로 가야지."

"네?"

깜짝 놀란 수진은 한나의 팔을 꽉 붙잡았다.

"보스 잡고 엔딩 봐야지."

"저도 동의해요. 어차피 달리 방법도 없고."

미주가 말했다.

— 나도 동의.

동시에 세 사람의 휴대폰에 메시지가 도착했다.

"010-8888-××××? 누구 번호지? 아는 사람 있어요?"

한나가 물었지만 다른 두 사람도 모르는 것은 마찬가지였다.

곧이어 두 번째 메시지가 도착했다.

— 23층으로 와요. 여긴 안전하니까.

메시지를 읽은 세 사람은 말없이 서로의 눈빛을 쳐다보았다. 먼저 입을 연 것은 수진이었다.

"혹시 함정일까요?"

"음……."

한나는 턱을 쓰다듬었다.

"23층이면 재무실이군요."

미주가 말했다. 그 말을 듣자마자 세 사람은 동시에 한 사람을 떠올렸다.

그래, 그 사람이라면……

믿을 수 있어.

"갑시다."

한나가 말했다. 다른 두 사람도 고개를 끄덕였다.

7.

세 사람은 23층까지 올라가 문을 열었다. 다행히도 23층 복도는 텅 비어 있었다. 한나는 곧장 목적했던 방으로 향했다. 재무실장실. 문을 열자 메시지의 주인공이 그들을 기다리고 있었다.

"어서 와요, 요한나 위원장님."

"심 실장님."

한나는 꾸벅 인사했다.

"에이, 인사는 무슨. 나도 일개 조합원인데."

185센티미터가 넘는 키에 쇼트커트 머리를 한 늘씬한 여성이 미소 지으며 한나를 맞이했다. 왜 언니 앞에서 저렇게 웃는 거람. 저 키에 슬림핏 바지 정장은 좀 반칙 아니야? 수진은 상대를 견제하듯 한나의 곁에 단단히 들러붙었다.

"한나 씨, 이거 받아."

심 실장은 사무실 한쪽에 서 있는 기사 모양의 마네킹에서 오각형 방패를 뽑아 한나에게 건넸다. 다음 달에 출시할 신작 게임의 홍보용으로 제작된 소품이었다. 가짜여도 묵직한 무게감만은 진짜였다.

"어, 이거. 제가 디자인한 건데……."

디자인을 알아본 수진이 쑥스러워하며 방패를 쓰다듬었다.

"음…… 수진 씨는 이거?"

수납장 서랍에서 권총 두 자루가 튀어나왔다. 작년에 출시

한 모바일 게임의 인기 캐릭터가 사용하던 소품이었다. 수진이 당황하며 손사래 치자 심 실장은 싱긋 웃으며 말했다.

"걱정 마. 이거 물총이니까."

심 실장이 단단한 손길로 권총을 양손에 하나씩 쥐여주었다. 가느다란 손가락이 닿자 혼이 쏙 빠져버릴 것만 같았다. 수진은 머리를 붕붕 휘둘렀다. 정신 차려 한수진, 한나 언니가 옆에서 보고 있잖아.

"미주 씨는 뭐가 좋을까?"

"저는 이거면 됩니다."

미주는 점퍼 주머니에서 전기 충격기를 꺼내 보였다.

"좋아. 그럼 가볼까?"

심 실장은 세 사람에게 KF94 등급 마스크를 한 장씩 나눠준 다음, 마네킹에서 거대한 대검을 뽑아 어깨 위에 둘러멨다.

"잠깐만요!"

한나가 모두를 멈춰 세웠다. 한나는 사무실 문을 막아서며 심 실장을 매섭게 노려보았다.

"실장님은 어디까지 알고 계시죠?"

"한나 씨랑 별 차이는 없을걸?"

"그래도 일단 말해 주세요."

"좋아. 가면서 설명할게."

네 사람은 다시 계단을 오르기 시작했다. 사장실이 있는

47층까지 한참을 올라가야 했다. 걸음을 옮기며 심 실장은 천천히 입을 열었다.

"사장이 이상해진 건 석 달쯤 전부터였어. 임원 회의에서 갑자기 정수기 회사를 인수해야겠다는 거야. 우린 게임 회사인데 갑자기 왜 정수기 사업을 해. 아무리 생각해도 이상했어. 그래서 좀 뒤를 캐봤지."

심 실장이 말했다.

"그랬더니 이상한 점이 한두 가지가 아니더라고. 나도 모르게 회식비 집행은 열 배나 늘어나 있지, 직원들은 매일같이 술판이지, 거기다 임원들이 겁도 없이 모텔이랑 룸살롱 비용까지 법인 카드로 싹싹 긁었더라고. 내 허락도 없이 전부 뒤질라고 진짜."

심 실장은 정말로 화가 난 모양이었다.

"그래서 그놈들을 한번 따라가 봤어. 그리고 실체를 알게 됐지."

"술자리에 따라가셨다고요?"

한나가 끼어들어 물었다.

"응."

"누가 술잔을 돌리거나 하진 않았고요?"

"응? 누가? 감히 나한테?"

심 실장이 대검을 어깨에 얹은 채 되물었다. 맞는 말이었다.

"걱정 마. 1차에서 중간에 빠져나온 다음에 조용히 사장을 미행했어. 그 뒤에 벌어진 일은…… 아마 다들 알고 있는 눈치인데."

세 사람은 고개를 끄덕였다.

"세 사람, 내가 꽤 오랫동안 지켜봤어. 바이러스에 감염되지 않았다고 확실히 믿을 수 있는 건 이렇게 셋뿐이더라고. 좀 긴가민가한 애들도 있긴 한데, 걔들은 영 미덥지가 않아서 제외했고."

심 실장은 '바이러스'라고 확신하는 모양이었다.

"바이러스 감염이 확실한 건가요?"

"응. 대외협력 본부장이 직접 실토했으니까 거의 확실할 거야. 외계에서 온 바이러스인데 이름이 무슨 '순수'라던가. 이걸 감염시키는 게 외계인 놈들한테는 종교의식 같은 거더라고."

대외협력 본부장이 어디서 무슨 일을 겪었는지에 대해서는 묻지 않기로 했다. 그 대신 한나는 앞으로의 계획에 대해 물었다.

"사장을 잡으면 뭘 어떻게 하실 생각이세요?"

"조져야지."

"그다음에는요?"

"조져보면 알겠지."

아, 그러시구나.

한나는 더 묻지 않기로 했다.

8.

이십 층 가까이 계단을 올랐더니 허벅지가 터질 것만 같았다. 한나는 방패를 지팡이처럼 짚다시피 하며 네 발로 빌딩을 기어올랐다.

"그러게 한나 씨, 주말에 등산 가자고 할 때 같이 가지."

심 실장이 말했다.

"그러게요."

한나는 숨을 헐떡이며 한참 늦은 후회를 뱉었다. 이제 거의 도착한 듯싶었다. 최상층 스카이라운지 바로 아래, 사장실이 있는 47층 복도로 통하는 문이 보였다.

"바로 출발?"

턱에 걸쳤던 마스크를 끌어올린 심 실장은 손수건으로 문고리를 감싸쥐며 말했다. 나머지 세 사람도 고개를 끄덕이며 각자 포지션을 잡고 마스크를 썼다.

문을 열자마자 네 사람은 사장실을 향해 빠르게 돌진했다. 텅 빈 복도를 꺾자마자 입구를 지키는 두 명의 직원이 보였다. 한나는 방패를 끌어당긴 채 왼쪽에 서 있는 놈에게 몸통박치기를 날렸다. 쓰러진 놈의 얼굴에 수진이 물총을 분사하자 놈은 "쐐애애액──" 소리를 내며 바둥거렸다. 천천히 걸어온 미주가 전기 충격기로 놈을 기절시켰다. 그러는 사이 반대편에 서 있던 직원이 심 실장을 향해 달려들었다. 심 실장은 대검의 옆면으로 상대의 몸통을 후려쳐 한 방에 기절시켰다.

심 실장은 잠긴 유리문에 화분을 던졌다. 와장창 깨지는 파편을 밟고, 네 사람은 사장실 안으로 들어섰다. 하지만 사장은 보이지 않았다. 비서뿐이었다.

"당신들! 지금 이러고도 무사할 줄 알아요?"

비서는 당황한 기색도 없이 그들에게 따져 물었다.

"사장 어디 갔어?"

"오늘 출장이세요."

"어디로?"

비서는 대답하지 않았다.

"묶어."

심 실장이 턱짓으로 지시했다. 한나와 수진은 비서의 입에 마스크를 씌우고 팔을 묶었다.

"사장 컴퓨터에 신도 명단이랑 증거가 남아 있을 거야. 미주 씨, 부탁해."

미주는 집무실 문을 열고 안으로 들어갔다. 한나는 비서를 끌고 미주의 뒤를 따랐다. 뒤이어 심 실장과 수진도 안으로 들어왔다. 수진은 문을 걸어 잠갔다.

"비서님, 이거 암호가 뭐죠?"

미주가 물었다. 하지만 비서는 대답하지 않았다. 한나는 비서의 귓가에 방패를 대고 사장의 명패를 쾅쾅 두드렸다. "쐐애애애애액————!" 더듬이가 튀어나오도록 몇 번이나

징을 울렸지만 비서는 완강히 버텼다. 결국 심 실장이 앞으로 나서서 대검을 높이 치켜들었다.

"한나 씨, 달팽이가 반으로 쪼개지면 둘이 되던가?"

"그건 플라나리아고요."

"똑같은 거 아냐? 한번 해보자."

"자, 잠깐!"

그제야 놈이 반응을 보였다.

"나, 나는 컴퓨터 같은 거 쓸 줄 모른다! 쐐애애액———!"

"뭐?"

"사, 사장놈이 알아서 켰다. 암호 같은 거 나는 모른다!"

"아무래도 진짜 같은데?"

심 실장이 말했다. 미주는 난처하다는 듯 인상을 찌푸렸다.

"해킹으로 풀려면 시간이 많이 걸리는데요."

"그럼 이제 어쩌죠?"

수진이 물었다.

"키보드 밑에 한번 보세요. 모니터 옆이나."

한나가 말했다. 미주는 키보드를 뒤집었다. 과연 거기에 포스트잇이 하나 붙어 있었다.

'내가순수짱123**'

"이게 IT회사 CEO가 쓸 암호야?"

미주가 혀를 차며 키보드에 입력하자 화면이 열렸다. 바탕화면에 무슨무슨 계획서니 무슨무슨 등급표니 하는 파일들이 줄줄이 놓여 있었다. 미주는 곧장 USB에 파일들을 복사했다.

"근데 좀 이상하지 않아요?"

수진이 말했다.

"너무 조용해요. 왜 아무도 없죠?"

"다 예배하러 갔나 보죠."

미주가 대신 설명했다. 미주는 가져온 노트북을 조작해 2층 대강당의 CCTV를 보여주었다. 500명 가까운 직원들이 그곳에 모여 있었다.

"항상 4시만 되면 이렇게 모여요. 그동안엔 인원이 적어서 별로 티가 나지 않았는데, 오늘 확 늘어난 것 같네요. 공격적으로 감염시킨 모양이죠."

"저 사람들이 전부 감염자라고요? 회사 사람 절반은 되는 거 같은데……."

수진이 놀란 표정으로 말했다. 네 사람은 잠시 상황을 지켜보았다. 누군가 연단 위에 올라가 마이크를 잡았다. 천 부장이었다.

"오오 순수여!"

그가 외치자 모든 이들이 '순수'를 합창하기 시작했다.

"순수! 순수!"

"이제 곧 우주의 가을이 온다!"

"순수! 순수!"

"쐐애애애애애━━━━!"

외침과 함께 사방으로 튀어오른 침이 다시 서로의 입으로 떨어졌다. 어찌나 많은 습기가 뿜어나오는지 1000명을 수용하는 대강당에 뿌연 안개가 낄 정도였다. 천 부장은 흡족한 표정으로 안개를 들이마시며 마이크를 잡았다. 그의 등 뒤에 PPT 화면이 띄워졌다.

"본 예배에 앞서 여러분들이 가장 기다리는 기쁜 순서가 찾아왔다."

천 부장이 말했다.

"바로 가챠 타임!"

천 부장의 등 뒤로 커다란 QR 코드가 떠올랐다. 샛노란 테두리를 보아하니 코코아톡 송금을 위한 결제 코드인 모양이었다.

"우주의 가을이 찾아오면 지구는 멸망하나니! 오직 6성 S-S-R 순-수-레어 카드를 소지한 진짜 신도만이 안드로메다은하의 중심인 '순수' 본성(本星)으로 이주할 수 있다! 어서 가챠를 돌리거라! 한 번에 100만 원!"

천 부장이 소리치자 신도들은 일제히 휴대폰을 꺼내 QR 코드를 스캔하기 시작했다. 각자의 휴대폰에서 번쩍번쩍 카드 돌아가는 소리가 들리더니 별 하나부터 여섯 개까지 제각각 다른 등급의 카드가 뽑혀 나왔다. 여기저기서 기쁨의 환성과 슬픔의 탄식이 쏟아졌다.

한 번으로 그치지 않고 연참을 돌리는 신도들도 있었다. 맛이 간 눈빛으로 "으헤헤 100연참 간다!" 하고 소리치며 주위의 박수 세례를 받는 사람마저 나올 정도였다. 천 부장은 이 모든 광경을 흡족한 표정으로 내려다보고 있었다.

"우리 신도들! 이제 충분히 신앙을 증명했느냐?"

"쐐애애애애애액————!"

"내일도 또 예배가 있으니 어서 결제할 금액을 마련해 오거라! 너희 옆의 신도들은 벌써 다들 6성 카드를 마련했다. 이제 우주의 가을이 머지않았다! 서둘러야 한다!"

"쐐애애애애액————!"

어느 정도 상황이 정리되자 천 부장은 QR 코드를 내리고 업데이트 공지를 띄웠다.

"자 그럼 다음 달부터 적용될 새로운 시스템을 공지하마! 바로……."

등 뒤 화면에서 화려한 그래픽이 펼쳐졌다.

"7성 U-S-S-R 울트라-순-수-레어 카드!"

사람들이 웅성대기 시작했다.

"휴거 때 타고 갈 안드로메다행 방주의 크기는 정해져 있으나, 6성 카드를 가진 신도가 너무 많아지고 말았다. 해서, 앞으로는 7성 카드를 가진 신도만 데려갈 것이다!"

거친 반발이 터져 나왔다. 이미 6성 카드를 가진 자들인 모양이었다. 반면 아직 6성을 가지지 못한 이들은 새로운 기회라 생각하며 내심 기뻐하는 눈치였다.

"한 가지 업데이트가 더 있다!"

천 부장이 소리쳤다.

"바로 한계돌파 시스템! 6성 카드를 6장 모으거나, 신규 신도 100명을 데려온 신도는 7성 카드 한 장으로 교환이 가능하다! 기회는 너희 모두에게 열려 있다!"

"쐐애애애애애액————!"

모두가 흡족한 표정으로 소리치기 시작했다.

"다음 달엔 8성 카드가 나오겠는데?"

심 실장이 말했다.

"완전 미쳤어……."

한나는 치를 떨며 비서 앞으로 다가갔다.

"너희들 원하는 게 뭐야?"

비서는 고개만 갸웃거렸다.

"무슨 뜻인지?"

"사람들을 감염시키는 이유가 뭐냐고."

"아아."

비서는 중2병이라도 걸린 듯한 연극적인 표정으로 대답했다.

"크큭, 미개하고 불행한 자들이여. 순수를 전파하는 것이야말로 우주의 마지막 희망이라는 것을 아직도 모른단 말인가? 너희는 씻지 못할 죄를 지었다. 물과 계면활성제라는 우주에서 가장 사악한 두 가지 물질을 숭상한 죄! 순수를 파괴하는 끔찍한 악마의 물질을 뿌리 뽑지 못한 죄 말이다! 이제 곧 우주의 가을이 찾아와 너희 종족을 모조리 멸할 것이다! 오직 씻지 않는 자만이 방주를 타고 안드로메다의 천국에 가리라!"

진심인 모양이었다.

"오오 순수! 순수!"

놈은 점점 자기 역할극에 몰입하더니 알 수 없는 외계어를 쏟아내기 시작했다.

"여러분, 이걸 좀 보셔야겠는데요."

미주가 손짓하며 말했다. 네 사람은 함께 사장의 컴퓨터로 다가가 화면을 보았다. 누군가가 작성한 '순수 선교단'의 전도 계획서였다. 내용을 전부 읽어 내려간 네 사람은 충격을 받았다. 계획서라고 말하기엔 지나치게 조잡했기 때문이었다.


×월 ×일

지역 자경단에 발각되어 우주선 추락함. 다행히 현지인을 만나 '순수'를 전도할 수 있었음. 그것도 '사장'이라는 고위 신분. 역시 모든 것은 위대한 '순수'의 뜻대로.

순교라면 두렵지 않다.

미주는 다른 파일도 열어서 보여주었다.

×월 ×일
사장 놈을 시켜 천 부장에게 '순수'가 섞인 술을 먹였음.
취하면 우리 편. 정수기 회사를 사야겠다. 정수기 필터에
'순수'를 바르면 한 번에 끝.

또 다른 파일도 있었다.

×월 ×일
정수기 회사 못 삼. 나쁜 심 실장. 대신 회장을 우리 신도
로 전도시켰다. 이제 그 회사 내 꺼.
사장이 국회의원을 예배에 데려오기로 했다. 나중에 대통
령 되면 이 나라 내 꺼.


"이게 대체······." 한나가 말했다.
"뭐야······." 수진이 이어받았다.
"이미 늦었나."
심 실장이 비서의 멱살을 끌어당겼다.
"이거 네가 쓴 거냐?"
"크큭, 그렇다."
"사장은 언제 돌아오지?"

"크큭, 이미 돌아왔다. 이 건물은 완전히 폐쇄됐어. 너희는 못 빠져나간다."

미주는 곧바로 CCTV 화면을 확인했다. 1층과 지하 주차장 출입구마다 셔터가 내려가고 있었다. 빠져나갈 길이 없었다.

심 실장은 비서의 뺨을 확 잡아당겼다. 그러자 얼굴 피부가 뜯겨나가며 괄태충의 끈적한 본체가 드러났다.

"네가 진짜였군. 사장은 바지였어."

심 실장은 비서를 바닥에 팽개치고 손수건으로 손을 닦았다.

"크큭, 이제야 눈치챘느냐. 내가 바로 안드로메다에서 온 '순수'의 재림 선교사다! 오오! 위대한 순수여! 우주의 가을이여! 크큭!"

"크큭 한 번만 더 하면 진짜 둘로 쪼갠다?"

심 실장이 검을 높이 치켜들었다.

"크…… 포기해라, 이교도들아."

CCTV를 살피던 수진이 누군가를 가리키며 소리쳤다.

"여기, 여기요. 고에이 정수기 회장이에요. 역시나……."

예배당 맨 앞줄에 정수기 회사의 오너 일가가 앉아 있었다. 계획서에 쓰여 있는 대로 이미 감염이 끝난 모양인지, 그들은 누구보다 열성적으로 기도를 올리고 있었다.

"너희가 눈치채는 바람에 일정을 앞당겼지. 오늘 드디어

'순수'의 성전을 시작하기로 말이다. 조용히 지내는 건 오늘로 끝이다. 오늘 밤 이 건물 안에 있는 모두를 신도로 만들 것이다! 그리고 이 나라를 통째로 '순수'께 봉헌할 것이다! 크……."

"사장이 왔어요!"

화면 속, 수진이 손가락으로 가리킨 곳에 사장이 보였다. 그는 미래보수당 소속의 지역구 국회의원과 손을 잡고 연단 위로 올라가고 있었다. 의원은 자신이 무슨 일을 겪게 될 것인지도 모른 채, 멍청한 웃음을 지으며 신도들에게 인사했다.

"여러분 다다음 달에 선거 있는 거 아시죠? 이번에도 꼭 저를 지지해 주십시오! 제가 '순수'를 정식 국교로 만들어 드리겠습니다! 하느님 꼼짝 마!"

감염자들이 웃음을 터뜨렸고, 의원은 그들을 향해 큰절을 올렸다. 뻔한 거짓말이었지만 신도들은 들뜬 표정으로 그의 이름을 연호했다. 정말이지 못 볼 꼴이었다. 한나는 노트북을 덮어버렸다.

"이제 어쩌죠?"

수진이 물었다. 한나는 슬그머니 시선을 피하며 심 실장을 바라보았다. 그러나 심 실장도 뾰족한 수가 없는 모양이었다. 어색한 침묵이 이어졌다.

한나는 고민에 빠졌다. 이미 직원들 절반 이상이 넘어갔고, 탈출로는 놈들에게 봉쇄되었다. 설령 도망칠 수 있다 해도 그게 능사가 아니었다. 이대로라면 회사의 전 직원은 물론 국내의 정수기 공급망과 국회마저 외계인들 손에 넘어갈 터였다. 어떻게든 방법을 찾아야 했다.

"저기, 제가 작전이 하나 떠올랐는데."

정적을 깨고 미주가 말했다.

"미주 씨, 정말요?"

한나가 되물었다. 미주는 대답 대신 자리에서 일어나 비서 쪽으로 다가가 그의 몸을 뒤졌다. 미주는 예상이 맞았다는 듯, 회심의 미소를 지으며 주머니에서 물건을 끄집어냈다. 지혜의 고리처럼 복잡하게 생긴 장치였다. 미주는 장치를 내밀며 모두에게 말했다.

"이걸 사용합시다."

장치를 유심히 살피며 한나가 되물었다.

"그게 뭔데요?"


9.

"자, 의원님! 이제 의원님과 우리 사이의 끈끈은한 우정을 증명하기 위해 사장님과 입맞춤을 거행하시겠습니다!"

천 부장이 크게 외쳤다.

의원은 찜찜한 표정이었지만 표를 얻기 위해 억지로 고개를 끄덕였다. 사장은 양치도 하지 않은 입을 내밀며 천천히 다가왔다. 의원은 질끈 눈을 감았다. 씻지도 않은 손이 후보의 두 뺨을 감싸 쥐었다. 무대 뒤에서 직원들이 커다란 고무대야를 갖고 들어오는 모습도 보였다.

"잠깐!"

그 순간, 한나가 연단으로 뛰어들며 소리쳤다. 뒤따라 수진이 나타나 사장의 얼굴에 물총을 쐈다. 비명을 지르는 사장을 방패로 날려버린 다음, 한나는 연단을 향해 외쳤다.

"순수 같은 소리 하네, 이 계면활성제들아! 무기한 서버 점검이나 당해라! 7성 카드 롤백 돼라! 우주에 가을은 무슨, 여름만 평생 계속 돼라!"

"쐐애애애애애애액———!"

흥분한 신도들이 자리를 박차고 일어서기 시작했다. 노트북으로 그 모습을 지켜보고 있던 미주가 원격으로 스프링클러를 조작했다. 대강당에 소나기처럼 물줄기가 쏟아지자 신도들은 한층 더 흥분했다.

"쐐애애애애애애액———!"

"뛰어요! 죽기 싫으면!"

한나는 의원의 팔을 붙잡고 강당 밖으로 달리기 시작했다. 수진도 권총으로 엄호하며 그 뒤를 따랐다. 두 사람은 입구를 가로막고 있던 신도를 발로 걷어찬 다음, 곧장 복도 끝으로 향했다. 임원 전용 엘리베이터가 있는 방향이었다.

엘리베이터 앞에 미주가 대기하고 있었다.

"빨리 타!"

다 함께 엘리베이터로 뛰어들자마자 한나는 최상층으로 향하는 버튼을 눌렀다.

"다, 당신들 뭐요?"

"저희는 의원님 편입니다."

"웃기지 마! 얼굴도 전부 마스크로 감춘 수상한 놈들이⋯⋯."

수진은 의원의 입을 마스크로 틀어막았다.

"맞다, 의원님도 쓰세요. 감염되기 싫으면."

"이, 이게 무슨⋯⋯."

의원이 웅얼거렸다. 한나는 의원의 어깨를 붙잡으며 말했다.

"의원님, 잘 들으세요. 오늘 제가 구해드린 겁니다. 이게 다 목숨 빚이다 생각하고 앞으로 재선 성공하시면 주 4일제로 노동시간 단축도 좀 하시고, 공휴일도 두 배로 늘리고, 최저임금도 만 오천 원으로⋯⋯."

"최저임금은 안 돼!"

참다못한 수진이 그의 뒤통수를 때려 기절시켰다.

"흥이다! 어차피 나도 너 찍어줄 생각 없었거든!"

엘리베이터가 금세 최상층에 도착했다. 문이 열리자 심 실장이 꽁꽁 묶인 비서와 함께 그들을 맞이했다. 심 실장은 비서를, 나머지 세 사람은 기절한 의원을 질질 끌고 옥상으로 올라갔다. 어느새 쫓아온 감염자들이 계단 아래쪽에서 쐐애애애애애액——— 소리를 지르고 있었다.

"서둘러!"

비서의 더듬이를 거칠게 잡아당기며 심 실장이 소리쳤다.

"아니, 왜 기절을 시켜가지고. 무겁게."

투덜대는 미주를 쏘아보며 한나가 수진을 변호했다.

"아니 미주 씨, 무슨 말을 그렇게 해. 어차피 협조 안 할 놈인 거 미주 씨도 봤잖아. 차라리 기절한 게 낫지."

"그죠? 언니? 그죠?"

"시끄러워, 빨리 올라가기나 해!"

심 실장이 옥상 문을 열며 소리쳤다.

헬기 착륙 마크가 그려진 널따란 옥상이 보였다. 그들은 옥상 한가운데로 이동했다. 이제 더는 도망칠 공간이 없었다. 어느새 쫓아온 감염자들이 주위로 몰려들었다. 감염자들은 몇 겹으로 원을 만들어 그들을 포위했다. 심 실장은 대검으로 괄태충 비서의 목을 겨누었다.

"가까이 오면 더듬이 잘라버린다."

파지직. 미주도 전기 충격기를 갖다대며 심 실장을 거들었다.

"전기로 지져버립니다."

흐르는 콧물을 쓱 닦으며 천 부장이 한 걸음 앞으로 다가왔다.

"더 도망칠 곳은 없다! 이제 그만 포기하고 '순수'를 받아들이거라."

윤 대리도 나서서 그를 거들었다.

"'순수'는 진정으로 세상을 옳게 변혁하느니."

"시끄러워!"

한나가 소리쳤다.

놈들이 천천히 거리를 좁혀왔다. 사방에서 동시에 몰려드는 통에 대처할 방도가 없었다. 한 걸음, 또 한 걸음. 놈들은 네 사람의 마스크를 벗기기 위해 손을 뻗었다.

그리고 그 순간,

멀리 구름 속에서 한 줄기 새하얀 광선이 뿜어져 나왔다.

"어?"

수진이 놀란 표정을 짓자 감염자들의 시선도 그쪽을 향했다. 그리고 모두가 광선을 보았다. 광선은 점점 커지는 것처럼 보였다. 아니, 커지는 게 아니라 이쪽을 향해 빠르게 날아오고 있었다. 폭이 얼마나 되는지, 또 얼마나 높은 곳에서 쏟아지고 있는 것인지 가늠조차 되지 않았다. 광선은 빌딩을 집어삼키고도 남을 만큼 거대했다. 한나는 수진을 감싸듯 엎드리며 몸을 웅크렸다.

감염자들은 쐑액 쐑액 자기들끼리 불안한 대화를 나누기 시작했다.

"뭐야?"

"저게 뭐야?"

"큰일이다."

"도망쳐!"

갑자기 패닉에 빠진 감염자들은 저마다 기도문 같은 것을 외계어로 줄줄 읊어대기 시작했다.

그러거나 말거나.

광선은 한 톨의 자비도 없이 그들을 향해 덮쳐 들었다. 한나와 수진은 질끈 눈을 감았다. 눈꺼풀을 비집고 들어온 빛에 시야가 새하얗게 물들었다.

그리고,

다시 눈을 떴을 때, 옥상에는 한나와 수진, 미주와 심 실장, 그리고 기절한 의원만이 남아 있었다. 그들의 주위로는 텅 빈 옷가지들만이 무수히 널브러져 있을 뿐이었다.


10.

"자경단이었어요."

"네?"

"자경단 모르세요?"

기자는 당황스럽다는 듯 볼펜으로 '자경단'이라는 단어를 몇 번이고 수첩에 덧입혔다. 한나는 한 손으로 턱을 괴며 다른 손으로 커피잔을 들어 입으로 가져갔다. 기자는 수첩의 페이지를 넘겼다.

"우리 태양계를 포함해 은하계 7분면은 소위 말하는 인격신 계열의 종파들이 주류인 곳이에요. 감염신들이 아니라요. 말하자면 그 괄태충은 개척교회를 세우러 지구에 숨어들어온 선교사였던 겁니다. 그것도 종교적으로 아주아주 적대적인 지역예요. 제가 이메일로 자료 다 보내드렸는데, 안 읽어보셨어요?"

"아아. 종교요……."

기자는 '종교'라고만 썼다.

"자경단을 부른 건 저였어요. 선교사가 가지고 있던 통신 장치를 제가 작동시켰거든요. 일부러 모든 주파수에 잡음 신호를 흘렸죠. 외계인 선교사와 그 추종자들은 모두 자경단에게 끌려갔어요. 혹은 테러리스트에게 납치되었다고 표현해도 좋고요."

기자는 다시 '자경단'이라고 크게 썼다. 그건 아까 썼잖아, 이 사람아. 상대가 진지하게 받아들이지 않고 있다는 것쯤은 충분히 눈치챌 수 있었다. 의욕이 꺾인 한나는 빨리 결론만 정리해 알려주었다.

"사라진 분들이 어떻게 되었냐고 물으셨죠? 저도 몰라요. 아마 은하계 어딘가의 외계 행성에 감금되었겠죠. '순수'라는 감염신을 숭배한 죄로. 어쩌면 그보다 더한 일을 겪고 있을지도 모르고요."

한나는 자리에서 일어났다.

"제가 아는 건 여기까지. 기사로 쓰든지 말든지는 기자님 마음. 그럼 저는 이만."

한나는 뒤도 돌아보지 않고 카페를 떠났다. 아마 기사는 나오지 않을 것이다. 그런 확신이 들었다. 한나는 마스크를 뒤집어썼다.

사건이 일어난 후 네 사람은 직장을 옮겼다. 그뿐이었다. 몇 달이 지나자 사건은 점차 잊혀져갔다. 국내에서 손꼽히던 회사가 하루 만에 망하고, 그 직원 중 수백 명이 실종되었어도 세상은 뒤집어지지 않았다. 의원은 재선에 성공했고, 최저임금은 오르지 않았다.

금방이라도 비가 내릴 것만 같았다. 버스에서 내린 한나는 편의점에 들러 맥주 네 캔과 안주를 샀다. 어깨를 축 늘어뜨리며 골목길을 걸어 집 앞에 도착했다. 오늘도 무사히 돌아왔구나. 현관문을 열었다. 조용했다. 한나는 대충 외투를 던져두고 침실로 향했다.

침대에 누워 있던 수진이 벌떡 일어나 한나에게 물었다.

"언니! 손 안 씻었죠?"

• 저 먼 미래의 유크로니아

**저 먼 미래의 유크로니아**

『The Earthian Tales』 2021년 창간호

절대 따라오지 마.

식탁 위에 놓인 구겨진 메모 한 장. 그게 남겨진 전부였다. 겨우 그 한마디를 버려두고 하나는 미래로 떠나버렸다. 대체 언제부터 몰래 준비해 온 걸까. 아마 처음부터였겠지. 은하를 떠나보낸 날, 그때 너는 이미 나를 버리기로 홀로 결정을 마쳤던 거겠지.

정원은 쥐고 있던 메모지를 입 안에 구겨 넣고 한 점이 되도록 꾹꾹 씹어 삼켰다. 플라스틱으로 코팅된 종이의 뾰족한 모서리가 목구멍을 쓸어 찢는 통증이 느껴졌다. 끝내 종이를 삼키지 못했다. 거꾸로 배 속에 들어찬 것들을 모조리 토해내야 했다.

절대 따라오지 말라니.

주하나. 너는 내가 그럴 수 있을 거라 생각해?

은하가 세상을 떠났다.

수사관은 '묻지 마 폭행'이라는 짧은 단어로 사건을 결론 지었지만, 정원은 그게 아니라는 것을 알고 있었다. 범인은 분명 은하에게 물었다. 눈빛으로, 주먹으로, 발길질로. 자신에게 맞서 저항할 거냐고. 저항할 능력은 있느냐고. 너에게는 이래도 되는 것이 아니냐고. 어차피 세상 모두가 너에게 무관심하지 않냐고.

은하는 뼈가 약했다. 체내에 축적된 미세먼지가 골다공증을 일으켜 조그만 충격에도 골절이 일어나곤 했다. 그래서 정원도 하나도 언제나 솜털처럼 조심스럽게 은하를 보듬어 안아야 했다. 뼈가 열 군데가 넘게 부러진 은하를 업고 뒤늦게 응급실에 도착했을 때, 간호사가 정원에게 물었다. 환자분과 관계가 어떻게 되시나요? 그게. 가족인데. 가족이 아니어서. 분명 가족이 맞긴 한데.

그 순간 지체하지 않고 답했더라면 은하는 살았을까? 그래. 어쩌면 그럴지도 모른다. 하나에게 버림받은 이유가 그 때문인지도.

은하의 장례는 성당에서 치러졌다. 정원과 하나, 그리고 신부만이 참석한 조용한 장례였다. 미사를 끝마친 성당엔 무거운 침묵이 내려앉았다. 차갑게 식어버린 세계가 점점 소리를 잃어가고 있는 것만 같았다. 한참 동안 넋을 잃고 십자가를 올려다보던 하나는 둔중한 공기를 힘겹게 밀치고 일어나 신부에게 물었다.

'신부님. 우리 은하, 멀리 하늘나라에 잘 도착했겠죠? 저도 언젠가 천국에 가면 다시 은하를 만날 수 있는 거죠?'

그러자 신부는 차분히 고개를 가로저었다.

'많은 분들이 그런 오해를 하시지요. 하지만 천국은 먼 곳에 있지 않답니다. 그분의 왕국이 임하는 날, 하늘이 아닌 바로 이 땅에 본래의 육신을 입고 부활하는 것이지요.'

'그 몸으로요?'

하나는 차갑게 대꾸했다.

'언제요?'

'약속의 때가 오면요.'

'그게 대체 언젠데요?'

'아마도 먼 미래에……'

'아니, 그러니까. 그게 대체 언제냐고요.'

신부는 끝내 답하지 못했다.

어쩌면 하나는 그 질문에 대한 답을 찾기 위해 떠난 것인지도 몰랐다.

정말로 달에 가고 싶어 했던 건 은하였는데.

루나 게이트웨이행 셔틀의 편도 티켓을 받기 위해 3년이나 기다려야 했다. 하나가 떠난 것을 알게 된 직후 곧바로 이주 신청서를 접수했음에도, 정원에게 순번이 돌아오기까지는 그 정도나 많은 시간이 필요했다.

모두가 이곳을 떠나고 싶어 했다. 아니, 지금을.

지상을 벗어난 셔틀이 달 궤도에 진입하자 창밖으로 루나 캠프가 보이기 시작했다. 정확히는 한때 캠프였던 것의 흔적이었다. 웜홀 붕괴 사고 현장은 마치 스쿱으로 아이스크림을 파낸 것처럼 동그랗게 도려내졌다. 웜홀이 소멸한 공간엔 이제 텅 빈 진공과 매끄러운 절단면이 남아 있을 뿐이었다.

사고 이후, 사람들은 웜홀 너머로 빨려 들어간 이들이 대체어디로 흘러갔을지 궁금해했다. 하지만 그건 잘못된 질문이었다. 그들은 어디가 아닌 언제로 갔을지 물었어야 했다.

웜홀 붕괴 3개월 후, 첫 번째 파편이 현장에 나타났다. 그리고 얼마 후 두 번째 파편이, 뒤이어 끝도 없이 파편과 시신들이 캠프가 있었던 허공에 툭툭 쏟아졌다. 모두 루나 캠프의 일부였던 조각이었다.

웜홀은 해일처럼 그들을 미래로 휩쓸어갔다.

루나 캠프의 비극에도 불구하고 유크론 재단은 멈추지 않았다. 그들은 전 세계의 자금을 빨아들여 결국 웜홀을 상용화하는 데 성공했다. 루나 게이트웨이. 사멸하는 지구의 마지막 희망. 종말의 시간을 견디지 못한 사람들은 서둘러 미래로 떠나기 시작했다. 하지만 다시 과거로 돌아온 사람은 없었다. 어쩌면 거대한 믹서기일지도 모르는 기계에 수백만 명의 사람들이 자신의 몸을 밀어 넣었다. 세계는 그 정도로 절박했다.

'떠나세요. 당신만의 유크로니아로.'

셔틀이 루나 게이트웨이에 도착하자 거대한 전광판이 정원을 맞이했다. 간단한 입국 수속을 마치고 배정받은 숙소에서 유크론 재단의 직원이 기다리고 있었다. 새하얀 셔츠 위에 걸친 조끼 모양 유니폼이 주름 하나 없이 매끈했다.

"한정원 씨, 맞으신가요?"

직원이 유창한 이주민 표준 언어로 물었다. 표준 언어라는 거창한 이름이 붙어 있지만 실상은 결국 영어였다. 예외적인 발음과 문법을 제거해 시간이 흘러도 변화하지 않도록 단순화시켰다는 차이가 있을 뿐. 순서를 기다리며 3년 동안이나 연습했지만, '나이프'를 '크나이프'라 발음하는 일에는 여전히 익숙해지지 않았다.

직원은 앞으로의 일정을 간략히 설명해 주었다. 주로 감염병 관련 검사들이었다. 재단은 그 어떤 질병도 미래로 옮거가기를 원치 않았다.

며칠간의 검사가 끝난 후엔 인터뷰가 이어졌다. 직원은 전자칩이 내장된 작은 카드를 태블릿 화면 위에 올려놓고 데이터를 입력하기 시작했다. 카드는 일종의 여권이라고 했다. 어쩌면 아주 먼 미래까지 이어질.

"떠나기 전에 정보를 입력해야 해요. 자, 천천히 성함을 불러주세요."

"한, 정, 원."

"직업은요?"

"없어요. 대부분 그렇지 않나요?"

"그렇긴 하죠. 성별은요?"

"꼭 답해야 하나요?"

"죄송하지만 절차여서요."

"법적으로는……."

직원이 고개를 가로저었다. 그러고는 다정하게 미소 지으며 이렇게 말했다.

"정원 씨, 법은 생각하지 말아요. 유크론 재단은 어떤 국가의 법률에도 구속되지 않으니까요."

"그렇군요."

정원은 짧게 심호흡했다.

"솔직히, 저도 잘 모르겠어요. 지금은 어느 쪽도 아닌 것 같아요."

"좋아요. 그거면 충분해요. 이제 마지막 질문이에요. 떠나기로 결심하신 이유를 여쭈어도 될까요?"

정원은 잠시 침묵했다. 하지만 이내 솔직히 답변했다.

"꼭 만나야 할 사람이 있어요."

입력을 마친 직원은 정원에게 이주민 규정이 담긴 태블릿을 내밀었다.

"이주민 카드를 제시하면 제한 없이 몇 번이든 미래로 도약하실 수 있어요. 또한 특정한 시간대에 정착하기를 원하시면 언제든 카드를 반납하고 정착지원금을 수령하실 수 있습니다. 지원금이 얼마나 될지는 그 시대의 상황에 달려 있고요. 한 번 정착을 택하시면 정원 씨의 여정은 거기서 끝입니다. 특별한 사유가 없다면 다시 미래로 나아가실 수는 없어요."

"다시 과거로 돌아올 수는 없나요?"

"그건 기술적으로 불가능해요. 웜홀은 미래로만 열릴 수 있어요."

"도약하게 되면 저는 언제로 가게 되죠?"

"다시 웜홀이 안정되는 시점이 언제인지는 저희도 알지 못해요. 도착해 봐야만 알 수 있죠."

"그렇군요. 이해했어요."

정원이 고개를 끄덕이자 직원은 태블릿의 페이지를 넘겼다.

"보유하신 예금 잔액은 어떻게 처리하길 원하시나요?"

"보통은 어떻게 처리하죠?"

직원은 몇 가지 방법을 알려주었다.

"대개는 예금을 저희에게 기탁하는 방법을 택해요. 지금의 금융 시스템이 영원하리라 믿으면서. 엄청난 이자가 쌓이길 기대하며 떠나는 거죠. 아니면 금이나 다이아몬드로 환전해 챙겨 가시는 경우도 있어요. 물론 미래에는 그것들이 더는 귀금속으로 취급되지 않을 가능성도 있지만요."

정원이 선택을 망설이자 직원은 또 다른 방법을 제안했다.

"두 방법이 마음에 들지 않으신다면 또 다른 방법도 있어요. 여러 가지 필요한 현물로 교환하시는 거죠."

정원은 고심 끝에 생필품과 몇 가지 귀중품을 선택하기로 했다. 직원은 물품이 가득 담긴 배낭을 가져와 정원의 등에 얹어주었다. 그리고 세심하게 어깨끈의 길이를 조절하며 이렇게 말했다.

"축하드려요. 드디어 떠날 준비가 되셨네요. 믿기지 않으시겠지만 변종 바이러스가 유행하기 이전 시대엔 이렇게 배낭을 메고 국경을 넘나들며 자신을 찾는 여행을 했다고 해요. 부디 정원 씨도 자신이 누구인지 해답을 찾으시길 바라요. 당신만의 유크로니아도."

직원이 정원의 손을 꽉 붙잡아주었다. 부드럽고 따뜻했다. 휴머노이드라고는 믿을 수 없을 정도로.

"고마워요."

준비를 마친 정원은 양손으로 배낭의 어깨끈을 부여잡고 게이트로 향했다. 직원이 이주민 카드를 건네주었다.

"미래에서 만날 수 있기를."

"미래에서 만날 수 있기를."

얼떨결에 인사말을 따라 하고서, 정원은 게이트 앞에 섰다. 높다랗게 솟은 거대한 링의 안쪽 공간이 복잡하게 휘어져 보였다. 정원은 조심스럽게 손을 뻗었다. 일그러진 공간에 손끝이 닿는 순간, 아무런 전조도 없이 미래에 도착해 있었다.

*

따라오지 말라니까.

"반가워요. 정말 오랜만에 뵙네요."

게이트 앞에서 기다리고 있던 직원이 활짝 웃으며 다가와 인사했다. 직원은 조금 전 모습 그대로였다. 정원은 직원에게 이주민 카드를 건네며 물었다.

"시간이 얼마나 흘렀죠?"

"32년이요. 지금은 2077년이에요."

거짓말 같았다. 아무것도 달라진 것이 없는데.

"당신은 계속 이곳에 머물렀나요? 웜홀로 시간을 도약하지 않고요."

"맞아요. 누군가는 해야 할 일이죠."

직원은 별일 아니라는 듯 싱긋 웃어 보였다.

"정원 씨 앞으로 도착한 메시지가 한 건 있어요."

직원이 메시지를 출력해 건네주었다. 따라오지 말라는 내용의 짧고 거친 문장. 정말이지 하나가 썼을 법한 메시지였다. 마치 정원이 따라오리라는 것을 알고 있었다는 듯이.

"혹시 하나가 이곳에 있나요?"

"주하나 씨는 이미 다음 게이트로 도약했어요."

웜홀로 이어진 과거와 미래의 시간은 똑같은 속도로 흘러갔다. 여전히 하나와는 3년의 시차가 벌어져 있다는 뜻이었다. 서두르면 서두를수록 차이가 좁혀지겠지. 정원은 곧바로 다음번 출발 게이트로 향하려 했다.

"진정하세요, 정원 씨. 절차대로 진행해도 절대 늦지 않으니까요. 주하나 씨는 이곳에서 6개월을 머물렀어요."

직원은 그렇게 말하며 정원을 안심시켰다.

유크론 재단이 규정한 절차대로, 정원은 도착한 시대에 대한 브리핑을 의무적으로 받아야 했다. 이주민으로서 그곳에 정착할지 말지를 결정하기 위한 최소한의 교육이었다.

30년 동안 지구는 돌이킬 수 없이 망가졌다. 끊임없이 변종을 일으키는 바이러스가 구석까지 퍼졌고, 탄소 플라스틱

부유물이 대기와 바다에 잔뜩 쌓여버렸다. 높아진 해수면과 기후변화는 무수한 생물 종의 멸종을 불러왔다. 새들은 사라졌다. 80억 명이 넘었던 인류는 절반으로 줄었고, 그마저도 대부분 미래로 떠났다고 했다. 금성과 화성으로 이주한 소수의 사람을 제외하면 이제 지구상에 남은 인구는 5억 명이 채 되지 않았다. 미래를 믿지 않고 보수적인 가치만 고수하는 존재인 이들은 여전히 지구의 죽음을 부정하며 의미 없는 고집만 부리고 있었다.

은하를 때려죽인 남자도 살아남았을까? 어쩌면 그럴 것이다. 그런 자들은 어떻게든 약자의 냄새를 맡아 그 위를 밟고 올라서는 법이니까. 하지만 미래로 가진 못했을 것이다. 유크론 재단은 살인자를 결코 미래로 보내주지 않았다. 그래, 거기서 그렇게 죽어버리라지.

긍정적인 소식도 있었다. 인류는 온몸을 기계로 교체해 감염병을 이겨냈다. 이제 바이러스는 사람들에게 아무런 해를 입히지 못했다. 정원은 한참이나 기계 신체 제품들의 카탈로그를 훑어보며 황홀감에 빠져들었다. 세상에, 탈착식 성기가 포함된 가변체형 의체라니.

이런 기술이 30년만 빨리 완성되었더라면 은하는 죽지 않았을 것이다. 하나가 미래로 떠나게 되는 일도 없었을 거고. 정원의 마음속에 안타까움이 피어올랐다.

"몸을 기계로 교체하시는 걸 추천드려요. 어쩌면 다음번 미래엔 산소가 없을지도 모르니까요. 대부분의 이주민들이 그렇게 해왔어요."

정원의 마음을 읽기라도 한 듯, 직원이 몇 가지 제품을 추천했다.

"아무래도 이런 쪽은 트라이플래닛 제품이 최고죠."

말과 같은 질주력을 가진 네 개의 다리, 고릴라처럼 우람한 팔뚝, 서른 개의 겹눈이 달린 역삼각형 안구까지. 상상조차 해본 적 없는 형태의 기계 신체들이 카탈로그를 가득 채우고 있었다. 피로해진 정원은 손가락으로 미간을 주물렀다.

"인간형은 없나요?"

"정원 씨, 여기 있는 건 전부 인간형이에요."

"아…… 죄송해요. 제 말은…… 혹시 하나는 어떤 디자인을 선택했죠?"

직원은 하나가 선택한 제품을 보여주었다. 과연. 정원이 기억하는 하나의 모습과 쏙 닮은 모습이었다. 탄소나노튜브를 꼬아 만든 힘줄이 지금보다 열 배는 강한 힘을 내게 하면서도, 그 위를 부드럽게 덮은 프린트 프로틴이 정원의 취향이던 하나의 매력적인 몸의 곡선을 그려내고 있었다.

정원은 하나의 살집 있는 몸매에 성적인 매력을 느꼈다. 동시에 부러웠고, 단 하루만이라도 하나의 몸으로 살아보고 싶다고 언제나 생각했었다. 얼마를 치르든 이 몸을 꼭 갖고 싶었다.

"최상급 모델이에요. 진공에서도 살아남을 만큼."

"많이 비싼가요?"

"지불은 무엇으로 할 생각이시죠?"

정원은 배낭을 열어 30년 전 과거에서 챙겨 온 주머니를 꺼냈다. 주머니를 받아 든 직원은 내용물을 열어 확인했다.

"사과나무 씨앗이라. 좋은 선택을 하셨네요. 지금 시대에 가장 필요한 물건이죠."

직원은 수백 개의 씨앗 중 다섯 개를 집어갔다.

"이 정도면 요금 지불은 충분합니다."

정원은 깜짝 놀랐다.

"겨우 다섯 개로요?"

"그럼요. 이 씨앗 하나에 1킬로그램 금괴 열 개는 지불해야 하는걸요."

지구의 숲을 복원하기 위해서는 씨앗이 하나라도 더 절실한 상황이라고, 직원이 친절한 설명을 덧붙였다. 그 말을 들은 정원은 씨앗 주머니를 통째로 건네려 했다. 하지만 직원은 거절했다. 언제 어디에서 또 필요하게 될지 모른다면서.

온몸을 기계로 바꾸는 수술에는 극심한 고통이 따랐다. 정원은 몇 달간 제대로 몸을 가누지도 못한 채 매일같이 척추가 찢어지는 통증을 견뎌야 했다. 그러나 동시에 그것은 달콤한 시간이었다. 정원은 평생 자신이 잘못된 세계의 잘못된 몸 안에 갇혀 있다는 생각에 사로잡혀 살았다. 생전 처음으로 자신에게 꼭 맞는 신체를 갖게 된 정원은 매일 밤 거울 앞에서 자신의 몸을 보듬고 뜯어보며 행복을 느꼈다. 앞으로 얼마나 더 많은 것들을 얻게 될까? 정원은 미래가 기대되기 시작했다.

어떻게든 하나를 앞지르려 종일 재활 치료에 매진한 덕에, 정원은 3개월 만에 기계 신체에 적응할 수 있었다. 하나보다 석 달을 단축한 셈이었다. 만족스러운 결과였다.

정원은 다시 배낭을 메고 게이트 앞에 섰다.

"답이야 뻔하겠지만, 그래도 절차니까 질문을 드릴게요."

직원이 물었다.

"이주자 한정원 씨, 이곳에 정착하기를 희망하십니까? 아니면 계속 나아가시겠습니까?"

"계속 나아가겠습니다."

직원이 다시 이주민 카드를 건넸다. 카드에는 성별에 대한 항목이 지워져 있었다.

"그럼, 미래에서 만날 수 있기를."

정원은 게이트를 향해 손을 뻗었다.


*


네가 여기까지 따라오지 않았기를 바라.

부탁이야. 제발 날 찾지 말아 줘.

2098년. 지구는 반쯤 녹은 무화과 아이스크림 같았다. 회색과 적색으로 뒤엉킨 행성을 올려다보며, 정원은 복잡한 감정을 느꼈다.

"의외로 아름답지요? 인간이 남아 있지 않아 그런 건지."

직원이 말했다.

직원의 말처럼, 그곳에 남아 있는 사람은 거의 없었다. 육지의 절반이 물에 잠겼고, 나머지 절반은 사막이 되었다. 마지막까지 지구를 지키겠다던 사람들은 화석연료 비축분이 고갈되자마자 서로를 죽고 죽이는 전쟁을 일으켰다. 생명이 모두 사라진 후에도 전쟁 기계들이 남아 여전히 끝없는 전쟁을 이어가고 있었다. 무한히 원자핵분열을 일으키는 폭탄이 대기권에 방사능을 흩뿌리며 파핑 캔디처럼 때때로 번쩍이곤 했다.

직원은 지상에서부터 높다랗게 쌓아 올려진 탑을 가리키며 말했다.

"지금도 계속 건설 중이에요. 언젠가 여기까지 닿을지도 모르죠. 과연 저것들이 우릴 죽이러 올까요?"

알 수 없었다. 정원은 입을 다물었다.

직원은 계속해서 나아갈 것인지 물었다. 정원은 그렇다고 했다.

"차라리 화성으로 떠나는 건 어떠신가요? 듣기로 그곳은 낙원이 되었다던데. 방사능 치료제의 후유증으로 텔레파시가 발생한 덕분에 그곳 사람들은 서로를 완전히 이해하는 경지에 이르렀다고 해요. 서로 상처 주는 일도, 오해하는 일도 없다고."

직원이 제안했다. 하지만 정원의 의지는 확고했다.

"저는 미래로 가야겠어요."

"어쩌면 미래는 지금보다 더 엉망일 수도 있어요."

정원은 어깨를 으쓱였다.

"어쩌면 더 나아질 수도 있고요."

"그래요. 어쩌면요."

직원이 이주민 카드를 건네며 인사했다.

"부디 다시 미래에서 만날 수 있기를."

*

너는 나를 따라오고 있을까?

가끔은 그랬으면 좋겠다는 생각을 하기도 해.

대개는 아니길 바라지만.

외로워.

겨우 그곳을 벗어났다는 안도감 속에서 지독한 고독을 느껴.

몇 번의 도약 끝에 도착한 6763년의 지구는 여전히 방사능으로 가득했고, 갈 곳을 잃은 사람들은 파도에 휩쓸린 자갈처럼 미래로 밀려 나갔다. 전쟁을 멈춘 기계들은 아직도 탑을 쌓고 있었다. 이제 탑은 19만 킬로미터 높이를 넘었다. 지구에서 달까지 거리의 절반이었다.

할 수 있는 것이 아무것도 없었다.

정원은 다음 미래를 향해 이동했다.

*

미안해. 나는 그곳을 떠날 수밖에 없었어. 그곳이 너무 싫었으니까.

은하가 입었던 옷을, 그 애와 걷던 골목을, 식탁을, 책상을, 침대를. 그 빈자리들을 도저히 바라볼 수가 없었어. 가는 곳곳마다 은하의 피 냄새가 덕지덕지 들러붙어 행성 전체가 악취로 진동하는 것만 같았어. 그리고 은하를 끌어안은 네 몸에서도.

이제 나는 선과 악을 알아버렸어. 혐오를. 차별과 편견을. 그리고 분노를. 내가 그저 운이 좋아 살아남은 것뿐이라는 걸. 모른 체 무시하고 내버려뒀던 뒤틀린 시선들이 결국 내게 최악의 형태로 되돌아오고 말았다는 걸. 그곳이 얼마나 멍청함과 불합리로 가득 차 있었는지 깨닫고 말았어.

그러니 어쩌겠어. 떠날 수밖에.

이제 바라는 건 아무것도 없어. 빨리 미래로 가고 싶을 뿐이야.

그러니까 제발 따라오지 마.


수천 년이 넘도록 지루한 정체가 이어졌다. 기계들이 탑을 짓는 속도가 점차 빨라져 이제는 달에 도달하기까지 1킬로미터도 남지 않았다. 달에 남아 미래를 준비하는 사람들은 조금씩 불안에 사로잡혔다. 탑이 이곳까지 도달하게 되면 어떻게 될까? 새로운 전쟁이 일어나게 될까?

다음 미래가 남아 있을까?

여전히 이곳에서 할 수 있는 것은 아무것도 없었다.

정원은 한 번 더 나아가기로 했다.


*


이곳에서도 여전히 은하의 피 냄새가 나는 것 같아.

예전에 봤던 어떤 영화에서 사랑의 유통기한이 1만 년이라 그랬는데, 순 거짓말이었나 봐. 1만 년이 넘었어도 여전히 은하를 잊을 수가 없어. 대체 얼마나 더 멀리 떨어져야 은하에게서 벗어날 수 있는 걸까?

제발 나를 따라오고 있길.

가끔 네가 너무 보고 싶어. 그리고 은하도.

12486년. 우려했던 일은 일어나지 않았다. 기계들은 학살을 벌이지 않았다. 죽이라고 명령할 사람이 남아 있지 않았으므로. 기계들은 단지 외로웠을 뿐이었다. 달에 남은 사람들은 지구에서 올라온 인공지능을 받아들였다. 유크론 재단의 휴머노이드들이 중재 역할을 맡았다고 했다. 1만 년간 독자적으로 발전해 온 기계지성과 인간지성 사이에 융합이 시작되고 있었다.

뜻밖에 많은 수의 이주민들이 이곳에 남았다. 기계들과의 공생에 흥미를 느낀 이들이었다. 어떤 이들은 기계와 연인 관계를 맺기도 했다. 어쩌면 하나도 그들 중 하나였을 것이다. 그렇지 않고서야 1년이나 머무를 이유가 없었을 테니까. 하나는 어떤 종류의 새로운 관계도 기꺼이 시도할 사람이었다. 연애 상대의 머릿속이 전자칩이라는 사실은 하나가 체온과 감정을 교환하는 데 아무런 장애물도 되지 않았을 것이다.

언젠가 하나는 이렇게 물었다.

'정원아, 만약에 말이야. 행복으로 가는 문이 눈앞에 나타난다면 너는 어떻게 할래? 문 너머에 경험해 보지 못한 새로운 행복이 있지만, 대신 문을 넘어가는 순간 다시는 돌아올 수 없다면. 이곳에서 함께한 모든 것들을 버려야 한다면 말이야.'

하나는 망설임 없이 문을 열겠다고 했다. 그것도 정원이 바라보는 앞에서. 그렇게 말하는 하나의 표정이 너무도 뻔뻔해서 당연히 그래야 한다고 생각될 정도였다. 못됐어. 뭐가. 넌 이기적이야. 너도 그러지 그래? 떠나도 붙잡지 않을게. 치사해. 내가 그럴 수 없다는 걸 알면서.

그날 밤 정원은 하나를 끌어안고 놓아주지 않았다. 문 너머로 떠나지 않겠다고 하나가 약속할 때까지 정원은 계속 울었다.

분명 하나는 약속을 지켰다. 문을 넘어가는 대신, 문 너머에서 새로운 행복을 붙잡아 이곳으로 가져왔다. 행복의 이름은 은하였다.

하지만 얼마 후 은하는 떠났고, 행복을 잃어버린 하나는 결국 또 다른 문을 열어야 했다. 유크로니아로 향하는 문을.

*

새 친구들이 생겼어.

드미트리, 우르술라, 조나단, 옥타비아.

그리고 라이자.

우리 여섯은 여섯 모두와 관계를 갖고 균등하게 감정을 나눠. 다들 꽤 잘 어울리는 편이야. 질투도 없고. 당분간 함께 여행할 생각이야. 어쩌면 계속.

일단은 사라진 루나 캠프를 발견하는 걸 목표로 나아가고 있어. 드미트리의 동생이 캠프에 있었대. 그 사람을 찾는 걸 모두가 돕기로 했어.

어느새 18542년이 되었다. 쉬지 않고 수십 번의 도약을 진행한 결과 하나와의 시차는 1년까지 좁혀졌다. 그러는 동안 많은 일이 있었다. 많은 것들을 보았고, 많은 유혹에 시달려야 했다.

소수지만 정착을 택하는 사람들이 생겨났다. 지상의 방사능이 조금씩 옅어지자 사람들은 하나둘 인공지능 기계와 신체를 결합해 지상으로 내려가기 시작했다. 향수병에 걸린 사람들의 무분별한 취향이 그대로 투영된 탓에 시대별로 특색이 뚜렷해졌다. 상상할 수 있는 모든 세계가 어딘가에 존재했다. 어떤 시대에선 사람들이 서부극 복장으로 마른 가지를 씹었고, 어떤 시대에서는 빅토리아풍의 유럽 건축을 재현했다. 아포칼립스 영화 속 무법천지를 그대로 흉내 낸 시기도 있었다. 사람들은 끊임없이 과거를 복원했다. 너흰 그때가 좋았었나 보지?

여러 시행착오를 거치며 지상의 인구는 늘었다 줄어들기를 반복했다. 때로는 지구상에 겨우 일곱 명만 남는 때도 있었다. 정원은 수없이 종말을 희망했다. 이곳에서 문명이 끊어져 다음 미래가 사라지기를. 막다른 길에서 하나와 재회하기를. 그러나 인간은 끈질기게도 살아남아 미래를 이어갔다.

거대한 군집지성이 되어버린 화성은 이제 텔레파시로 뒤엉킨 하나의 생명체로 변해 버렸다. 화성의 붉은 모래 속에 뿌리를 파묻은 생명들의 모습은 세포 사이에 뒤범벅된 미생물들과 기능적으로 다를 것이 없었다. 일체화된 거대한 정신 속에서 개인의 고통은 지워졌다. 완전한 이해. 완전한 융합. 어쩌면 그거야말로 자신이 꿈꿔왔던 가장 로맨틱한 관계가 아닐까. 화성의 소식을 들을 때마다 정원은 하나와 하나가 된 세상을 상상하며 황홀해했다. 금성은 폭발했다. 유크론 재단조차 원인을 알아내지 못했다.

사람들의 모습도 독창적으로 변해갔다. 우연히 하룻밤을 함께한 상대가 기다란 혀를 입 속으로 집어넣어 뇌세포 사이에 알을 낳으려 했을 때, 정원은 거기서 자신의 여행이 끝나는 줄로만 알았다. 결국 정원은 뇌를 실리콘 세포로 바꾸고 강력한 블랙박스로 봉인했다. 덕분에 영원히 망각하지 않는 기억력을 갖게 됐다. 물론 원한다면 언제든 메모리를 삭제해 영구히 망각할 수도 있었다.

여정을 이어가는 동안 정원의 카드에 쓰인 정보들도 하나씩 의미를 잃고 지워졌다. 이제 카드에는 '정원'이라는 이름 두 글자만 남았다. 성(姓)조차 지워졌다. 혈연이라는 단어는 짓궂은 농담이 되어버렸다. 외부에서 자신을 규정짓던 정보들이 하나씩 지워질수록, 정원은 자신이 원하는 몸의 형상을 더 명확히 인식할 수 있었다. 하나의 모습을 빼닮았던 정원의 신체는 점차 색다른 체형으로 변모해 갔다. 출발점에서 가져온 씨앗을 절반 이상 사용했을 즈음엔 과거의 흔적이 조금도 남아 있지 않았다. 변화를 거듭한 결과 이제는 오히려 과거의 기억들이 비현실적으로 느껴질 정도였다. 그 시절의 정원은 지금과는 너무나 다른 존재였다. 정원은 과거의 자신이 왜 그런 생각과 행동을 했는지 이해할 수조차 없게 되었다.

세계는 희미해졌고, 경계는 점점 녹아내리고 있었다.

*

해피 20000.

다음 사람을 위해 이렇게 축하 메시지를 남기고 떠나는 게 여기 관습이래.

바보 같지만 그래도. (웃음)

루나 캠프의 잔해가 점점 더 많이 발견되고 있어. 어제는 거주 모듈 하나가 통째로 도착했대. 그 안에 강아지가 살아 있었고. 살아 있는 강아지라니. 이제는 그 단어를 발음하는 것조차 생소해. 어쩌면 다음번 도약에서는 루나 캠프의 생존자들을 만나게 될지도 몰라.

여전히 날 따라오고 있니? 그러지 말지.

20000년대는 나쁘지 않은 곳이야. 조용하지만 아늑해. 네

가 이곳에 정착했으면 좋겠어. 이곳이 너의 유크로니아가 되
길 바라며.

그럼 20000.


"어떻게 지금까지 작동하고 있는 거죠?"

정원의 질문에 직원은 언제나처럼 싱긋 웃을 뿐이었다.
직원은 여전히 깔끔한 유니폼 차림이었고, 출발했을 때와
조금도 달라 보이지 않았다. 정원에겐 고작 수년간의 여정
일 뿐이었지만 직원은 달랐다. 직원은 한 번도 도약하지 않
았다. 어떻게 1만 8000년을 버틸 수 있었던 걸까.

"유크론 재단이 예비품을 넉넉하게 준비해 두었어요. 덕
분에 부품이 망가질 때마다 새것으로 교체할 수 있었죠. 온
몸을 서른일곱 번이나 바꿔야 했지만, 뭐, 별로 어려운 일은
아니었어요."

"처음 우리가 만났을 때의 부품은 하나도 남아 있지 않겠
군요."

"맞아요. 그건 정원 씨도 마찬가지고요."

"우리는 여전히 그때의 그 사람이 맞는 걸까요?"

"그럼요. 연속성을 잃지만 않는다면. 나아가려는 의지만
이어간다면."

나는 여전히 같은 사람을 뒤쫓고 있는 걸까? 하나를 만나
는 일이 점점 두려워졌다. 하나가 자신이 기억하는 모습이

아니라면 어떻게 해야 할까 걱정되기 시작했다.

"조금 바뀌면 어떤가요? 여전히 같은 추억을 공유하고 있 잖아요."

직원이 조심스레 위로의 말을 건넸다. 언제나처럼 다정 했다. 덕분에 힘을 얻은 정원은 용기를 내어 다음 미래로 향했다.

놀랍게도, 정원은 그곳에서 하나를 만났다.

*

드미트리 동생의 묘비를 찾았어. 잔해에서 몸의 일부만 겨 우 발견됐대. 그리고 명찰도. 그럴 가능성이 크다고 다들 생 각은 하고 있었어. 게이트의 안전장치 없이 미래로 전송된 거 니까. 살아남은 강아지 쪽이 특별히 운이 좋았던 거지. 몸집 이 작기도 했고. 드미트리도 담담히 받아들이는 모양이야.

드미트리는 이곳에 남겠다고 했어.

25922년. 루나 캠프의 핵심 시설들이 대부분 이곳에 내려 앉았다. 그 상징성 때문인지 꽤 많은 사람이 이곳에 머무르 기를 원했다. 게이트 주변은 거대한 정착촌이 형성될 정도 로 북적였다.

마침 방사능에 오염되었던 대지도 2만 년에 걸친 회복을 끝내고 사람들을 맞이할 준비를 마친 상태였다. 기약 없는 여행에 지친 사람들은 정착을 선택해 지구로 되돌아갔다. 사람들은 각자 소중히 보관해 온 씨앗과 수정체를 지상으로 가져가 다시 자연을 복원하기 시작했다. 인공지능 기계들이 제작한 나노머신이 토양의 생장을 촉진하자 지구는 수년 만에 금세 푸른빛을 되찾았다. 바다엔 돌고래가 되돌아왔다.

하지만 정원은 그런 것들엔 아무런 관심이 없었다. 언제나처럼 직원에게 똑같은 질문을 던졌다. 별 기대도 없이.

"하나는 언제 떠났죠?"

그러나 돌아온 대답은 뜻밖이었다.

"하나 씨는 떠나지 않았어요. 아직 이곳에 있어요."

정원은 앉은 자리에서 벌떡 일어났다. 너무 흥분한 탓에 질문이 제대로 튀어나오지 않았다.

"정원 씨, 진정하세요."

"하나는? 하나는 어디에 있어요?"

"정착촌 내에 있어요. 하나 씨가 배정받은 숙소는……."

대답이 끝나기도 전에 정원은 밖으로 뛰쳐나갔다. 브리핑실 출입문을 열고 거리로 나서자 거대한 정착촌이 눈앞에 펼쳐졌다. 정원은 빼곡한 인파를 거칠게 헤집으며 앞으로 나아갔다.

하나가 이 안에 있어.

점점 발걸음이 바빠졌다. 솔직히 제정신이 아니었다. 있지도 않은 심장이 쿵쿵거리는 환청이 들릴 정도였으니까. 도파민과 아드레날린의 영향을 받지 않는 실리콘 두뇌가 이렇게까지 흥분할 수 있다니 믿기지 않았다.

갖가지 형태의 사람들 사이에서 익숙한 뒷모습을 본 것 같았다.

"하나! 주하나!"

정원이 소리쳤다. 하지만 한참 멀리 떨어진 상대는 뒤돌아보지 않았다. 정원은 거의 달리다시피 걸음을 재촉하며 앞으로 나아갔다. 인파 사이에 억지로 몸을 비집어 넣은 탓에 주위 사람들이 우수수 넘어지기도 했다. 하지만 아랑곳하지 않고 오직 하나만을 바라보며 앞으로 나아갔다. 하나가 분명해. 그런데 어째서 날 쳐다보지 않는 거야?

하나의 뒷모습이 점차 가까워졌다. 손을 뻗으면 닿을 듯했다. 정원은 하나의 어깨를 붙잡으려 했다. 하지만 그 순간, 거대한 집게가 정원의 팔목을 붙잡아 꺾었다.

"손대지 말아요."

정원보다 몸집이 다섯 배는 거대한 인공지능 로봇이었다. 대전쟁 시대의 전쟁 기계. 일곱 개의 집게다리가 딱딱거리며 정원의 눈앞에서 위협적으로 꿈틀거렸다. 몸통에 달린 센서 뭉치가 정원의 전신을 레이저로 훑듯 스캔했다. 꼬리의 광선무기를 급소에 겨냥하기 위해.

"안 돼, 멈춰!"

하나가 로봇의 집게 팔을 끌어안으며 막아섰다. 역시 하나가 맞았다.

"하나야."

정원은 무너져내릴 듯한 표정으로 간신히 하나의 이름을 불렀다. 뜨거운 감정이 혀와 목구멍을 녹여버릴 것만 같았다. 그러나 하나의 반응은 차가웠다.

"왜 따라왔어. 내가 오지 말랬잖아."

정원은 아랑곳하지 않고 하나의 곁으로 다가가려 했다. 10년 만에 겨우 마주한 얼굴이었다. 바라만 보는 것으론 만족할 수 없었다. 하나의 입술을 보듬고 몸을 끌어안지 않고서는 도저히 견딜 수가 없었다.

하지만 로봇이 정원의 몸을 거칠게 끌어당겼다.

"넌 뭐야?"

정원은 로봇의 집게를 박살 낼 기세로 세게 내려쳤다. 그러자 이번엔 하나가 정원의 팔을 붙잡으며 막아섰다.

"라이자한테 그러지 마!"

"라이자라고? 이 고철 덩어리가?"

"무례하시네요. 야만적인 단백질이나 입고 있는 주제에. 당신이 정원이군요?"

"둘 다 그만해."

하나가 말했다. 라이자는 그제야 정원의 팔을 놓아주었다.

"하나. 다른 사람들은 벌써 출발했어요. 빨리 따라가지 않으면…….”

“알아요, 라이자. 금방 끝낼게요. 잠깐만. 아주 잠깐이면
돼요.”

“알겠어요.”

라이자가 센서 뭉치를 끄덕였다.

“하나야…….”

하나는 정원의 말을 냉정하게 잘랐다.

“정원아, 따라오지 마.”

“네가 보낸 메시지는 달랐어. 따라오길 바랐잖아.”

“짧은 변덕이었어. 이젠 괜찮아. 괜찮으니까…….”

하나는 머뭇거렸다.

“왜 날 버렸어?”

질문을 듣자마자 하나의 얼굴에 짜증이 솟았다.

“이제 와서 굳이 그 이야길 해야겠니? 여기서 그 얘길 해
봤자 서로 상처만 주게 될 뿐이야. 달라질 건 아무것도 없어.”

“지금도 나를 사랑해?”

‘사랑’이라는 단어에 하나의 한쪽 입꼬리가 올라갔다. 통
통한 뺨에 보조개가 깊게 접혔다.

“지금 내가 사랑한다고 말하면, 너에게 위로가 되니?”

“대답해.”

“사랑하긴 해. 하는데.”

“하는데, 뭐?”

"정원아, 제발 그만하자."

"은하 때문이야? 나보다 은하가 중요한 거야?"

하아. 하나는 한 손으로 얼굴을 문지르며 허탈한 웃음을 뱉었다.

"아직도 질투야? 질린다. 정말 질려. 정원아, 그곳에서 일어났던 일들은 제발 잊어버려. 벌써 2만 년도 더 전에 끝나버린 일이야."

정원은 다시 한번 하나에게 다가서려 했다. 그러자 하나는 양손으로 정원을 세게 밀쳤다. 정원은 갑작스러운 공격에 반응조차 못 한 채 바닥에 넘어졌다.

"질척대지 마. 나는 오늘 떠날 거야."

"나도 같이 가."

하나는 싸늘한 표정으로 고개를 저었다.

"싫어."

"하나야!"

"라이자, 부탁해요."

라이자는 하나를 바라보며 센서 뭉치를 끄덕였다. 갑자기 라이자의 집게가 정원의 발목을 끌어당겼다. 라이자는 거꾸로 들어 올려진 정원을 노려보더니, 힘을 주어 먼 곳으로 집어 던졌다. 정원의 몸은 한참 떨어진 곳까지 날아갔다.

"하나야!"

바닥에 착지하자마자 정원은 다시 인파를 뚫고 하나와 라이자의 뒤를 쫓았다. 라이자는 하나를 등에 태우곤 집게에 달린 바퀴를 작동시켜 질주했다. 출발 게이트가 있는 방향이었다. 정원이 아무리 최선을 다해 달려도 거리는 좁혀지지 않았다.

하나와 라이자는 멈추지 않고 게이트를 통과했다. 그들은 미래로 사라졌다.

정원은 그들의 뒤를 쫓아 게이트를 통과하려 했다. 하지만 유크론 재단의 보안 로봇들이 장벽처럼 앞을 가로막았다. 몇 번이고 몸통으로 부딪쳤지만 로봇들은 꿈쩍도 하지 않았다. 어깨가 부러졌다. 양팔이 끊어지도록 힘을 주어 틈을 비집고 빠져나가려 했지만 단단히 길목을 막은 로봇들을 넘어설 수는 없었다. 아무리 비키라고 소리 질러도 소용이 없었다. 전신을 완전히 제압당한 정원은 결국 바닥에 무릎을 꿇었다.

"돌아가세요. 재단의 허가를 득하지 않은 이주민은 게이트를 이용하실 수 없습니다."

일렁이는 웜홀 너머로 여전히 하나의 모습이 잔상처럼 어른거렸다. 붙잡기 직전이었다. 손끝이 닿기 직전이었다. 그러나 다시 멀어졌다. 하나는 미래로 떠났고 자꾸만 시차가 벌어지고 있었다. 다시 쫓아간다고 해서 뭐가 달라지지? 하나를 다시 만나서 무슨 말을 더 해야 하지?

'질척대지 마.'

차갑게 식은 하나의 표정이 잊히지 않았다. 끝이었다. 정원은 자리에서 일어나 왔던 길을 되돌아갔다. 한참을 비틀거리며 정신없이 걷다 보니 게이트가 보였다. 조금 전 도착했던 게이트였다. 게이트 앞에 다가선 정원은 자연스레 일그러진 웜홀 공간을 향해 손을 뻗었다.

손끝이 웜홀에 닿으려는 순간, 직원이 정원의 손을 붙잡았다.

\*

"어쩌려고 그런 짓을 했어요?"

직원이 흥분한 목소리로 추궁했다. 신기했다. 십수 년을 보아왔지만 이렇게 격한 감정이 느껴진 것은 이번이 처음이었다.

"혹시나 과거로 돌아갈 수 있을까 봐서요. 과거로 돌아가서 조금 전에 일어난 일들을 바로잡을 수 있을까 해서."

"웜홀에 손이 닿는 순간 정원 씨는 산산이 분해됐을 거예요. 그대로 죽으면 어쩌려고 그랬습니까?"

"상관없어요, 이젠."

정원은 힘없이 고개를 떨어뜨렸다. 눈물이 무릎 위로 떨어졌다. 아무 생각도 하고 싶지 않았다. 더는. 하나가 없는 삶은. 차라리 분자가 되어 산산이 흩어지는 편이 나았다. 정원은 울먹이듯 중얼거렸다. 어떻게든 확인받고 싶었다.

"산다는 것은 기적이에요. 그렇죠? 살아간다는 것은……."

"그래요. 힘든 일이죠."

"아파요. 너무 아파요."

"알아요. 당신들은 모두 크든 작든 아픔을 안고 이곳을 찾아오죠."

"당신은 어떻게 계속 살아남을 수 있었죠? 2만 년이 넘도록. 어떻게 하면 수명이 다할 때까지 스스로 목숨을 끊지 않고 버틸 수가 있죠?"

정원이 물었다. 그러자 직원은 말없이 정원의 손을 붙잡았다. 따뜻했다. 휴머노이드인데도.

"다정함을 잃지 않으면 돼요. 한 사람에게 모든 걸 빼앗으려 들지 말고 많은 사람들에게 조금씩 얻으려 해봐요. 더 많이 나누려 해봐요. 당신은 당신이 생각하는 것보다 훨씬 많은 것들을 지니고 있으니까."

정원은 결국 고개를 끄덕이고 말았다.

정해진 절차대로, 직원은 정원에게 정착할 것인지 물었다. 그것도 막대한 정착지원금을 제안하면서. 정원은 답하지 않았다. 지금은 결정할 수가 없었다. 그러자 유크론 재단은 정원에게 10년의 유예기간을 부여했다. 10년 안에 미래로 떠나지 않는다면 이곳에 정착해야만 했다.

당장은 아무것도 생각하고 싶지 않았다. 부서진 몸을 버리고 새 몸을 구입한 정원은 당분간 지구에 내려가 생활해 보기로 했다. 인공지능 로봇들이 쌓아 올린 탑을 엘리베이터처럼 타고 도착한 지상은 예전의 모습을 거의 회복하고 있었다.

지상에 모인 사람들은 실수를 반복하지 않기 위해 필사적이었다. 그 덕에 지상에는 어떠한 혐오도 자리 잡지 않았다. 타인을 범주로 구분 짓는 행위는 금기되었다. 사소한 폭력도 강한 처벌을 받았다. 사람들은 무리 짓지 않았고, 욕심부리지 않았다. 그래서 많은 사람이 이곳을 '루나 캠프 유크로니아'라 불렀다.

몇 년간 정원은 혼자가 되는 연습을 했다. 자신을 충분히 이해하기 전까진 누구도 사랑할 수 없을 것 같아서였다. 시궁창 같은 사람들 사이에서 전자 마약에 절어보기도 하고, 가장 높은 산에 올라 몇 달 동안 가만히 별을 바라보기도 했다. 마리아나 해구의 가장 깊은 곳에 잠겨 오직 내면을 향해 침잠해 보기도 했다. 외로움은 결코 사라지지 않았으나, 외로움이 가져다주는 고통에는 어느 정도 익숙해질 수 있었다.

그 후론 새로운 사랑을 해보려 노력했다. 때로는 하룻밤, 때로는 일주일, 때로는 몇 개월을 사귀며 많은 사람과 감정을 주고받았다. 만나는 사람의 수만큼 다양한 종류의 다정함이 있었다. 다정함들이 상실을 조금씩 메워주었다. 그 과정에서 정원은 새로운 상실들을 발견했다. 이제껏 자신의 가슴에 하나가 뚫어놓은 커다란 구멍만 있는 줄 알았다. 그러나 새로운 연인들은 언제나 정원의 또 다른 구멍들을 찾아냈고, 정성스레 빈 공간을 채워주었다. 모든 흠집을 채울 수는 없었지만.

그러나 하나만은, 하나가 뚫어놓은 구멍만은 채울 수 없었다. 그리움을 이기지 못한 정원은 하나와 함께 살았던 도시로 향했다. 아주 작은 흔적이나마 찾을 수 있기를 기대하며 남산 위에 올라섰다. 그러나 그곳엔 아무 흔적도 남아 있지 않았다. 도시는 깨끗이 분해되었고, 들판엔 나무들만 빼곡히 자라고 있었다. 그곳엔 하나가 없었다.

그 대신, 릴리를 만날 수 있었다.

*

릴리는 19898년에 태어났다. 루나 게이트 근처에서 어린 시절을 보낸 릴리는 수많은 여행자를 바라보며 자랐고, 성인이 된 후에는 그들의 연인이 되었다. 하지만 릴리의 연인들은 어김없이 미래로 떠나버렸다. 릴리는 매번 혼자가 되었다. 떠나간 이들이 참을 수 없이 그리워진 릴리는 결국 티켓을 구입해 미래로 도약했다. 딱 한 번만. 왜냐면 떠나간 연인들 대부분이 그곳에 있었으니까.

25900년대의 복작한 분위기 속에서 릴리는 많은 사람의 애정을 한 몸에 받고 살았다. 릴리의 매력에 빠진 수많은 연인은 릴리와 함께 지구로 내려와 작은 정착촌을 꾸렸다.

릴리에게선 도약시대 이후 출생자 특유의 여유가 느껴졌다. 그들 세대에게 시간은 영원이었으며, 기회는 무한이었다. 삶에 실패하더라도 언제나 또 다른 미래가 주어졌다. 정원은 릴리의 느슨한 미소에 매료될 수밖에 없었다. 그 모습은 어딘지 하나를 닮았으니까.

정원은 릴리의 연인이 되었다. 무수히 많은 연인 중 한 명에 불과했지만 상관없었다. 몇 년이 순식간에 흘러갔다. 여행을 시작한 이후 처음으로 하나를 잊어본 기간이었다.

한때 남산 타워가 솟아 있었던 언덕에 누워, 정원은 릴리와 함께 밤하늘을 올려다보았다. 2만 년이 흐른 지금도 여전히 지구를 잊지 않고 되돌아온 핼리 혜성이 별들 사이로 길게 흔적을 그리고 있었다.

"오늘 저 어때요? 당신 시대 사람들은 이 모습을 좋아한다기에 한번 세팅해 봤는데."

릴리는 구름 신체를 지녔다. 구름처럼 뿌옇게 흩어진 100조 개의 나노세포가 자유롭게 뭉쳤다 흩어지며 무엇이든 자신이 원하는 형상을 만들어낼 수 있었다. 정원은 릴리의 피부를 뒤덮은 털을 부드럽게 쓰다듬었다.

"고양이는 이렇게 크지 않아요. 겨우 요만해요. 그래서 예

뺨을 받았던 거고요."

"치이. 나는 그걸 본 적도 없는걸요."

그렇게 말하면서도 릴리는 '미야옹' 하고 고양이 울음을 흉내 내며 앞발로 자신의 얼굴을 쓸어내렸다. 정원이 반응을 보이지 않자 릴리는 우아한 몸짓으로 정원의 가슴 위에 뛰어올라 몸을 밀착하며 할짝 목덜미를 핥았다.

"그 시절 이야길 해 줘요."

"별로 하고 싶지 않은데."

"말해 주지 않으면 계속 핥을 거예요."

릴리는 쉴 새 없이 정원의 민감한 지점들을 건드렸다. 정원은 항복의 의미로 웃음을 터뜨렸다.

"뭐가 궁금한데요?"

"첫사랑 이야기."

"다른 이야기를 하면 안 될……."

"첫사랑. 꼭. 첫사랑."

"알겠어요."

정원은 하나와의 만남에 대해 회상했다. 사실 어떻게 만났는지, 만나서 무얼 했는지 같은 것들은 정원에게 조금도 중요하지 않았다. 어쩌면 기억이 정확하지 않을 수도 있었고. 실리콘 메모리가 비가역 압축된 정보들을 적당히 편집해 내어놓은 시뮬레이션일 수도 있었다.

아무튼, 릴리에게 들려줄 이야기에서 중요한 지점은 비로

소 정원이 하나라는 존재와 만나게 되었다는 오직 그 사실
뿐이었다.

　대단히 운명적인 사연이 있었다면 좋았겠으나, 아쉽게도
하나와의 첫 만남은 시시했다. 스마트폰 앱으로 만났으니까.
호기심에 앱을 설치하자마자 하트가 날아왔다. 하트의 주인
은 하나였고. 뭐가 뭔지도 모르는 상태로 정원은 약속 장소
에 나갔다. 돌이켜 생각하면 운이 좋았다. 그런 앱을 통해 하
나처럼 좋은 사람을 만나게 되는 경우는 흔치 않았으니까.

　차마 약속 장소인 카페에 들어서지 못하고 쭈뼛거리며 입
구를 서성이다 하나와 눈이 마주쳤을 때, 정원은 하나의 얼
굴에서 신호를 발견하기 위해 모든 신경을 집중했다. 이윽
고 진실이 드러나는 순간 눈동자에 떠오르는 찰나의 당혹
감, 이질감, 굳어버린 초점 같은 것들을. 당신은 나와 어딘가
다른 존재라는, 그런 의미를 표현하는 눈썹과 미간의 주름
들을.

　하지만 하나에겐 그런 모습이 없었다. 덜컥거리는 순간이
단 0.1초도 존재하지 않았다. 정원을 바라보는 하나의 미소
는 너무나도 매끄럽고 자연스러워 억지로 견디거나 참아야
할 일이 조금도 없었다. 카페에 들어서자마자 마치 수십 년
을 함께해 온 것처럼 유머와 장난이 쏟아졌다.

　하나와 함께라면 뭐든 간단히 이루어질 것만 같았다. 고
양이 모양 귀고리를 하고 싶다고 하면 하나는 그러면 되지

않느냐고 말했고, 빨간 드레스를 입어도 되느냐고 물으면 그러라고 했다. 머리를 기르는 것도, 자르는 것도, 요란한 색상으로 염색하는 것도. 정원이 평생 넘보지 못한 경계선들을 하나는 마치 그런 것이 존재하지도 않는 것처럼 손쉽게 넘나들었다. 실은 조금도 어려운 일이 아니었다. 그런 줄 몰랐을 뿐.

카페를 나오며 자연스레 손을 잡았다. 단지 손이었는데. 마치 몸속 깊은 곳까지 손가락을 집어넣어 찢어진 부위를 매만져주는 것만 같았다. 아픔이 멎었다. 처음으로. 마지막으로. 하나와 손을 잡고 있는 동안엔 외로움조차 녹아내렸다. 두렵지 않았다. 하나를 둘러싼 배경이 하얀빛으로 덮여 아무것도 보이지 않았으니까. 그건 오직 하나만이 부릴 수 있는 마술이었다.

두 사람은 함께 밤을 보냈고, 다음 날에도 밤을 보냈다. 다음 달에는 집을 합쳤다. 정원은 매일 저녁 하나가 퇴근할 때까지 기다렸다가 함께 식사를 했고, 서로의 옷을 바꿔 입고 밤거리를 산책했다. 그리고 침대로 돌아와 조금 쑥스러울 정도로 야한 장난을 주고받았다.

"하나는 내가 무언가를 행세하지 않아도 되는 유일한 사람이었어요. 만족스러웠어요. 모든 면에서. 몇 년간 그런 날들이 계속됐어요. 그리고 계속될 거라 믿었어요. 은하를 데려오기 전까지는요."

정원이 말했다.

"하나는 저 한 사람으로 만족하지 못했어요. 언제나 또 다른 애정을 필요로 했죠. 제가 제공할 수 없는 다른 형태의 다정함들을요."

"아, 그거 뭔지 알아요."

릴리는 장난스럽게 윙크했다.

"바람둥이라는 거죠?"

정원은 '바람둥이'라는 단어가 2만 5000년이나 생존했다는 사실이 놀라웠다. 질투라는 감정은 이토록 끈질기게 이어지고 있었다.

정원은 고개를 가로저었다.

"그런 건 아니었어요. 하나는 언제나 제 허락을 구했으니까. 그저 마주치는 모두를 사랑할 수밖에 없는 성향을 타고났을 뿐이었죠. 게다가 은하가 처한 상황을 알게 되곤 저도 그 아이를 받아들일 수밖에 없었어요. 은하는 버림받았어요. 가족에게. 만약 우리마저 은하를 저버린다면 그 아이는 일주일 내로 차가운 도시의 어느 구석에서 미움받다 죽어버릴 것이 분명했어요. 하나는 은하에게서 어찌할 수 없는 연민을 느꼈고, 저는 그 감정을 인정해 주는 수밖에 없었어요. 솔직히 제가 보기에도 은하는 매력적인 사람이었어요. 데려온 첫날부터 이불 속으로 파고드는 뻔뻔한 고양이 같았죠."

정원은 크게 한숨을 쉬었다. 실제로 호흡을 하는 것은 아니었지만.

"어쨌든 결국 우린 셋이 함께 키스하는 사이가 됐어요."

"키스?"

정원은 키스의 의미에 대해 설명해 주었다. 릴리는 실망한 표정이었다.

"뭐야, 체액 좀 교환하는 게 뭐가 대단한 일이라고."

"그땐 그런 것들이 굉장히 중요하게 여겨졌어요."

"이해가 안 돼요."

"그 시절 사람들은 그런 별것 아닌 일들에 매달렸어요. 조금만 마음에 들지 않아도 서로를 거부했고요. 피부색이 다르면, 키가 작으면, 가진 것이 적으면, 흉터가 예쁘지 않으면, 살집이 있으면, 살집이 없으면. 그리고 남자들은……."

"남자? 그게 뭐죠?"

"그 시절엔 사람을 둘로 분류했어요. 남자. 그리고 여자."

"겨우 둘로? 그게 돼요?"

"잘되진 않았던 것 같아요."

"그래서 당신은 어느 쪽이었는데요?"

"어느 쪽도 아니었어요. 둘 다였을 수도 있고."

정원은 조금 망설였지만, 문득 그런 것들이 이제 와 무슨 의미가 있을까 싶어져 모든 것을 털어놓았다.

"나와 같은 사람들을 인터섹스라고 불렀어요."

"하나와 은하도 인터섹스였나요?"

"아뇨. 굳이 따지자면 은하는 트랜스젠더였어요. 하나는 바이섹슈얼이었고. 동시에 우리는 폴리아모리였고, 레즈비언이었고, 젠더 플루이드라고 불리기도 했어요."

"어감이 마음에 들어요. 전부 다요. 그런데 왜 그렇게 따지는 게 많죠? 결벽증을 일으키는 바이러스라도 유행했나요?"

"모르겠어요. 왜 그랬는지."

대화가 끊어졌다. 어색한 침묵이 한동안 이어졌다. 릴리는 망설이고 있었다. 정원은 릴리가 무슨 말을 하려는지 알면서도 모른 체했다.

"다시 떠날 건가요? 하나를 따라서."

이윽고 릴리가 물었다. 정원은 답하지 않았다.

"나는요. 정말 많은 여행자를 만났어요. 그래서 당신 같은 사람들을 잘 알죠. 우리의 여정은 행성 간 교통망과 비슷해요. 정해진 경로를 따라 나아가다 괜찮은 정거장이 보이면 하나둘 우주선을 내리죠. 나머진 계속 나아가고요. 당신은 나아가는 사람이에요. 아직까진. 여긴 당신의 유크로니아가 아니에요. 하지만 당신도 어느 시점에선 멈추게 되어 있어요. 이건 그런 여행이니까. 부디 그곳이 여기보다 좋은 곳이었으면 좋겠어요. 당신이 후회하는 모습은 별로 상상하고 싶지 않아요."

"떠나지 않을 거예요. 당신 곁에 있을게요."

그러자 릴리는 정원을 노려보았다.

"그런 식으로 날 속이려 들지 말아요. 더 괴로우니까. 내일이면 10년이죠? 당신은 내일 떠날 거예요. 그렇지 않나요?"

"…… 미안해요. 당신 말이 맞아요."

정원은 결국 인정했다.

"대체 왜죠?"

릴리가 원망하듯 물었다.

"왜 그렇게까지 그 사람의 뒤를 쫓는 거예요? 이해할 수 없어요. 이곳에도 당신을 좋아하는 사람들이 정말 많아요. 당신이 경험해 본 적 없는 무수한 만남의 기회가 있다고요. 제발 과거에 얽매이지 말아요. 당신은 충분히 좋은 사람이에요. 이곳에서 얼마든지 행복해질 수 있어요."

정원은 고개를 가로저었다.

"달라요."

"뭐가요."

"기억이 남아 있어요. 하나와 함께했던 기억들이요."

"기억? 겨우 그깟 기억 때문에 떠난다고요? 전부 지난 일이에요. 아주 오래전에 끝나버린 과거라고요. 그냥 잊어버려요. 메모리에서 삭제해 버리라고요."

"어떤 기억은 지워도 지워지지 않고 남아 인격의 일부가 돼요. 그 사람의 본질을 송두리째 바꿔버려요. 그 경험을 이해해 줄 사람 없이는 살 수 없을 정도로. 그런 기억들은 일종의 암호 키와 같아요. 오직 같은 경험을 공유하는 사람만이 서로의 헝클어진 내면을 해석할 수 있죠."

"저와 당신 사이엔 그런 기억이 없었나요?"

"……."

"나쁜 사람. 당신 뇌를 분해해서 메모리를 전부 삭제해 버리고 싶어."

"…… 미안해요."

릴리는 잠시 쓸쓸한 표정을 지었다. 그러곤 길게 기지개를 켜며 몸을 일으켰다.

"우리, 아이를 가져요. 떠나기 전에 내게 아이를 남겨줘요."

"그게 무슨 뜻인지는 알아요? 아이를 키우는 일엔 엄청난 책임이 따라요."

"알아요. 뭐 어때요. 책임질 수 있다는 것도 행복의 한 증거인걸요. 겁날 게 뭐가 있겠어요. 이곳엔 영원한 여유가 있는데. 과거인들처럼 무겁게 생각할 필요 없어요."

정원은 탈착식 성기에 내장된 유전용액 카트리지를 떠올렸다. 하지만 확신이 들지 않았다.

"우리 유전자는 너무 많이 달라요. 과연 서로 수정이 될까요?"

그러자, 우엑, 릴리의 고양이 얼굴이 일그러졌다.

"촌스럽긴. 요즘 누가 유전자를 섞어요?"

릴리는 구름으로 변해 정원의 몸을 감쌌다. 말하지 않아도 알 수 있었다. 정원은 기계 신체의 모든 보안장치를 해제했다. 100조 개의 접촉 회선을 따라 복잡하게 정보가 오가는 것이 느껴졌다. 일부는 정원의 몸에 뚫린 구멍을 타고 몸속을 마구 헤집으며 들락거리기까지 했다.

이윽고 다시 고양이의 모습으로 돌아온 릴리는 입에서 톡 알갱이를 뱉어 손바닥에 올려놓았다.

"디지털 데이터를 융합했어요. 당신과 저의. 아이는 언젠가 알을 깨고 저의 구름을 나눠 갖게 될 거예요. 무척 귀엽겠죠. 당신을 닮았을 테니까. 어쩌면 성운보다 거대한 존재로 자라게 될지도 모르죠. 어때요? 이제 우리 사이에도 열쇠가 생겼어요. 당신은 영원히 이 아이를 기억할 거고, 이 아이가 살아 존재하는 한 저를 잊지 않을 거예요. 당신은 그런 사람이니까."

릴리는 다시 입 속에 구슬을 삼키곤 정원과 키스했다. 혀 안에서 구슬이 어지러이 굴러다녔다. 입을 떼자 범벅이 된 침이 길게 늘어났다. 구슬은 어디론가 사라지고 없었다.

"그럼, 오늘은 뭐로 할까요?"

수풀 위에 잔뜩 늘어놓은 탈착식 성기들을 하나씩 쓰다듬으며, 릴리는 장난꾸러기 같은 표정을 지어 보였다.

"마지막으로 단 한 번. 별들조차 부러워할 사랑을 해요, 우리."

정원은 눈을 감고 릴리의 털 뭉치 품속으로 파고들었다. 혜성의 꼬리를 따라 별 가루가 쏟아지는 어둠 아래서 두 사

람은 한없이 서로에게 열중했다. 잠재의식 속에 숨은 오르
가즘마저 모두 끌어내고야 말겠다는 듯이.

릴리와의 마지막 밤은 그렇게 끝났다.

다음 날, 정원은 미래로 떠났다.

*

부디 네가 나를 쫓아오지 않았길 간절히 기도해.

여긴 절망뿐이니까.

루나 캠프 유크로니아는 200년을 채 넘기지 못했다. 조금
여유가 생기자마자 인간은 여지없이 서로를 죽여댔다. 10억
명이 넘는 정착민 대부분이 죽어버렸다. 돌고래는 어디론가
사라졌다. 살아남은 사람들도 대부분 미래로 이주할 자격을
잃고 그곳에 버려졌다. 유크론 재단은 결코 살인자를 미래
로 데려가지 않았다.

"어쩌면 인간의 본성이 그런 것인가 보지요."

직원은 담담히 말했다.

"당신들은 외로움을 견디지 못해요. 기어이 상대의 살갗
을 찢고 그 안쪽까지 닿기를 바라지요. 그게 서로를 죽이는
짓이라는 걸 알면서도."

정원은 릴리에 관해 물었다. 하지만 릴리에 대한 기록은

남아 있지 않았다. 다시 한번 릴리의 정착촌을 찾아갔지만, 그곳엔 새하얀 잿더미만 쌓여 있을 뿐이었다. 릴리에 대한 흔적은 아무것도 찾지 못했다.

다시 미래를 향해 나아가는 수밖에 없었다.

*

라이자와 심하게 다퉜어. 내가 지나치게 변덕을 부린다면서.

우린 이곳에서 1년 동안 너를 기다렸어. 그런데 너는 오지 않더라. 다행이야. 루나 캠프에 정착하기로 결정한 모양이지. 적어도 200년간은 그곳에서 행복하길. 그리고 꼭 살아남았길. 언젠가 네가 이 메시지를 볼 수 있었으면 좋겠어.

정원아, 나에게 사랑하느냐고 물었지?

사랑해. 여전히.

한순간도 너를 사랑하지 않은 적이 없었어. 그리고 은하도. 우리 셋이 함께였을 때 세계는 완전했어. 나는 너와 은하를 온전히 사랑했어. 하지만 사랑이라는 하나의 단어로 묶이기에 두 감정은 너무나 달라. 나는 그중 하나를 완전히 잃었고, 남은 반쪽을 남겨둔 채로는 다시 절반을 채워낼 방법을 모르겠어.

정원아. 나는 네가 생각하는 것만큼 강인한 사람이 아니야. 오히려 끊임없이 빈 공간을 채워야만 겨우 버티기라도 하는 사람이지. 나 스스로는 아무것도 메우질 못해서 항상 누군 가에게 삶을 기대야만 해. 너에게, 은하에게, 지금은 라이자 에게.

네가 곁에 있으면 나는 결코 나머지 빈자리를 채울 수가 없어. 그 자리는 오직 은하만 채울 수 있는 공간이니까. 너를 비워내는 나를 부디 이해해 줘. 그리고 다른 짝을 찾길 바라. 진심으로 네가 행복해지길 기도해.

부디 행복해 줘, 나를 위해서.


27734년. 파괴된 정착촌에는 생존에 필요한 최소한의 물 자조차 남아 있지 않았고, 루나 게이트웨이 주변엔 오직 인 공지능 기계들만이 남아 미래를 이어가고 있었다.

"당신이 정원이군요."

기계들 중 하나가 다가와 물었다.

"절 아나요?"

"하나를 아는 사람들은 모두 당신을 알아요."

정원은 하나를 기억하는 기계들을 찾아가 이야기를 들었 다. 아주 사소한 추억까지 놓치지 않고 모두 머릿속에 담고 자 했다. 이야기 속 하나는 정원이 기억하던 모습 그대로였 다. 여전히 쾌활했고, 짓궂었으며, 많은 존재들과 열렬히 농 담을 주고받았다.

하지만 때때로 이유 없이 울었다.

어서 하나를 쫓아가야 했다. 정원은 배낭을 움켜쥐고 발걸음을 서둘렀다.

*

요즘은 사랑이라는 단어의 의미에 대해 생각해 보곤 해.

똑같은 단어인데 참 많은 뜻이 그 안에 들어 있는 것 같아서.

드미트리는 동생을 찾기 위해 그 먼 길을 쫓아왔어. 아마도 그건 사랑이겠지. 우르술라는 사랑하는 팬들이 무대를 꾸미고 있다는 말을 듣고 미래로 향하는 중이야. 그들에게 빚을 갚기 위해서. 아마 그것도 사랑이겠지. 조나단은 앵무새를 사랑해. 옥타비아는 딸을 찾고 있고. 라이자는 나를 사랑한대. 그게 어떤 알고리즘으로 도출된 결괏값인지는 모르겠지만.

이곳까지 오는 동안 많은 사람을 만나고 헤어졌어. 그중엔 사랑과 섹스가 완전히 분리된 사람도 있었고, 연인과 두뇌를 봉합해 한 몸이 되어버린 사람도 있었어. 온몸을 미뢰로 바꾸어 설탕 몸을 지닌 연인과 뒤엉킨 사람을 보았고, 모든 접촉을 거부한 채 체외수정으로만 애정을 나누는 커플도 보았어. 자기 자신을 복제해 연인으로 삼은 사람도 만났어. 그보다 완벽한 짝이 어디에 있겠느냐면서.

그 모든 게 사랑이라니. 점점 더 모르겠어.

나는 너를 사랑한다고 말해도 되는 걸까?

*

우르술라가 우릴 떠났어. 팬들을 만났거든. 깊은 숲속의 작은 마을에 공연장이 설치되어 있더라. 그곳에서 여행객들을 대상으로 노래를 부르고 대가로 씨앗을 받을 거래. 부디 잘되었으면 좋겠어. 헤어지는 건 조금 쓸쓸하지만.

이곳에 도착하면 너도 꼭 우르술라의 공연을 즐겨봐. 씨앗 넉넉히 준비하는 거 꼭 잊지 말고.

*

라이자 말이, 영적 체험을 하는 기계들이 늘고 있대.

우스워. 인간은 더 이상 신을 믿지 않는데.

*

드미트리와 우르술라가 떠난 후로 우리 사이에도 균형이 깨졌어. 그래서 우린 새로운 실험을 시작하기로 결정했어. 이곳, 48762년의 사람들처럼 살아보기로. 이곳 사람들은 일종의 환형(環形) 관계로 맺어져 있어. 애정을 양방향으로 주고받는 대신 한쪽 방향으로만 보내는 거지. 이러면 주고받는 애정의 양을 저울질할 필요가 없어.

앞으로 나는 조나단에게, 조나단은 옥타비아에게, 옥타비아는 라이자에게, 그리고 라이자는 다시 나에게 꼬리를 무는 뱀처럼 한쪽 방향으로만 애정을 보내게 될 거야. 네가 보기엔 어떨 것 같니? 내가 보낸 감정이 고리를 따라 다시 내게 무사히 되돌아올까? 궁금하고 설레서 견딜 수가 없어.

*

짠! 놀라지 마. 여긴 정말 낙원이야.

우린 조금 전에 금성에 다녀왔어. 금성 폭발에 대해 기억해? 사람들이 드디어 원인을 밝혀냈대. 금성의 폭심에서 욕망구현장치의 잔해가 발굴되었다는 거야. 세상에, 욕망구현장치라니.

뒤늦게 쫓아올 어리바리 후배님을 위해 내가 친절히 핵심만 정리해 줄게. 욕망구현장치는 사용자가 욕망하는 그 무엇도 현실로 만들어주는 기계야. 오렌지 정도 크기의 은색 공처럼 생겼어. 태양을 동력으로 무한한 평행우주를 열어 사용자가 욕망하는 무엇이든 이곳으로 옮겨올 수 있지. 그리고 무한한 에너지도. 이곳에선 욕망을 상상하기만 하면 무엇이든 현실이 돼. 빛보다 빠른 우주선을 상상하면 어느새 눈앞에 우주선이 나타나.

덕분에 태양계 밖으로 진출하는 사람들도 조금씩 생겨나

고 있어. 화성의 텔레파시 군집이 은하연대라는 곳과 통신이 닿았대. 우주엔 우리만 존재했던 것이 아니었던 거야. 화성이 전하길 연대의 사절단이 태양계로 오고 있대. 근데 아마 10만 년쯤 후에 도착할 거라나? 하긴, 우주에서 그 정도면 진짜 금방이지. 인류는 앞으로 은하계의 무수한 지성체들과 교류하게 될 거야. 어쩌면 그들과도 애정을 나누게 되겠지. 별에서 온 연인이라니, 생각만 해도 설레지 않니?

조나단과 옥타비아는 이곳에 남겠대. 드디어 자신들의 유크로니아를 찾은 것 같다면서. 그 둘뿐만이 아니야. 거의 대부분의 여행자들이 이곳에 남는 걸 선택했어. 정착을 택한 사람이 어림잡아 20억 명은 넘을걸? 이곳에서 새롭게 태어난 아이들까지 더하면 수천억 명이 넘는 것 같아. 수백만 개의 인공 도시가 수성 궤도 안쪽에서 태양의 주위를 빠르게 돌고 있어. 심지어 태양에 그늘이 생길 정도야. 태양계가 이렇게 활발하게 살아 움직이는 모습은 살면서 처음 봐. 앞으로의 세상은 점점 좋아질 거야. 그런 기분이 들어.

참, 나도 금성에서 장치를 하나 얻었어. 심지어 무료로 나눠주더라. 관광지에서 나눠주는 기념품 열쇠고리처럼. 나는 이걸 소망실현기계라고 부를래. 이렇게 부르는 편이 더 예쁘게 들리지 않니?

이제 이것으로 무얼 할 수 있을까. 너를 기다리며 하나씩 시험해 봐야겠어.

（＋ 메시지가 추가됨）

미안해. 나는 여길 떠날 거야. 넌 절대 쫓아오지 마. 그러기엔 여긴 너무 좋은 곳이야.


정원은 낙원 따위에는 아무런 관심도 없었다. 하나와의 시차를 조금이라도 더 줄이는 것만이 유일한 관심사였다. 그래서 금성에 들르지 않고 곧장 다음 미래를 향했다. 그리고 그곳에서 낙원의 결말을 보았다. 하나가 왜 그곳을 떠나야 했는지 이해하게 되었다.

아마도 하나는 최선을 다했을 것이다. 은하를 욕망하지 않기 위해서. 죽은 은하와 똑같은 존재를 현실에 구현해 자신의 애정을 충족하지 않기 위해서. 왜냐면 그건 가짜였으니까. 은하는 그런 인형 같은 대접을 받아선 안 되었으니까.

하나는 떠날 수밖에 없었을 것이다. 이들처럼 되지 않기 위해.

욕망구현장치가 완성된 이후로 인류는 그저 천박하게 욕망을 채우기 급급했다. 한 가지 욕망을 채우면 다음 욕망을, 그리고 또 다음 욕망을. 욕망할 수 있는 모든 욕망을 욕망한 끝에 그들은 가능한 모든 욕망을 고갈시키고 말았다. 더는 충족시킬 욕망이 없게 되자 그들은 금기에 손을 댔다. 타인을 욕망의 대상으로 삼는 일. 살아 있는 인간을 자신의 음험한 욕망 속에 구겨 넣는 죄를 범하고 말았다.

서로를 욕망으로 대상화한 끝에 그들은 스스로를 파괴했다. 사람들은 서로를 지배하기 위해 고통과 죽음에 관한 욕망들을 상상했고, 그 오염된 힘에 휩쓸려 다 함께 소멸했다. 도시는 정지했다. 오직 욕망을 절단한 소수의 존재만이 살아남아 근근이 생을 이어가고 있었다.

또다시 낙원은 무너져내렸다. 마치 누군가가 그러기를 바라기라도 하는 것처럼. 인간도 자연도 끈질기게 그 존재를 이어갔지만 그저 그뿐이었다. 아무리 많은 살인자를 과거에 도태시켜도 여전히 인간은 서로를 죽였다. 서열을 나누고 지배하길 원했다. 조금도 나은 존재가 되지 못했다. 대체 무엇을 위해 이런 일이 반복되는 걸까.

"지금이 정확히 몇 년이죠?"

정원이 물었다. 직원이 답했다.

"73847년이에요. 여행을 시작한 지 이제 7만 년이 조금 넘었죠. 브리핑이 끝났으니 질문을 드려도 될까요?"

"그러세요. 답이야 뻔하겠지만."

"이주자 정원 씨, 이곳에 정착하기를 희망하십니까? 아니면 계속……."

"나아갈 거예요."

정원이 답했다.

"계속 나아갈 거라고요……."

*

    결국 그들을 죽게 만든 원인은 무엇이었을까? 나는 외로움이라고 생각해. 무한정 욕망을 채워주는 기계조차 외로움만은 어찌하지 못했던 거야. 외로움. 그게 대체 무엇이기에 우리가 이렇게 끊임없이 여정을 이어가야만 하는 걸까?

    내가 이런 이야기를 할 때마다 라이자는 한숨을 푹푹 쉬어. 입도 없으면서 말이야. 라이자가 뭐라고 하는지 아니? '하나, 인간은 어차피 혼자 와서 혼자 떠나요. 외로운 건 당연한 거예요.' 이런다니까. 그래서 내가 이렇게 반박해 줬어. 어때? 멋지지?

    '아뇨, 라이자. 인간은 함께 와서 함께 떠나요. 중간에 잠시 혼자가 될 뿐.'


    174200년. 단숨에 10만 년을 뛰어넘었다. 점점 도약의 주기가 길어지고 있었다.

    게이트 주변이 인공물로 가득 차 있었다. 외우주를 향해 떠날 채비를 마친 도약 우주선들이 달 궤도 주위를 부유하고 있었다. 이윽고 은하연대와 접촉한 인류는 이제 새로운 단계를 준비하고 있었다. 우주에서 홀로 서는 법을.

    직원이 말하길, 은하연대에 소속된 우주종들은 결코 무리를 짓지 않는다고 했다. 그들은 더 이상 누군가가 사랑해 주지 않아도 충분할 만큼 스스로를 추스를 수 있다고. 사랑을 포기하는 것만이 우주에서 살아남기 위해 취할 수 있는 유일한 진화의 형태라고.

어떤 환경이든, 어떤 시대든, 진화의 단계가 어느 수준에 다다르게 되면 생명은 홀로 완전해져 타인의 온기를 필요로 하지 않게 되어버린다. 그 누구의 감정도 착취할 필요 없이, 그 누구의 육체도 탐할 필요 없이. 그 무엇에도 얽매이지 않고 홀로 우주를 떠돌게 된다.

합리적인 선택이라고 정원은 생각했다. 누군가와 함께하는 한 욕망은 영원히 충족될 수 없었다. 사람들의 욕망이 서로 교차하고 간섭하기 때문이었다. 온전히 욕망을 충족하려면 각자의 세계에 홀로 존재하는 수밖에 없었다. 욕망을 실현할 힘이 커질수록, 그 힘의 크기만큼 서로를 멀리하는 수밖에 없었다. 혹은 욕망하기를 포기하거나.

"정원 씨는 어떻게 하시겠어요? 원한다면 도약 우주선을 구해드릴 수 있어요. 저들처럼 진화하도록 도와드릴 수도 있고요. 욕망을 절단하고, 타인을 갈구하는 감정을 깨뜨리고, 홀로 완전한 존재가 되어 우주를 여행하는 거예요. 은하를 넘어 더 먼 곳까지."

직원이 물었다. 줄지어 태양계 밖으로 떠나는 여행자들을 올려다보며, 정원은 고민 끝에 선택을 마쳤다.

"저는 계속 나아갈래요."

*

　끝났어. 전부 다.

　모두 떠나버렸어. 인공지능 로봇들조차도.

　수천 번을 도약했지만 아무도 만나지 못했어. 정착민도, 여행객도. 유크론 재단도. 이제 태양계에 살아 있는 존재는 나와 라이자 둘뿐이야. 사방 어디에도 생명의 흔적을 찾아볼 수가 없어.

　정원아, 대체 어디에 있니?

　이대로 주저앉아 너를 기다릴까 생각해 보기도 했어. 너는 나를 따라오고 있을까? 이 메시지는 확인할 수 있을까? 살아는 있을까? 혹시 루나 캠프 유크로니아에서 죽어버린 것은 아닐까? 수백 년을 기다려도 네가 오지 않으면 어쩌지? 그러는 사이에 미래가 닫혀버리기라도 한다면…… 이곳에선 아무것도 확인할 수가 없어. 불안해. 불안해서 견딜 수가 없어.

　더 나아가야겠어.

　그것만이 불안을 가라앉힐 유일한 방법이니까.

*

　결국 라이자가 날 버렸어.

　더는 미래로 나아가지 않겠대. 미래엔 아무 희망도 없다면서.

라이자는 나를 원망하고 있어. 나 때문에 완전해질 기회를 잃었다면서.

이제 나는 다시 혼자야.

너는 여전히 날 쫓아오고 있을까? 부디 그러지 않았으면 해. 아니 그랬으면 해.

모르겠어. 뭐가 진짜 내 마음인지. 난 정말 나쁜 사람이야.

날 사랑하지 마.

어서 내게 키스하러 와줘.


미래에 도착하자 눈앞에 라이자가 서 있었다. 라이자는 집게로 정원의 머리를 움켜쥐고 바닥에 패대기쳤다. 당장에라도 정원을 죽일 기세였다.

"하나가 떠난 건 전부 당신 때문이에요."

라이자가 집게를 내려칠 때마다 어딘가 부서지는 소리가 났다. 저항조차 할 수 없었다. 상대는 오직 살인만을 위해 만들어진 기계였다. 정원은 사지를 한껏 웅크린 채 그저 몸을 지키기에 급급했다. 정원이 필사적으로 소리쳤다.

"날 죽이면 이주민 자격이 박탈돼! 유크론 재단의 직원들이 당신을……."

"직원?"

공격을 멈춘 라이자가 무선 통신 신호로 코웃음 소리를

보냈다.

"당신도 하나와 똑같군요. 완전히 미쳤어."

라이자는 정원을 깔아뭉갠 채 깔깔거리며 두 개의 집게다리를 양팔처럼 들어 보였다.

"직원이 대체 어디에 있다는 거예요? 그런 것들은 사라진 지 오래예요. 인류도, 인공지능도, 유크론 재단도. 이곳에 남은 건 저 녹슬어가는 게이트뿐이에요. 미래는 없어요."

정원은 주위를 둘러보았다. 그 말이 맞았다. 사방 어디에도 직원은 보이지 않았다. 그 많던 도약 우주선도, 거대한 정착촌도. 밤하늘의 별들 외엔 그 무엇도 남아 있지 않았다. 이곳은 텅 빈 진공이었다. 게이트 주변엔 시체들만 잔뜩 쌓여 있었다. 과거의 신체에 집착한 여행객들이 일그러진 표정으로 질식해 죽어 있었다. 그제야 정원은 자신이 무선 통신으로 라이자와 대화하고 있었다는 사실을 깨달았다.

또다시 집게가 높이 치솟았다. 정원은 질끈 눈을 감았다. 하지만 예상했던 일은 일어나지 않았다. 라이자는 정원의 두개골을 박살 내는 대신 정원을 자유롭게 풀어주었다.

"당신은 결코 하나를 만나지 못해요."

라이자가 말했다. 슬펐다. 음정의 높낮이가 존재하지 않는 합성음인데도. 축 늘어뜨린 집게가 서글펐다.

"그거 아나요? 하나는 우주가 끝날 때까지 계속 여행할 사람이에요. 그 사람의 빈틈은 내 거대한 몸집으로도 메울 수가 없죠. 왜냐면 하나의 유크로니아는 오직 당신이니까. 그러니까 하나가 미래로 떠난 건 전부 당신 때문이에요. 당신이 부러워요. 증오해요."

"나는 다시 하나를 만날 거예요."

"알아요. 그래서 미워요. 나는 그러지 못하니까."

라이자는 센서 뭉치를 들어 지구를 보았다. 이제 단 한 명의 인간조차 남아 있지 않은 지구를.

"생명은 사랑을 포기하도록 설계되어 있어요. 그러지 않으면 고독과 절망으로 미쳐버릴 테니까. 내가 나아가길 포기한 건 진화의 결과라고요. 그런데 어째서 당신들은……하나는…… 아아, 나는 왜 하나를 버리고……."

라이자는 집게를 들어 출발 게이트를 가리켰다.

"빨리 쫓아가요. 하나는 당신이 붙잡아주기만을 기다리고 있으니까."

"당신은요?"

"나는 여기서 기다리겠어요. 하나가 도착할 때까지. 그게 하나를 따라잡을 가장 확실한 방법이니까."

"어쩌면 몇 만 년을 기다려야 할 수도 있어요."

"어쩌면 몇 년 후일지도 모르고요. 해볼 만한 도박이죠."

라이자는 더 이상 아무 말도 하지 않았다. 정원은 비틀거리며 게이트를 향해 나아갔다. 그는 마음속으로 라이자에게 작별 인사를 건넸다.

미래에서 만날 수 있기를.

\*

게이트를 통과한 정원은 또다시 라이자와 재회했다. 라이자는 한참 오래전에 동력을 잃고 작동을 멈춰버린 모양이었다. 70만 년까지 숫자를 세다 포기한 흔적이 바닥에 남아 있었다. 라이자는 하나를 만날 수 있었을까?

정원은 무심히 라이자의 곁을 지나쳐 앞으로 나아갔다. 회색빛 대지에 묵묵히 발자국이 새겨져 있었다. 발자국을 따라가자 눈앞에 출발 게이트가 보였다. 정원은 지체 없이 웜홀에 손을 뻗었다.

매번 똑같은 일이 반복되었다. 도착 게이트에서 눈을 뜨자마자 정원은 어디에 처박혀 있는지도 모르는 출발 게이트를 향해 쉬지 않고 나아갔다. 오직 하나의 발자국만을 쫓아서. 몇백 번, 몇천 번을 반복해도 주변의 풍경은 달라지지 않았다. 정원은 굳어버린 라이자의 시신을 몇 번이고 지나쳐 다음번 출발 게이트에 손을 뻗었다. 끝없이 몸을 움직인 탓에 관절이 망가지고 있었지만, 비틀거리는 걸음을 결코 멈추지 않았다.

도약 주기는 점점 길어져 금세 수천만 년이 흘렀다. 지구는 알아볼 수 없을 정도로 형태가 달라졌다. 대륙판이 이동한 탓에 아프리카 대륙은 둘로 쪼개어졌고, 지중해는 거대한 산맥으로 변했다. 인간이 사라진 자연은 점차 번성해 전에 본 적 없는 색깔의 숲들이 대지를 점령하고 있었다. 한참 지구를 내려다보던 정원은 문득 그들에게 연민을 느꼈다. 불쌍했다. 어떻게든 생명을 이어가려 애쓰는 모든 가련한 것들이.

달 표면에 비스듬히 처박힌 게이트 옆에서 메모지를 발견했다. 하나가 남긴 메시지였다. 이 길을 오간 누구도 메모를 건들지 않았다. 어쩌면 누구도 오간 적이 없었던 건지도 몰랐다.

메모지가 떨어지자 하나는 지표면에 손가락으로 메시지를 새기기 시작했다. 대기가 없는 달의 표면은 영원히 원래의 상태를 유지했다. 정원은 하나의 메시지를 따라 미래로 걸음을 옮겼다.

*

혹시 그날 기억나? 우리 셋이서 여의도에 장미 축제를 보러 갔던 날. 벌과 나비들이 멸종된 이후로 그렇게 많은 꽃을 본 건 처음이었어.

장면 장면의 기억이 별빛처럼 생생해. 걷다 지친 은하를 네가 업어주었고, 손을 쓸 수 없게 된 네게 내가 아이스크림을 먹여주었지. 웃음뿐인 하루였어. 한참 동안 길을 잃고 헤매다 결국 폐장 시간이 지나는 바람에 가시 돋친 수풀 속에 밤새도록 숨어 있어야 했는데도.

그러다 네가 떨어진 장미 한 송이를 발견했고, 나는 그걸 너의 입에 물리곤 다시 입에서 입으로 옮겨 은하에게 건넸었지. 그날 밤, 우린 그렇게 첫 키스를 했어. 두근거렸지. 사방은 꽃으로 가득했고, 그곳엔 오직 우리 셋뿐이었어. 그날 밤 우리는 어느 누구의 눈과 귀도 신경 쓰지 않았어.

이제 알겠어. 나의 유크로니아는 바로 그날이야. 미래가 아니라. 나는 기어이 잃어버리게 될 낙원의 기억을 안간힘을 다해 움켜쥐고 버틸 뿐이야. 앞으로 아무리 많은 문을 열어본들 내가 원하는 행복은 그곳에 없을 거야. 미래엔 어떤 행복도 남아 있지 않을 거야.

나는 미래로 떠나지 말았어야 했어.


*


영원히 반복되는 우주를 상상해 봤어.

우주의 끝까지 다녀온 종들이 말하길, 공간에는 바깥이 없고 한쪽 끝은 반대편 끝으로 이어져 있다고 해. 종이를 동그랗게 말면 왼쪽 끝이 오른쪽 끝으로 이어지는 것처럼. 우린 우주라는 접힌 구체에 갇혀 있어.

어쩌면 시간도 그럴지 모른다는 생각이 들었어. 우주라는 이야기책의 마지막 페이지가 끝나면 다시 첫 페이지가 나타날 거라고, 거기서부터 이 모든 일이 다시 똑같이 반복될 거라고 말이야.

만약 시간이 접혀 있다면, 나는 너에게서 멀어지는 동시에 너를 향해 나아가고 있는 거야. 언젠가 나는 우주의 끝에 다다를 테고, 이야기의 첫 페이지로 돌아가 은하를 구하고 다시 너와 재회하게 될 거야.

어때? 로맨틱하지 않니?

그러니까 나는 계속 나아갈 거야. 외롭지만.

*

가끔 은하를 죽인 그 개새끼에 대해 생각해. 아니, 솔직히 자주. 그 새끼에게 우린 존재하지도 않는 사람이었어. 존재하지 않으니 죽어 사라져도 상관없다고 생각한 거겠지. 너에겐 말하지 않았지만, 숨이 끊어지는 마지막 순간까지 은하는 이렇게 소리쳤었어. 터진 가슴을 움켜쥐고서.

내가 여기 있잖아요.

내가 여기 존재하고 있는데.

그거 알아? 그 새끼가 은하를 죽일 때 신의 이름을 들먹였대. 그래서야. 내가 장례식장으로 성당을 고집한 건. 지켜보라고. 당신의 이름으로 벌어진 일을 똑똑히 확인하라고. 이건 그의 책임이니까.

만약 신이 존재한다면, 나는 꼭 그 개 같은 신을 만나 물어야겠어. 왜 이딴 세계를 만들었는지. 왜 우리를 만들었는지. 왜 은하가 죽는 걸 가만히 보고만 있었는지 꼭 대답을 들어야겠어. 우주가 이렇게 생겨먹은 것에도 의미가 있다면, 그게 대체 무엇인지 내 두 눈으로 결말을 꼭 확인해야겠어.

그는 지금보다 좀 더 다정한 세계를 미래에 준비해 놓았어야 해.

나는 그걸 요구할 자격이 있어.


*


나는 혼자야.

앞으로도 영원히 그럴 것이고, 언젠가 우주 전체가 나의 고독으로 채워질 거야. 우주는 점점 빠른 속도로 팽창해 별과 별 사이가 멀어지고 언젠가 빛조차 전하지 못하게 될 거야. 분자 결합이 끊어지고 원자마저 붕괴해 단 하나의 소립자조차 서로를 만날 수 없게 될 거야.

너는 오지 않을 거야. 내가 너를 밀쳐냈으니까.

그러지 말걸.

메시지가 없었다.

지구의 자전축은 비틀리고, 태양은 점차 뜨거워졌다. 지구상의 바닷물이 모두 증발해 대기가 안개처럼 뿌옇게 지구를 감싸고 있었다. 내핵은 이미 회전을 멈춘 지 오래였고, 자기장이 사라진 행성 위로 막대한 태양 방사능이 쏟아졌다. 그럼에도 악착같이 생존한 새로운 생명들이 삶을 이어가고 있었다. 방사선으로 에너지를 합성하는 검은 균류들. 생명은 사랑을 포기했으나, 증식하기를 멈추지는 않았다. 균류들은 인공지능 로봇들이 남겨놓은 탑을 따라 이윽고 달까지 손길을 뻗어왔다. 그로테스크하다고까지 여겨지는 기괴한 균사체 덩어리들의 애처로운 몸짓을 바라보며, 정원은 이상하게도 아름다움을 느꼈다.

삐걱거리던 다리가 결국 부러졌다. 정원은 튀어나온 와이어를 뽑아 억지로 다리를 묶었다. 얼마 뒤에는 왼팔도 작동을 멈추었다. 하지만 상관없었다. 걸을 수만 있다면. 하나를 만날 수만 있다면.

기다려. 내가 갈게.

정원은 웜홀을 향해 손을 뻗었다. 미래에 도착하자마자 정원은 허공에 내던져졌다.

달이 사라지고 없었다.

뜨거웠다. 온몸의 피부가 녹아내리고 있었다. 정원은 필사적으로 팔다리를 바동거렸지만 몸은 어느 방향으로도 움직이지 않았다. 묶어두었던 다리가 떨어져나가며 반대편으로 몸을 비트는 데 성공했다. 그러자 거대한 태양이. 시야를 가득 메울 정도로 거대해진 태양이 당장에라도 덮칠듯 부풀고 있었다. 태양에서 쏟아진 막대한 자기장이 정원의 머릿속을 엉망으로 헤집었다.

기절하기 직전, 누군가가 정원의 팔을 끌어당겼다.

\*

다시 눈을 떴을 때, 정원은 얼음 위에 누워 있었다. 직원이 차분한 눈빛으로 정원을 내려다보고 있었다. 그러고는 정원의 이마에 손을 짚으며 무선 통신 신호로 말했다.

"깨어났나요?"

정원은 대답 대신 몸을 일으켜 앉았다.

"정원 씨의 몸을 임시로 고쳐봤어요. 아마 걷는 데는 문제없을 거예요. 안타깝게도 녹아버린 피부를 재생할 순 없었지만요."

정원은 자신의 몸을 살펴보았다. 망가졌던 팔과 다리가 다시 붙어 있었다. 어딘지 익숙한 디자인이었다. 그러다 문득 깨달았다. 정원은 걱정스러운 눈으로 직원을 올려다보았다. 그러자 직원은 고개를 비스듬히 기울이며 부드러운 미소를 지어 보였다.

"저는 괜찮아요."

직원의 몸엔 팔과 다리가 하나씩밖에 남아 있지 않았다.

"정말로요."

눈물이 쏟아질 것 같았지만, 눈물샘마저 고장 난 모양인지 수분은 한 방울도 나오지 않았다. 어차피 흘러나온다 해도 금세 진공에 얼어붙었겠지만.

"그동안 대체 어디 있었어요? 걱정했어요."

정원이 물었다.

"미안해요. 게이트를 여기까지 옮겨오느라 달을 지킬 수가 없었어요."

직원은 하나뿐인 발로 통통 뛰며 게이트를 향해 걸어갔다. 정원은 다시 한번 주위를 둘러보았다. 하늘 위로 무지개처럼 펼쳐진 푸른 고리가 보였다.

"여기가 대체 어디죠?"

"천왕성이에요."

"대체 무슨 일이 있었던 거죠?"

"태양이 적색 거성으로 변모하고 있어요. 1000배 이상 거대해졌죠. 수성과 금성은 삼켜졌어요. 그리고 언젠가 지구와 화성까지도 집어삼키게 될 거고요."

"대체 시간이 얼마나 흐른 거예요?"

"지금은 52억 3520만 5639년이에요."

말도 안 되는 숫자에 정신이 아득해졌다.

정원은 몸이 회복될 때까지 며칠간 그곳에 머물렀다. 그저 멍하니 하늘의 별들을 바라보면서. 밤하늘은 어지러울 정도로 밝았다. 기억하는 것보다 몇 배는 많은 별들이 하늘을 가득 채우고 있었다. 직원이 말하길 우리은하가 안드로메다은하와 충돌해 융합하고 있다고 했다.

형형색색의 빛으로 채워진 하늘 속에서 겨우 지구를 찾을 수 있었다. 지구는 위태롭게 태양의 겉면을 따라 맴돌고 있었다. 그곳에 있던 생명들은 이미 오래전에 불타 사라졌으리라. 정원은 엄지와 검지 사이에 지구를 집어넣고 으깨는 시늉을 해보았다. 지구는 먼지보다 작은 한 점에 불과했다. 저 작디작은 곳에서 왜들 그리 버둥거리며 살아야 했을까 생각하니 모든 것이 우스워졌다.

"우주의 끝에 대해 아시나요?"

어느샌가 직원이 다가와 물었다.

"아뇨. 자세히는……."

"20세기의 과학자들은 초신성 폭발의 스펙트럼을 관측해 우주가 가속 팽창하고 있다는 사실을 밝혀냈어요. 별들은 우주의 중심으로부터 멀어지면 멀어질수록, 서로에게서 떨어지면 떨어질수록 점점 더 빠른 속도로 멀어지게 돼요. 지금 이 순간에도 은하와 은하의 간격이 벌어지고, 별과 별 사이가 한없이 멀어지고 있어요."

"중력이 서로를 끌어당기는 게 아니라요?"

"이 힘은 중력보다 강해요. 우리의 우주는 서로를 끌어당기는 힘보다 밀어내는 힘이 더 강하게 설계되어 있는 거예요. 그래서 점점 빠르게 외로워지고 있죠. 우주가 팽창할수록 우주의 온도와 밀도는 떨어져요. 간단한 엔트로피 문제죠. 언젠가 우주는 완전히 균일해지고, 텅 비어버린 공간은 절대 영도로 차갑게 식어버릴 거예요. 잉크 방울이 물속에 퍼져 희석되는 것처럼. 세계엔 결국 아무런 온기도 남지 않게 돼요. 우주는 그렇게 끝을 맞이하게 되는 거예요."

"왜 그런 이야기를 지금 하는 건데요?"

"정원 씨, 어차피 모든 일에는 끝이 존재해요. 삶에도. 우주에도. 그러니 너무 조바심 내지 말아요. 어차피 당신은 그곳에서 하나 씨를 다시 만나게 될 테니까요."

정원은 대답 대신 몸을 일으켜 게이트로 향했다. 만약 우주가 끝나고 있다면, 서서히 온기를 잃어가고 있다면. 그렇다면 어서 서둘러야 했다. 그렇게 되기 전에 어서 하나를 만나야 했다.

떠나려는 정원의 등 뒤에서 직원이 말했다.

"미래에서 만날 수 있기를."

정원아, 점점 끝이 다가오고 있어.

그런데 왜일까?

이상하게도 다시 은하를 만날 수 있을 거라는 확신이 점점 커져.

이유는 모르겠어. 왠지 그러리라는 믿음 외에는.

두근거리지 않니? 여기가 끝일지 시작일지.

나는 확인할 거야. 확인해야겠어.


"여기가 대체 어디죠?"

다음번 미래에서 재회한 직원은 한껏 예쁘게 차려진 식탁 앞에서 와인을 들고 서 있었다. 정원은 직원을 무시하려다가, 얌전히 식탁에 앉았다.

"세계의 끝 레스토랑에 온 것을 환영합니다."

직원은 그렇게 말하며 빈 잔에 와인병을 기울였다. 진공에 노출되어 얼어붙은 와인이 별 가루처럼 와르르 잔 속으로 쏟아졌다.

"지금이 대체 언제죠?"

"78억 8262만 2109년이요. 정말 특별한 순간이죠."

문득 1년을 기준으로 날짜를 세고 있는 상황이 우습게 느껴졌다. 이제는 지구가 태양 주위를 돌고 있지도 않은데. 지구라는 행성은 태양에 삼켜져 더는 존재하지도 않는데.

"레스토랑이라니, 대체 또 무슨 짓궂은 농담인가요?"

"오래전 영국 소설을 한번 흉내 내봤어요. 그런데 아주 농담은 아니에요. 정말로 저분들은 식사를 하러 여기 오신 거거든요. 갓 태어난 적색 거성의 맛은 각별하니까요."

직원이 하늘 저편을 가리켰다. 수십 개의 가스 행성들이 태양 주위를 맴돌고 있었다. 하나하나가 목성만큼 거대했다. 대체 행성들이 어디서 나타난 걸까.

갑자기 가스 행성 하나가 꿈틀거렸다. 마치 특정한 동작을 그리는 것처럼. 왠지 낯익은 모습이었다. 정원은 그 형상을 알아보았다.

"설마 저건……."

"알아보시겠나요? 릴리예요."

직원이 말했다.

"구름 거인들이 돌아왔어요. 아마도 사랑을 나누기 위해서겠죠. 그것도 가장 상징적인. 여긴 그들이 출발한 곳이고, 이제 영원히 사라지게 될 곳이니까요."

"사랑을 나눈다고요?"

"구름 거인들은 항성이 폭발하는 순간을 번식의 기회로 삼아요. 한계까지 팽창한 태양의 겉껍질이 폭발하는 순간, 구름 거인들의 나노 세포는 항성 물질의 폭풍에 뒤섞여 산산이 흩뿌려지게 돼요. 한 무리의 구름 거인들이 융합해 수십 광년에 이르는 거대한 성운으로 재탄생하는 거예요."

정원은 구름들 중에 자신의 아이도 있을지 궁금했다. 하지만 릴리에게 물어볼 방법이 없었다. 구름 거인에게 정원은 너무나 작고 빠른 존재여서 어떤 방식으로도 대화가 통하지 않았다. 그들은 완전히 다른 종류의 시간을 살고 있었다. 정원의 평생조차 릴리에겐 찰나에 불과했다.

태양 주위를 맴도는 릴리는 정원을 향해 마치 이렇게 말하는 것 같았다.

'자, 봐요. 나는 지금도 사랑하고 있어요.'

릴리는 여전히 사랑하기를 멈추지 않고 있었다.

"폭발이 시작되면 여기도 위험하지 않나요?"

"걱정 말아요. 태양이 폭발하려면 아직 수억 년은 더 걸릴 거예요. 정원 씨에겐 영원이나 다름없는 긴 시간이죠."

직원이 말했다.

"이곳에서 영원히 살아갈 수도 있어요. 운이 좋다면 구름 거인들과 한 몸이 되어 은하마저 집어삼킬 존재로 초월하게 될지도 모르죠. 하지만 계속 나아간다면……."

말하지 않아도 알 수 있었다. 팽창하는 우주 속에 내던져져 차갑게 식어가겠지. 하지만 정원은 이제 망설이지 않았다.

"계속 나아가겠습니다."

*

89억 2537만 1921년.

눈앞에 펼쳐진 광경은 뜻밖이었다. 고양이의 눈처럼 생긴 거대한 성운이 정원을 바라보고 있었다. 전파 잡음으로 가득했던 사방은 고요했고, 우주를 가득 채웠던 별들은 사라졌다. 천왕성은 태양의 중력에서 벗어나 텅 빈 우주 공간을 유영하고 있었다.

"포기하지 않길 잘하셨군요. 살아서 이런 광경을 지켜볼 기회를 얻으시다니."

직원이 말했다.

"아, 미리 말씀드릴게요. 하나 씨는 이미 더 먼 미래로 떠나셨어요."

정원의 얼굴에 실망이 떠올랐다.

"하나는 아직도 나아가고 있군요."

"네. 그건 정원 씨도 마찬가지죠. 여기까지 도달한 사람은 두 분뿐이에요."

표면을 뒤덮고 있던 물질들을 폭발로 날려버린 태양은 이제 지구 크기 정도로 쪼그라든 백색왜성이 되었다. 다이아몬드처럼 빛나는 하얀 구체를 중심으로 불의 고리가 성운을 이루며 회전하고 있었다.

"낭만적이지 않나요? 직경 1억 광년짜리 프러포즈 반지를 받아본 사람은 우주에서 당신뿐일 거예요."

"프러포즈요?"

"그럼요."

직원은 싱긋 웃어 보였다.

"이쪽으로 따라오세요."

직원은 정원의 손을 이끌고 게이트 뒤쪽으로 향했다. 일그러진 웜홀에 가려져 있던 공간이 시야에 들어오자, 정원은 정신이 아득히 멎어버릴 듯한 감정을 느꼈다.

하얀 꽃들이,
얼어붙은 대지 위에 가득 펼쳐져 있었다.

"하나 씨가 직접 가꾼 꽃밭이에요. 지금껏 사용하지 않고 간직해 온 씨앗들을 심고 소망실현기계를 이용해 싹을 틔웠죠. 오직 당신만을 위해서요."

정원은 꽃들이 다치지 않도록 조심스럽게 걸음을 옮겨 나아갔다. 꽃밭의 중심에 작은 팻말이 세워져 있었다. 하나의 손 글씨였다.

'은하를 건너 하나님의 정원으로'

짓궂은 농담이었다. 정말이지 하나가 했을 법한. 정원은 고개를 숙여 꽃향기를 맡았다. 아무 향도 느껴지지 않았다. 당연했다. 진공이었으니까.

정원은 팻말 아래 놓인 소망실현기계를 집어 배낭에 매달았다.

"떠날 건가요?"

직원이 물었다.

"네. 하나가 기다리고 있으니까요."

"그래요. 부디 성공하길 바라요."

정원은 곁으로 다가가 직원을 끌어안았다.

"미래에서 만날 수 있기를."

"당신에게 다음번 미래가 남아 있기를."

정원은 진심을 다해 웜홀에 뛰어들었다.

\*

1조 2222억 4729만 3740년.

사방의 빛은 사라지고 아무것도 보이지 않았다.

어둠 속에서 목소리가 들렸다.

직원이었다.

무사히 도착했군요. 굉장해요. 우리가 처음 만난 이후로 벌써 이렇게나 시간이 흘렀다니. 원하던 답은 찾으셨나요? 그래요. 그렇겠죠. 그건 아주 어려운 일이죠. 하지만 답을 찾을 필요가 없다는 건 이미 깨달았군요. 다행이에요.

알아요. 아무것도 보이지 않을 거예요. 답답하겠지만 그게 정상이에요. 공간이 팽창하는 속도가 빛보다 빠르기 때문이에요. 우주를 잡아당기는 힘이 너무 강해져서 원자조차 찢어지기 직전이에요. 우주는 이제 너무나 차갑게 식어버려서 물리적인 방법으로는 소통이 불가능해요.

그럼 체온을 느낄 수 없겠다니, 무슨 그런 농담을. 당신은 아직도 그런 것에 집착하고 있군요. 그래요. 그건 좋은 일이죠. 어쩌면 그 선명한 욕망이야말로 시공간을 뛰어넘는 유일한 힘일지도 모르죠.

아, 정말이지 물질의 운동 속도가 너무 느려졌어요. 이 짧은 대화를 주고받는 동안에도 71억 년이 흘러버릴 정도예요. 이제 별로 시간이 없어요. 끝이 빠르게 다가오고 있으니까.

지금 일어나고 있는 일들에 대해 알려드릴게요. 팽창을 이기지 못한 별들은 하나둘 은하계 밖으로 튕겨나가고, 행성들은 폭발해 원자 단위로 해체되기 시작하고 있어요. 이제 곧 입자는 서로 상호작용을 하지 못하고, 양성자와 중성자마저 더 작은 부스러기로 쪼개지게 될 거예요. 입자들은 단 하나의 입자와도 서로 마주치지 못한 채 외롭게 진공을 부유하겠죠. 차갑게 식어버린 우주는 이윽고 평탄한 상태에 이르고, 시공간의 개념마저 사라질 거예요. 모두 물리법칙에 의해 정해져 있는 사실이죠. 이미 이런 일들이 몇 번이고 반복되어 왔어요.

그럼 우리가 어떻게 대화하고 있느냐고요? 음, 제가 누구 인지 의심하고 있군요. 하나 씨도 똑같은 질문을 했었는데. 맞아요. 언어로 표현하긴 어렵지만 아마도 당신의 추측이 맞을 거예요.

…… 미안해요. 이런 식으로밖에 도와줄 수 없어서.

저는 모든 존재를 동등하게 존중하는 실수를 했어요. 그 결과가 이거죠. 아무것도 하지 못한 채 그저 안타깝게 바라볼 뿐인 무력한 존재. 미안해요. 당신들의 고통을 알았지만 저는 지켜보는 것 외엔 아무것도 할 수 있는 게 없었어요.
당신은 그런 실수를 하지 않길 바라요. 더 작은 것들에 관심을 기울이길. 더 약한 이들에게 섬세하길. 더 사랑할 것과 덜 사랑할 것을 구분할 수 있길.

잘 들어요. 이제 마지막 단계니까.

우주가 팽창한다는 것은 거꾸로 말하면 우리가 한없이 작아지고 있다는 뜻이기도 해요. 만약 그렇다면 정원 씨는 이윽고 한 점으로 꾹 응축되게 될 거예요. 빅뱅이 일어났던 순간의 우주만큼이나 작아지게 될 거예요. 시공간이 거품처럼 어그러지는 10의 -32제곱 초 안에 우주의 규칙을 완성해야 해요. 네. 규칙이요. 모든 것은 창조의 규칙에 얽매여 있어요. 빛의 속도도, 중력의 크기도, 양자의 질량이나 차원의 개수도 모두 최초에 정해진 공식에 따라 운동할 뿐이에요. 그리고 저조차도.

괜찮아요. 할 수 있어요. 두 분이 함께라면. 우주의 최소 단위인 플랑크 길이보다도 존재의 크기가 작아지는 순간, 창조의 기적을 일으키는 거예요.

당신의 온기로.

안타깝지만 제가 말씀드릴 수 있는 건 여기까지예요. 이 다음에 무엇이 존재하는지는 저조차도 알지 못해요. 하지만 다음의 다음이 없다는 것만은 분명하죠.

답이야 뻔하겠지만, 그래도 물을게요. 그게 절차니까.

그래도 계속 나아가시겠나요?

*

$10^{10^{10^{10^{76}}}}$년.

시간도 공간도 없었다. 물질도 에너지도 중력도 핵력도 전자기력도 남아 있지 않았다. 인과도 확률도 존재하지 않는 열사(熱死)의 영역을 오직 의지만이 부유하고 있었다.

정원은 이윽고 하나를 발견했다.

하나는 울고 있었다. 이곳에도 은하는 없었으므로. 이미 일어나버린 일은 어떤 식으로도 돌이킬 수 없었다. 다시는 그 찬란한 시간으로 돌아갈 수 없었다. 애초에 시간이라는 것이 이제는 존재하지도 않았다. 과거라는 것은 허상처럼 희미해졌다.

그러나 이야기는 우주가 죽어도 끝나지 않았다.

정원은 손을 뻗고자 생각했다. 하나를 위로하기 위해. 그러자 손이 생겨나 하나를 향해 나아갔다. 손길이 경계선을 하나 넘었다. 다가오는 손길을 눈치챈 하나 또한 몸을 돌려 기쁘게 손을 마주 뻗었다.

기다렸어.

보고 싶었어.

하나와 정원은 서로를 향해 나아갔다. 무수한 경계를 넘어 가까이 다가섰다. 손끝이 닿기 직전이었다.

이제 영원히 함께인 거지?

언제나 우린 함께였어. 아주 잠깐 한눈을 팔았을 뿐.

다시 은하를 만날 수 있을까?

제대로만 한다면.

하나는 아주 살짝 미소를 지었다.

이야기를 첫 페이지부터 다시 써 내려가는 거야. 우리의 우주와 거의 똑같은, 그러면서도 아주 조금만 더 다정한 우주를 만드는 거야. 그럼 그곳에서 은하를 다시 만날 수 있어. 은하를 구원할 수 있어.

정원은 고개를 끄덕였다.

시작하자.

두 사람은 동시에 은하를 떠올렸다. 서로를 이어 하나로 묶을 기억을. 그러자 창조의 욕망이 마음속에 가득 차올랐다. 어디선가 진동하는 끈이 다가와 두 사람을 한 몸으로 감싸 엮었다. 아득한 과거로부터 전해진 최후의 온기가 엔트로피를 역전하기 시작했다. 작은 것과 큰 것의 기준이 뒤집혔다. 이제 우주는 무한한 가능성의 기로에서 진동하며 새로운 폭발을 준비했다. 견딜 수 없는 눈부심과 따뜻한 기대가 서로의 손길 사이에 가득 담겼다. 다시는 혼자 있지 않을 거라는.

그리고,

이윽고 두 사람의 손끝에서 온기가 닿아.

그곳에서,

새로운 은하가 태어났다.

부디 지금보다 다정한 우주가 탄생하기를.

# 우주가 죽어도
# 끝나지 않은 이야기 속에서

이지용(문화평론가)

**지금 여기에서부터,**

SF에 대한 이미지 중에서 가장 많이 알려져 있지만, 그러기 때문에 많은 오해를 불러일으키는 부분들이 '미래' 혹은 '경이의 세계'에 대한 이야기라는 이미지일 것이다. 물론 SF 장르의 형성부터 현재까지 위의 두 단어들이 SF를 규정하는 중요한 의미라는 것을 부정할 순 없지만, 그렇다고 해서 모든 SF를 위의 단어들의 구현 여부로 판단할 수는 없는 것이다. 2020년대를 살아가고 있는 현재라면 더더욱 말이다. 문화예술에서 의미작용에 적용되는 개념들은 시대의 흐름에 따라서 끊임없이 변화하는데, SF 장르를 구성하는 관습과 코드들 역시 시대의 흐름에 반응하면서 다양한 변화들을 만들어냈다. 그러기 때문에 SF에 대한 이야기를 하기 위해 1920년대부터 미국의 SF가 만들어놓았던 정보들을 습득하는 것도 중요하지만, 지금 여기에 우리들의 SF가 어떠한 모습을 하고 있는지를 파악하는 것을 간과해서는 안 된다. 특히 2020년대에는 그 의미가 더 중요해지기도 했다.

그런데 이경희의 작품들은 지금 여기 우리들의 이야기들로부터 SF가 100여 년가량의 역사 동안 거쳐 왔던 흔적들을 동시에 발견할 수 있다. 「우리가 멈추면」에서 보여주는 지극히 현실적이고 사회적인 메시지들로부터 출발해, 「살아 있는 조상님들의 밤」에서 나타나고 있는 시대의 관습들과의 문제에 다다르게 되면 소설들이 이야기하는 문제들이 지극히 현실적인 지금 우리로부터 나타나고 있음을 알 수 있다. 이후 「다층구조로 감싸인 입체적 거래의 위험성에 대하여」에서는 현실의 문제들은 메타포로 급격하게 치환되면서 SF가 가장 잘 만들어낼 수 있는 경이의 세계들로 진입하고 있다는 것을 느낄 수 있다. 「바벨의 도서관」과 「신체강탈자의 침과 입」은 기존의 SF가 가지고 있던 온갖 상징들을 알고 있다면 더 풍부하게 즐길 수 있는 전형적인 장르물이고, 그렇지 않다고 하더라도 이야기가 주는 유쾌함을 따라 즐기는데 아쉬움이 없다. 이윽고 「저 먼 미래의 유크로니아」에 도착하면 SF가 갈 수 있는 최대한의 시간과 공간의 개념들을 과감하게 돌파하는 작가의 필력에 감탄하면서 긴 시간을 유영하게 된다.

이러한 특징은 이경희라는 작가가 SF가 가진 특징들을 충분히 이해하면서 쓰고 있는 작가이기 때문에 나타나는 모습이다. 이경희 작가는 영화잡지 등에서 SF와 관련된 칼럼을 연재하거나 『SF, 이 좋은 걸 이제 알았다니』(2020) 등을 통해서 SF라는 장르에 대해 가지고 있는 풍부한 경험과 애착을 보여준 바 있다. 그리고 이러한 작가의 배경은 작품에서도 그대로 구현이 되어 이야기의 가능성들을 다양하게 만들어낸다. 간혹 'SF 같지 않은 SF'라는 표현 등이 SF 작품을 평가하는 데 의미를 제고한 것과 같은 관용구로 쓰이곤 하지만, SF는 장르로 분류되는 문화예술의 형식이고, 그렇기 때문에 그 안에서 사용된 관습과 코드들을 어떻게 사용하는가의 여부가 장르를 장르답게 하는 필요조건이 될 수 있다. 이는 1990년대부터 한국 SF의 개별적인 특징과 의미의 형성에 빼놓을 수 없는 듀나(DJUNA)의 작품세계에서도 발견할 수 있는 특징인데, 이경희의 작품들 역시 누적되는 작품들과 활동을 통해 보여주는 궤도들이 그와 비슷한 성질을 지녔다고 할 수 있다.

이제까지 많은 경우에는 이러한 가치들을 너무 납작하게 의미부여해 장르의 관습과 코드들이 작품 내에서 '낯설게하기'와 같은 개념들을 후경화(backgrounding)시킴으로써, 예술적이고 미학적인 가치들을 형성할 수 없게 한다고 여겼었다. 하지만 현대의 장르들은 오히려 그러한 코드와 관습들로부터 출발해 새로운 가치들을 전경화(foregrounding)하는데 용이하다. 먼 우주의 이야기들을 하고 있지만 지금, 여기의, 우리들에 대한 이야기를 알레고리하는 이경희의 작품들에서도 이러한 특징들이 그대로 나타나는데, 이는 작가가 가지고 있는 SF라는 장르에 대한 풍부한 배경지식들이 있었기 때문에 자연스럽게 구현 가능한 것이라고 할 수 있다. 게다가 이전 시대부터 SF 장르가 가지고 있었던 장르적 문법뿐 아니라 1990년대 이후 한국 SF가 독자적으로 형성해 온 개별성들에까지도 작가의 관심이 닿아 있기 때문에 현대적인 감각들 역시 존재한다. 이경희는 그러한 장르적 특징들을 메타적으로 활용하고 패러디 혹은 오마주하는 방식으로 장르적 코드들을 유용해 현대적이고 다채로운 한국 SF의 단면을 보여준다.

## 관계맺기가 가지고 있는 의미들

그중에서도 이 책에서 보여주는 몇 가지의 주제들은 지금 여기에 있는 우리들이 서로를 인식하면서 관계를 맺는 방식을 통해 나타난다. 「우리가 멈추면」에서 보여주는 노동자들의 주체적인 목소리 내기는 우주 시대가 될 만큼의 기술이 발전해도 인간이 서로를 인식하는 방법의 변화들이 이루어지지 않는다면 언제든지 발생할 수 있는 비극적 현실을 보여준다. 특히 노동조합의 구성과 그것을 저지하려는 사측, 그러니까 '화웅'이 보여주는 행태들은 현재 한국에서 발견할 수 있는 모습들과 다르지 않다. 특히 조합을 와해하려고 펼치는 사측의 매수에 가까운 형태들은 한국에서 그동안 비일비재하게 일어났던 모습이고, 현실적인 문제들에 의해 노동 운동을 전개하던 이들의 동력이 끊기는 모습 역시 현실에서 발생하는 비극적인 모습이다. 보통의 경우에는 이러한 현실의 문제들을 제한적인 정보를 통해서만 접하곤 한다. 노동자의 문제가 우리 모두의 문제라는 사실들에 대한 인식도 희박할뿐더러, 오픈되는 정보들이라고는 과격하게 요구하고 무리하게 인정투쟁을 하는 것처럼 보이는 모습들이 다수이기 때문이다. 하지만 이경희는 우주라는 공간을 알레고리화하여 직접적인 정보와 메시지를 전달한다.

이러한 모습들이 대표적으로 나타나는 건 「우리가 멈추면」에서 소행성으로부터 지구를 지키려고 하는 행동들이 언론에 의해 왜곡되어 소행성을 점거하고 테러를 하려 한다고 방송되는 장면이다. 소설에서와같이 헤게모니를 쥐고 있는 권력에 유리한 대로 전유되는 미디어의 모습은 현대 한국뿐 아니라 20세기 이후 전 세계가 공유하고 있는 문제점이라고 할 수 있다. 그러한 거대한 부조리가 지배하는 현실에서 살아가기 위해서 수많은 SF에서 그랬듯 '감정절제장치'를 사용해서 자신(self)을 내보이지 않는 상태로 만들어 놓는 것 역시 현실을 은유적으로 드러낸 것이다. 「바벨의 도서관」이 이야기의 시작에서부터 '자아'가 대체 무엇인지에 대해 알지 못하는 세계라는 것을 이야기하는 것도, 다양한 현실의 문제들 속에서 존재들이 자신을 인식하는 것이 가지고 있는 중요성을 부각시킨다. 소설에서 문제시되는 영역들이 '자아' 혹은 '자기'라는 개념들의 희박함이나 상실로 나타나는 것도 이러한 이유에서라고 할 수 있을 것이다.

그런데 그 문제의 해결할 방법으로 소설에서 제시되는 것은 서로를 명확하게 인식하고 관계를 맺는 것이다. 모두가 모두에게 공동체의 성원(成員)으로 존재하는 상태를 꿈꾸는 것이다. 그것을 위해 「우리가 멈추면」에서는 익명이라는 안전이 보장된 익명의 네트워크에서 나와 실제 얼굴을 마주하며 친해지는 작업들을 수행하고, 「살아 있는 조상님들의 밤」에서도 조상님들의 잔소리를 견디지 못하는 자들이 '모여' 대책을 세운다. 「다층구조로 감싸인 입체적 거래의 위험성에 대하여」의 세계와 같이 말 한마디가 예측할 수 없는 결과들을 불러오는 세상에서도 인물들은 끊임없이 주변과 관계를 맺으면서 결국 자유라는 의미를 찾아나간다. 「바벨의 도서관」에서 보여주는 수많은 선택지와 연산의 결과는 결국 존재가 자유롭게, 하고 싶은 대로의 일을 할 수 있게 하는 모든 과정이었으며, 「저 먼 미래의 유크로니아」로부터는 '주하나'라는 존재를 향한 사랑(이라고 불러야 하는 것이 맞을지는 모르겠지만)을 통한 존재의 변화와 그것에 대한 인식, 그리고 그 모든 것들을 극복해내고 만들어내는 관계의 의미들이 형상화되어 있다.

이러한 맥락에서 이경희의 소설에서는 첨단 과학과 미래의 신비함이나, 경이의 세계가 보여주는 낯설게하기 속에서의 사고실험들을 통해 드러나는 메시지들만이 중요한 것이 아니다. 오히려 그렇게 다양한 세계들 속에서도 우리가 잊지 말아야 할 가치들로 주변의 존재들을 인식하고 그들과 관계맺기를 통해 발생하는 의미들이 중요하게 드러난다고 할 수 있다. 그것도 가족이나 연인과 같은 관계에서부터 시작해, 일면식도 없지만 우연히 만나서 여정을 함께하는 이들이나 인간 대 인간이나 로봇, 인공지능, 혹은 정형화된 생명체의 개념들이 사라진 세계의 존재까지를 포함해서 말이다. 이것은 기존의 우리들이 폐쇄적이고 한정적인 물리적 공간의 경험으로 제한되었던 관계맺기 만으로는 더 이상의 의미들에 도달할 수 없는 것임을 넌지시 이야기하는 것이기도 하다. 도나 해러웨이(Donna J. Haraway)가 가족이 아니라 다양한 존재들과의 관계를 맺어 친척(kin)을 만들고, 그 모든 관계들이 얽혀있는 쑬루세(Chthulucene)로 나아가자고 했던 것처럼 말이다.

## 그때는 맞고 지금은 틀리다

또 다른 문제 제기의 형식 중에서 시대의 변화에 따라서 의미들이 변화하고 있음을 드러내는 방식은 이경희의 소설에서 나타난 개성이라고 할 수 있다. 「살아 있는 조상님들의 밤」과 「신체강탈자의 침과 입」은 이러한 부분들이 직접적으로 드러난다. 「살아 있는 조상님들의 밤」에서 나타난 양자 얽힘으로 인해 조상님들이 소환되기 시작한 세상은 그야말로 아비규환이다. 좀비물에서 나타나는, 인간이 식량으로 먹히거나 감염이 전파된다는 근본적인 공포들이 존재하지 않는 대신 조상님들이 이전 시대의 기준들을 새로운 시대의 기준에 맞추지 않고 끊임없이 자신이 생전에 미련을 가졌던 것들을 새삼 욕망하면서 발생하는 공포가 제시된다. 그것은 근대 이전의 사고방식부터 시작해 현대사를 가로지르기 때문에 구습이라고 불릴 수 있는 것들부터 스티브 잡스가 무덤에서 뛰쳐나와 아이폰 엔지니어들을 괴롭히거나 불과 몇 세대 이전의 선배들이 후배들의 나약함을 나무라는 것들까지도 포함된다.

이러한 상황에서 이전의 기준들은 그들이 이루어놓았던 수많은 업적들의 여부와 상관없이 현재에는 공존할 수 없는 문젯거리들이 되어버린다. 이는 시대의 변화에 따라서 다양한 의미의 변화들이 나타날 수밖에 없고, 우리는 모두 변화되고 있는 의미들에 종속된 존재들일 수밖에 없다는 자명하지만 때로는 잊고 있는 진실들을 마주하게 해준다. 어떠한 시대에 명백하게 진리로 받아들여졌던 것들도 시대가 지남에 따라서 더 이상 효용을 다하고 새로운 가치들이 그 자리를 대신하기 마련이다. 인류는 비록 수많은 과오의 역사 위에 터를 잡고 있지만, 그럼에도 불구하고 지금까지 조금씩 진보해왔다. 그 결과 현재에 누리고 있는 많은 가치들은 이전 시대의 문제점들을 보완하고 나타난 새로운 문제들을 해결하는 과정에서 파생된 것들이라고 할 수 있다. 이러한 시대의 변화에 따른 의미의 변화를 인정하고 받아들이지 못한다면, 그래서 더 이전의 꼰대, 아니 업적이나 권위들에 안일하게 의지하려고 하다 보면 결국 "조상이건 후손이건 구분 없이 공평하게" 집어삼켜지는 결과에 도달하게 되는 것이다.

이러한 인식의 변화가 과장된 모습을 가지고 2020년대에 맞춰서 이야기화된 지점은 「신체강탈자의 침과 입」에서 확인할 수 있다. 제목에서부터 잭 피니(Jack Finney)의 1955년 발표 소설인 「신체강탈자들의 침입(Invasion of the Body Snatchers)」을 연상시키는 이 작품은 비말로 감염되는 코로나19(COVID-19)로 인해서 변화되는 침과 입에 대한 인식의 변화 양상을 재치 있게 풀어낸 작품이다. 잭 피니의 소설은 냉전 시기의 미국의 공산주의에 대한 편집증적인 상징들이 구현되어 있다. 작품에서 표상되는 외계인은 철저하게 타자화된 존재들로, 공산주의자들과 등치되는 특징을 가지고 있었다. 그들은 비록 인간의 모습을 하고 있지만 주체화된 인간, 자유민주주의를 가치관으로 가지고 있는 미국의 일반 시민들과는 다른 존재들로 그려졌다. 그 시대에 가치들로 판단되는 참과 거짓, 정의와 불의를 가로지르는 이데올로기들이 전체 서사를 지배하고 있는 것이다.

이경희의 「신체강탈자의 침과 입」 같은 경우도 이러한 타자화된 존재들을 편집증적으로 구분하는 설정에 기반하고 있지만 그 안에 자리하고 있는 것들은 잭 피니의 작품과 같은 이데올로기의 문제가 아니다. 오히려 팬데믹 시대를 맞이하면서 이전 시대에는 좀처럼 문제시하지 못하고 있었지만 모두들 암암리에 불쾌해하고 있던 것들, 대표적으로 손을 씻지 않는 것과 같은 개인위생에 관련된 어찌 보면 한없이 가벼워 보이는 것이다. 순수 바이러스를 전 지구에 퍼트리기 위해서 찾아온 외계인들은 물이 약점이었기 때문에 손을 씻지 않았고, 바로 그러한 사실 때문에 정체를 들키게 된다. 그들은 바이러스를 감염시켜 지구를 지배하려 하지만 사이비 종교적인 조직의 형태와 확률형 카드 수집 '가챠'와 같은 황당한 방법을 통해 목적을 달성하려는 한심해 보이는 이들이다. 이러한 부분들은 이전의 가치들이 가지고 있는 현재의 의미없음에 대해 일종의 희화화로 나타나면서도 팬데믹이라는 전 지구적인 상황에 나타나는 비이성적이고, 비과학적인 행위들을 비판하기도 한다.

그러면서 고작 손을 안 씻는 것으로 여겨졌던 개인위생이 팬데믹을 거치면서 그 무엇보다 중요한 가치들로 변화할 수 있음을 통해 의미의 시대적 변화를 보여주고 있는 것이다. 그것은 잭 피니의 작품에서 자유민주주의자들이 공산주의자들과 공존할 수 없다는 매카시즘적 편집증의 형태를 보여주었던 것처럼, 팬데믹 이후에 개인위생을 제대로 지키지 못하는 사람들과 공존하는 것이 불편해지게 될 것임을 예상하는 것처럼 보이기도 한다. 실제, 팬데믹을 통해 이후의 많은 부분들에서 이전에는 아무렇지 않았으나 이후에 문제시 될 수 있는 지점들이 나타날 것으로 예상하고, 그것을 뉴노멀이라는 언표로 정의하려고도 한다.「신체강탈자의 침과 입」은 그러한 지점들을 유머러스하지만 상징적으로 나타낸 것이라고 할 수 있다. 특히 비말로 감염되는 전염병이라는 것, 그 전염병으로 인해 전 지구가 감염의 공포로 변화할 것에 대한 사고실험들은 2020년에 발간된 SF앤솔러지『팬데믹: 여섯 개의 세계』에서 배명훈의 작품인「차카파타의 열망으로」를 통해 구현되기도 했던 것처럼 SF에서는 익숙한 방법이다. 이경희는 이와 같은 이야기들을 통해 현대의 SF가 과학과 미래의 기술들을 상상하는 것에서 그치지 않고 과학과 기술을 기반으로 하고 있는 현대 사회에서 발생하는 다양한 의미의 변화들을 통찰하고 형상화하는 문화예술 장르로 의미를 형성한다는 것을 보여주고 있다고 할 수 있다.

## 인지적 소외의 세계로 나가며

이렇게 지금, 여기에서부터 시작해 관계맺기의 중요성들을 역설하며 이전과 대치되는 현대적인 가치들을 풀어내고 있는 이경희의 작품들은 다르코 수빈(Darko Suvin)이 이야기했던 인지적 소외(Cognitive estrangement)를 작품 전체에서 일관되게 보여준다. 인지적 소외를 이해하고 해석하는 다양한 방법들이 있지만, 단순히 낯선 세계를 형성하는 데서 그치지 않고 작품 전체가 지향하는 메시지가 현실에서 우리들이 경험하는 것 이후를 지향하는 것으로 정의된다. 동시에 작품 전체의 메시지 역시 작품이 도달한 마지막 세계에서 머무르지 않고 그다음을 향해 계속해서 나아간다는 것으로도 해석되기도 한다. 이러한 맥락에서 혹자들은 판타지 장르가 회귀의 구조들을 가지고 있어서 모험을 떠났다가도 자신의 지경으로 다시 돌아오는 서사 구조를 기본으로 하고 있는 반면, SF는 끝없는 그다음 혹은 너머(beyond)의 세계들을 지향하면서 서사의 마지막에서 다시 미지의 세계로 떠나는 구조들을 형성하는 특징이 있다고 구분하기도 한다. 물론 제한된 영역 내에서 통용되는 특징이고, 장르의 변화와 확장에 따라서 이러한 전형성들은 더 이상 장르의 전체를 대표하는 특징은 아니기도 할 것이다. 하지만 SF에 그러한 서사 구조적 특징들이 있다는 것 또한 사실이고, 그러한 구조들을 지향하며 SF가 장르적으로 의미를 획득한다는 것 역시 부정할 수 없는 사실이다.

그리고 이러한 특징은 「저 먼 미래의 유크로니아」 전체를 관통하는 주제의식이기도 하다. 이 작품에서는 웜홀의 붕괴

등으로 혼란이 닥친 미래에서 현실의 가치들에 얽매이지 않고 자신의 이상향을 찾아서 떠난 주하나를 쫓기 위해 여정에 오르는 한정원이라는 인물을 보여준다. 한정원은 주하나의 흔적을 좇아 게이트를 넘나들며 끝이 보이지 않은 여정을 수행한다. 그 과정에서 수없이 시공간을 넘나들면서 자신의 많은 것들을 포기하면서까지도 주하나의 흔적을 좇는다. 그러는 사이 변하는 시대 속에서 젠더와 섹슈얼리티, 유기체적 몸과 비유기체적 몸의 경계들도 무너지고 그러한 기준들을 기반으로 형성되어 있던 기준과 가치들도 해체되지만 결국 주하나를 포기하지 않는다. 그렇게 "생명은 사랑을 포기하도록 설계"되어 있다고, 그것이 "진화의 결과"라고 이야기하는 이들을 뒤로하고 한정원은 78억 8262만 2109년에까지 이르게 된다. 우리가 인지하고 있는 우주의 거의 끝에 다다르게 된 것이다.

그곳에서 한정원은 "우주는 서로를 끌어당기는 힘보다 밀어내는 힘이 더 강하게 설계"되어 있어서 "점점 빠르게 외로워"지고 있다는 이야기를 들었음에도 주하나를 쫓는 걸 포기하지 않는다. 그렇게 우주는 끝없이 팽창하고 존재들은 한없이 작아져 소멸 직전까지 가게 되지만 여전히 나아가는 걸 멈추지 않는다. 그리고 그들의 나아감은 결국 새로운 은하의 탄생을 만들어내게 된다. 그리고 그 모든 과정에서, 우주가 죽었음에도 끝나지 않는 이야기들이 남게 된다. 이 작품에서 보여주는 끝이 없는 여정들은 단순히 인물들에 대한 로맨스 서사에서만 적용되는 것이 아니라 인지적 소외를 하나의 거대한 서사로 구현하고 있는 인상을 준다. 특히 시간과 공간을 뛰어넘으면서 만나게 되는, 새롭게 변화하는 가치들이 주는 안정감과 만족감들에 머무르지 않고 그다음을 지향하면서 수없이 게이트를 통과하는 한정원의 모습은 SF 서사가 발생하고 나서부터 보여주고 있는 그다음에 대한 지향들이 형상화된 모습이라고 할 수 있을 것이다. 그리고 이러한 특징들은 SF가 예견했던 미래가 현실이 되었고, 그러기 때문에 소재들이 고갈되어 장르의 매력이 없어진다는 우려들을 정면으로 반박한다. SF는 오히려 빠르게 발전해가는 시대의 물결 앞에서 끊임없이 그다음을 지향하는 장르로서 의미들을 계속해서 만들어갈 수 있다는 것을 보여주는 것이다.

이러한 특징은 「다층구조로 감싸인 입체적 거래의 위험성에 대하여」에서도 확인해 볼 수 있다. 이 작품에서는 자신의 말과 생각까지도 통제와 검열의 범위에 들어가는 사회가 구현되고 있다. 테드 창(Ted Chiang)의 「당신 인생의 이야기(Stories of Your Life and Others)」 등에서도 나타났던 사피어 워프 가설(Sapir-Whorf hypothesis)의 SF적 상상력과도 닮아 있는 이 작품의 설정들은 그것으로 인해 깨달음을 얻는 것에 그치지 않고 그다음의 가치들을 찾아 넘어가려는 특징들을 보여준다. 작품의 세계에서 '욕망구현장치'로 벌어지는 모든 문제들은 인간이 능동적으로 욕망하기를 두려워하고 대신 욕망해 줄 인공지능에게 자신들의 운명을 맡겼기 때문에 발생한 것이다. 인간이 안위를 위해 선택했던 것들이 결국 심각한 부조리를 불러일으킨 것이다. 이러한 상황에서 소설의 결말이 지향하는 것은 과제처럼 짐 지워진 숙적들을 이겨내는 것도 아니고 부조리들로부터 생겨난 문제들을 해결하는 것도 아니다. 모든 것들을 잊어버리고 '자유'를 외치는 결말이 보여주는 메시지들은 우리가 결국 모든 것들로부터 자유로워지는 지점들을 향해 끊임없이 나아가야 함을 이야기한다.

이와 같이 이경희의 소설들은 그 자체로 길고 긴 세계로의 유영들을 수행한다. 특히 한 권의 소설집 안에서 지금 여기의 우리들과 현실의 문제들에 대한 알레고리로부터 시작해, 시대의 전환과 그에 따라 나타나는 가치의 전환들을 사고실험하고, 인지적 소외의 세계들을 지향하면서 지금 너머를 상상하게 하는 SF의 미학적 가치들을 종합적으로 경험할 수 있다는 것은 그 자체로도 의미 있는 일이다. 그렇다고 작품들이 장르가 가지고 있는 미학적 의미들에 묶여 심각하고 무거운 자세를 취하고 있는가 하면 그런 것도 아니다. 오히려 가벼운 농담에 가까운 사건이나 대사의 과감한 배치들은 기존의 소설 법칙에서 보았을 때 의미작용에서 배제해야 하는 부분일지도 모른다. 하지만 그러한 작법의 개성들이 장르적 관습과 코드에 입각해서 서술되었을 때 다른 층위의 의미들을 만들어낼 수 있음을 잘 보여주고 있기도 하다. 그러기 때문에 독자들은 작품에서 이야기하는 사건들을 그저 따라가기만 하면 된다. 우주의 끝없는 공간을 웜홀을 통해 지나면 잠깐의 시간이 지나 있겠지만 그 웜홀을 지나기 이전의 나와 이후의 나는 완벽하게 다른 존재가 되어 있을 것이다. SF 소설들은 그러한 역할을 하기도 한다. 아주 잠깐의, 흥미를 좇는 여정을 지나는 사이에 이전과는 다른 가치들에 대한 경험들이 우리의 몸을 횡단하여 흔적을 남길 것이다. 이경희의 소설은 그러한 경험을 가능케 하는 고민들과 재치 있는 필력들이 신중하게 배치되어 있는 웜홀이다. 그 앞에 뭐가 있는지 모르겠지만 지금 너머의 것들을 기대하면서 과감하게 발을 들여볼 만할 것이다.

작가에게 단편집은 오랜 시간의 강에 쏟아부은 글자들의 퇴적물이다. 어느새 여섯 층으로 쌓인 이 책의 목차가 조금 뿌듯하기도 하고, 과거의 부족한 나에게 문득 쑥스러워지기도 한다. 부디 즐거우셨길. 조금이나마 위로가 되셨기를.

「우리가 멈추면」은 여섯 작품 중 가장 이른 시기인 2019년 봄에 썼다. 몇 가지 개인적인 기억과 감정을 아카이빙하고 싶다는 욕심이 있었는데, 현실의 그림자를 지나치게 의식한 탓에 이 이야기는 소설적으로 약간의 플롯 결함을 지니고 있다. 이는 어느 정도 의도된 바다. 작가의 말에 이렇게 쓰고 싶어 그랬다. 이 작품은 2014년 KTX 민영화 저지 투쟁과 2018년 파리바게트 제빵기사들의 투쟁을 모티브로 하고 있다. 이들의 싸움은 여전히 현재진행형으로 이어지고 있다. 한번씩 관심을 가져주셨으면 좋겠다.

「살아 있는 조상님들의 밤」은 2019년 추석 연휴동안 꾸욱 눌러둔 감정을 단숨에 쏟아낸 단편이다. 이 작품으로 많은 상을 탔지만 여전히 부모님께 보여드리기가 참 죄송스럽다. 동일한 등장인물들을 재활용한 단편 「신체강탈자의 침과 입」은 코로나 19 바이러스가 퍼지기 시작하던 2020년 봄에 썼다. 특정 종교를 의식하며 쓰진 않았다. 내가 보기엔 신의 이름과 믿음의 규칙만 다를 뿐 그들이 하는 짓은 대개 비슷비슷한 듯하다. 혐오하고 미워하라고 신이 말하진 않았을 텐데.

　내가 쓴 소설 중 가장 긴 제목을 지닌 작품인 「다층구조로 감싸인 입체적 거래의 위험성에 대하여」는 2019년 늦은 봄에 꿨던 꿈을 소설로 옮긴 것이다. 이른 새벽, 잠에서 깨어나자마자 나는 홀린 듯 꿈의 줄거리를 자동기술법으로 풀어냈다. 그런 다음 사건들을 SF적으로 설명하기 위해 그럴듯한 몇 가지 설정을 가미했다. 무의식의 우물에서 퍼올려진 이야기인 탓에 나 스스로도 이 작품의 의미를 완벽하게 해석하지 못하겠다. 개인적인 해석은 크게 두 가지다. 하나는 이 꿈이 내 삶을 지배하는 니체 철학에 대한 투박한 은유라는 것이고, 또 하나는 당시 흥미 깊게 공부하던 '생성적 적대 알고리즘'을 의인화한 이야기라는 것이다.

「바벨의 도서관」은 2020년 여름에 썼다. 이 작품에 등장하는 모든 과학 기술은 가짜고 엉터리다. SF는 과학 문학이 아니며, 과학적이지 않아도 SF를 쓸 수 있다는 것을 보여주기 위한 일종의 실험이었다. 또한 동시에 이 소설은 '로봇성'에 대한 탐구이기도 하다. 로봇은 인간과는 전혀 다른 알고리즘을 지닌 존재다. 그러니 부디 로봇을 도구로 인간성을 탐구하려는 문학적 시도는 고이 접어주시길. '인간이 뭐죠?' '사랑이 뭐죠?' 물으며 인간을 닮고 싶어 하는 로봇 이야기는 이제 닳고 닳아 더 닳아빠질 구석도 없는 듯하다.

여섯 작품 중 가장 최근에 쓴 작품인 「저 먼 미래의 유크로니아」는 2021년 겨울에 썼다. 세상을 증오하는 사람들의 사랑 이야기다. 이 작품에서는 내가 증오하고 욕망한 모든 것들이 직접적인 형태로 해소된다. 노골적인 대리충족 소설이다. 작품을 완성한 직후 너무 만족스러워 더는 글을 쓰지 못해도 좋다는 생각이 들었을 정도로.

하지만 써야 한다. 더 쓰고 싶다.
당신이 나의 글을 사랑해 주기만 한다면.

2021년 11월. 겨울이 시작되는 부산에서.
이경희

이경희의 소설을 어떻게 정의할 수 있을까. 우주에서 파업이 일어나고, 죽은 조상님들이 살아 돌아오며, 사이버 펑크 세계가 펼쳐지는가 싶더니 클라우드 속 인공지능이 등장한다. 평범해 보였던 회사에 나타난 신체강탈자를 따라가다가 마침내 우주가 소멸한 세계까지 이르게 되면 새삼 SF라는 장르의 무한한 좌표계에 감탄하지 않을 수 없다. 이경희는 이토록 거대한 스케일과 다양한 소재를 배경으로 우리에게 익숙한 클리셰들을 비틀고 뒤집는다. 경쾌하게 폭발하는 스토리텔링의 힘이 서사적 만족감과 독서의 쾌감을 주면서도 이야기의 뒷면마다 어김없이 비치는 현실의 어두운 그림자와 미래 시제의 악몽은 쓸쓸한 여운을 남긴다.

어떤 사람에게 SF는 우주 활극이다. 어떤 이에게 SF는 사고실험이며, 어떤 이에겐 로봇이거나 AI거나 외계인, 대체 역사나 디스토피아 혹은 아포칼립스, 어쩌면 최신 과학 이론이거나 온갖 종류의 펑크거나 타임 슬립이다. 또 다른 이에게 SF는 현실의 거울이며 세상을 뒤엎을 무기이자 투쟁의 도구, 나아가 새로운 세계와 우주의 질서다. 슬프게도 여전히 어떤 이들에게 SF는 (이제 듣고 싶지 않은) '공상과학소설'에 머물러 있기도 하다. 이경희에게 SF란 무엇일까? 모든 탁월한 작가들은 장르 그 자체와 맞서 장르의 정의와 외연을 확장해 왔고, 여기 실린 여섯 편의 소설에서 당신이 느끼게 될 감정 역시 이와 다르지 않을 것이다. 이경희의 소설은 우리의 어두운 현실을 비추는 반사경이자, 다가올 내일을 보여주는 미래경이자, 무엇보다 이야기 그 자체로 매혹적인 황홀경이다. 부디 그의 소설이 우리의 우주를 지금보다 더 다정하게 만들어주기를.

– 문지혁(소설가,《에픽》편집위원)


지난 1년간 읽었던 모든 소설들 중 가장 장르 자체에 대한 덕심으로 충만한 SF 소설집, 이 장르에 대한 사랑이 순수한 재미로 응집했다고 말할 수 있겠다. 장르에 대한 덕심으로 가득 찬 글은 진입장벽이 높은 경우가 많은데, 누구나 접근할 수 있을 만큼 쉽고 재미있다. 가장 고전적인 문법을 따르면서 가장 현대적인 서사가 있을 수 있을까? 여기 그 훌륭한 예시가 있다.

– 심너울(소설가)

# 너의 다정한 우주로부터

**초판 1쇄 인쇄** 2022년 1월 3일
**초판 1쇄 발행** 2022년 1월 7일

**지은이** 이경희
**펴낸이** 김선식

**경영총괄** 김은영
**책임편집** 한나래 **디자인** 박수연
**콘텐츠사업6팀장** 이호빈 **콘텐츠사업6팀** 임경섭, 박수연, 한나래, 정다움
**마케팅본부장** 권장규 **마케팅3팀** 이미진, 배한진
**미디어홍보본부장** 정명찬 **홍보팀** 안지혜, 김민정, 이소영, 김은지, 박재연, 오수미
**뉴미디어팀** 허지호, 박지수, 임유나, 송희진, 홍수경
**저작권팀** 한승빈, 김재원 **편집관리팀** 조세현, 백설희
**경영관리본부** 하미선, 박상민, 윤이경, 김재경, 이소희, 최완규, 이우철, 이지우, 김혜진

**펴낸곳** 다산북스 **출판등록** 2005년 12월 23일 제313-2005-00277호
**주소** 경기도 파주시 회동길 490 다산북스 파주사옥
**전화** 02-702-1724 **팩스** 02-703-2219
**이메일** dasanbooks@dasanbooks.com
**홈페이지** www.dasanbooks.com
**블로그** blog.naver.com/dasan_books
**종이** IPP **출력·인쇄** 민언프린텍 **코팅·후가공** 제이오엘앤피 **제본** 대원바인더리

**ISBN** 979-11-306-7940-2 (03810)

다산북스(DASANBOOKS)는 독자 여러분의 책에 관한 아이디어와 원고 투고를 기쁜 마음으로 기다리고 있습니다.
책 출간을 원하는 아이디어가 있으신 분은 다산콘텐츠그룹 홈페이지 '원고투고'란으로 간단한 개요와 취지, 연락처 등을
보내주세요. 머뭇거리지 말고 문을 두드리세요.